KILLING EVE

2 ノー・トゥモロー

KILLING EVE
NO TOMORROW
Luke Jennings

キリング・イヴ

ルーク・ジェニングス
細美遙子＝訳

U-NEXT

キリング・イヴ 2　ノー・トゥモロー

NO TOMORROW

by Luke Jennings

1

カーボンフレームの自転車にまたがり、合金のハンドルバーに軽く両手を載せ、マスウェル・ヒルを悠然と走りながら、デニス・クレイドルは心地よい疲労を感じていた。ロンドン北部のマスウェル・ヒルにある自宅から職場まで自転車で通勤するのはかなり時間を食うが、彼はその時間を楽しんでいた。同僚にも家族にも打ち明けるのはためらわれるが、クレイドルはある価値観の持ち主だった。ロンドン市街を延々と自転車でつっきるのはけっこうきつい。だが、彼の内なる、厳しい鍛錬を好むスパルタ人的な部分が満足を覚えるのだ。自転車通勤のおかげで贅肉のない筋肉質な身体を保つことができ、そのうえ、ぴっちりしたライクラ素材のショートパンツと機能素材のジャージを着ると、なかなかスポーティーに見える――次の誕生日で四十八歳になるにしては。

ＭＩ５のロシア・中国に対する防諜活動を担う部署Ｄ４の長であるクレイドルは、望めば、情報部が保有する目立たない準高級車での送迎を使える地位にある。もちろん、そうやってステイタスをひけらかしたいという誘惑はあるが、いつすべり落ちるかわからないのだ。とにかくフィットネスを続けろ、徹底的に。この悟りを得ていなければ、将来、テムズハウスのバーでだらしなく頬杖をついて〈ラフロイグ〉モルトウィスキーのグラスを前に、女アンドロイドどもに人事部が乗っ取られる前は本当によかったとぶつくさぼやいている、太鼓腹のじじいになっていることだろう。

自転車通勤は街並みを観察して世情に通じる役にも立っている。通りの物音と血管を流れる血のリズムに耳をすます。それこそが彼に必要なものなのだ――ガビーの荒々しくたぎる性欲を考えると。ああ、今すぐ彼女の元に帰りたい――ダイエットでガリガリになった身体で、ひっきりなしに不都合な事実を見つけるペニーの待つ家でなく。

最後の百メートルの疾走に入ったとき、まるで合図のように、サイクリング用ヘルメットのブルートゥース・プレーヤーで『ロッキー3』の『アイ・オブ・ザ・タイガー』がはじまった。大音量の和音がパンチを喰らわせるのを聞きながら、クレイドルの胸は高鳴りはじめていた。彼の脳内では、豪華なクルーザーの主船室で、ガビーがキングサイズのベッドに横たわり、彼を待っている。彼女はもこもこした白いテニスソックスをはいている以外は裸で、ジムで鍛えた両脚が誘うように開いている。

と、だしぬけに、鋼のように強力な手が彼の腕をつかんでねじりあげ、自転車が地面に倒れた。クレイドルは口を開けて何か言おうとしたが、至近距離からの強烈なパンチをみぞおちに喰らって黙らされた。

「すまんな、旦那。ちょっくら注意を惹きたくてな」クレイドルをつかまえた男は四十がらみで、ていねいに身づくろいしたネズミのような風貌をして、むっとする煙草のにおいを放っていた。男は空いているほうの手でサイクリング用ヘルメットをもぎ取り、倒れた自転車の上に落とした。クレイドルはもがいたが、腕をつかむ手の力はまったくゆるまない。

「じっとしててくれるか？ 痛い目に遭わせたくねえんだ」

クレイドルはうめいた。「くそ、これはいったい……？」

「おれは友だちの代理で来たんだよ、旦那。友だちはあんたと話をしたがってる。ベビードールのことでな」

クレイドルの顔に残っていた血の気が引いていく。驚愕のあまり、目が大きく見開かれていた。

「自転車を起こして、その車のうしろに入れろ。それから前の席に乗れ。今すぐだ」男の手が離れた。クレイドルは茫然とあたりを見まわした。年季の入ったフォード・トランジットの白いバンがあり、その運転席に、ロピアスをした青白い顔の若者が座っていた。

クレイドルは震える手でバンの後部ドアを開け、今はホワイトスネイクの『スライド・イット・イン』をがならせているヘルメットのブルートゥース・プレーヤーのスイッチを切った。ヘルメットをハンドルバーに掛け、自転車をバンに載せる。

「電話を」ネズミ顔が言い、続いて手痛い平手打ちが来て、耳ががんがん鳴った。震える手で、クレイドルはスマホを渡す。「よし、助手席に乗れ」

バンが走り出すと、クレイドルは秘密情報部における、誘拐・尋問されたときの行動規範を思い出そうとした。だがもしこいつらがいまいましい秘密情報部のやつらだったら？　何かの内部調査班のやつらだったら？　それなら、クレイドルほどの地位にある人物をつかまえるには局長に許可をもらわなくてはならないはずだ。それじゃ、このくそどもは誰なんだ？　敵対組織ということはあるだろうか？　ロシア対外情報庁《SVR》とか、CIAとかだろうか？　とにかく何もしゃべるな。チャンスが来たらつかまえろ。何もしゃべるな。

　バンはあちこちでラッシュアワーの交通渋滞にはまりながら十分足らず走り、ノース・サーキュラー・ロードを渡って〈テスコ〉スーパーマーケットの駐車場に入った。運転手はスーパーの入り口からいちばん遠い区画を選び、静かにバンを止めてエンジンを切った。

　クレイドルはじっと座り、今や焼く前のパン生地のような色になった顔で、フロントガラスの向こうの仕切りフェンスを見つめていた。ノース・サーキュラー・ロードを走る車の排気ガスがうっすらと靄《もや》になっている。「で、次は？」クレイドルは訊いた。

「次は待つんだ」後部座席からネズミ顔の声が言った。

　さらに数分がたったところで、電話の着信音が鳴った。薄気味悪いことに、笑うアヒルの声だ。

「あんたにだよ、旦那」後部座席から、ネズミ顔が安物の携帯電話をよこす。

「デニス・クレイドルだな？」低い声には、電子合成音の金属的な響きがあった。ボイスチェンジャーを使ってるな、とほぼ無意識に、クレイドルは思った。

「誰だ？」

「おまえが知る必要はない。おまえが知るべきなのは、われわれが何を知っているかだ。まずはデカい件からはじめよう、いいな？　情報部を裏切った見返りに千五百万ポンド近い金を受け取って、英領ヴァージン諸島にあるオフショア銀行に入れているだろう。それについて何か言うことはあるか？」

クレイドルの視界が不意に縮まり、目の前のフロントガラスだけになった。心臓が氷漬けにされたような気がした。しゃべるどころか、考えることすらできなかった。

「ないようだな。それなら続けようか。われわれの知るところでは、おまえは今年のはじめごろ、フランスのリヴィエラのキャップダンティーブにある〈レザフォデーレ〉というマンションの3LDKの住居を購入した。先月には〈ベビードール〉という名前の四十二フィートのクルーザーを買って、現在はポート・ヴォーバン・マリーナに繋留《けいりゅう》しているな。それから、現在はオテル・デュ・リトラルのフィットネスクラブ＆スパで働いている二十八歳のミズ・ガブリエラ・ヴコヴィッチといい仲なのも、われわれは知っている。

今のところ、このことはＭＩ５にもおまえの家族にも知られてはいない。ロンドン警視庁にも歳入関税局にも知られていない。こういう状況が続くかどうかはおまえしだいだ。おまえがわれわれの沈黙を望むなら――おまえの自由と職と評判を失いたくないなら――おまえに金を払っている組織のことをすべて、われわれに話さなければならない。文字どおりすべてをだ。少しでもごまかしたり、小さな事実ひとつでも隠したりすれば、おまえは次の二十五年間をベルマーシュ刑務所の独房ですごすことになるぞ。まあ、それより先に死なければだが。で、何を話す？」

　車の流れのかすかな低い響き。遠くのどこかで、救急車のサイレンの音。「誰だかは知らんが、くたばりやがれ」クレイドルの声は低く、わなないていた。「暴行および誘拐は犯罪だぞ。誰でも好きなやつに好きなことを言えばいい。屁とも思わんわ」

「いいのか、問題が生じるぞ、デニス」金属質の声が続ける。「いや、こう言うべきかな、おまえの身に問題が、とな。われわれがテムズハウスに報告を送れば、調査だの訴追だのといったいろんな事態が起きて、話の出所はおまえと思われるだろう。そうなると、おまえにあの金――千五百万という大金――を払った連中はおまえを見せしめにせざるを得なくなるだろうな。始末されるだろうよ、デニス。それも酸鼻を極めるやり方で。それがどういうものか、知っているはずだ。実際問題として、おまえに選択の余地はない。はったりはきかんということだ」

「今言っているようなことは浅知恵じゃないのか？　おれはたしかに妻や上司に隠しごとをしているのかもしれんが、浮気は別に犯罪じゃないぞ。少なくともこの前確認したときには犯罪じゃなかった」

「ああ、そうだ。だが国家への裏切りの責任はとらされるぞ」

「何にしろその手のことでおれを訴追するには証拠がないだろう。そっちもわかってるはずだ。これは安っぽい脅迫にすぎん。だからあんたたちが誰であれ、さっきも言っただろう、くたばりやがれ」

「よろしい、デニス。これから起きることを言おう。おまえは五分後にそのバンから出て、自転車で家に帰る。愛する妻に花を買って帰るのもいいかもしれんな。ガソリンスタンドに行けば、お買い得な値段のバラを売っているぞ。明朝七時におまえの家に車が迎えにいき、おまえをハンプシャーのデヴァー研究所に送っていく。テムズハウスのおまえの代理には、おまえはこれから三日間、その研究所でテロ対抗措置講習を受けると連絡がいく。その期間中、おまえは研究所の別の場所で内密に、今話しあった話題について面談を受けることになる。このことにはほかの誰も気づくことはないし、おまえの通常業務に何らかの不都合が生じたとしても外部にそれが漏れることはない。おまえも知っているとおり、デヴァーは政府の機密資産リストに登録されていて、完璧に機密保持がなされる場所だ。この面談がうまく行けば――そうなると信じているが――おまえは放免されて自由になる」

「いやだと言えば？」

「デニス、おまえがいやだと言った場合に起きることなど、考えさせないでくれ。真剣に言ってるんだ。その場合にはくその嵐が吹き荒れるぞ。まずはペニーだ。想像できるか？　それから子どもたち。パパが国家反逆罪で裁判にかけられるんだぞ？　そんなことにさせたくないだろう、なあ？」

長い沈黙。「明朝七時と言ったな？」

「ああ。それ以上遅くなると渋滞で動けなくなるからな」

デニスは排気ガスに霞んだ黄昏の薄闇を見つめた。「わかった」

電話をデスクに置き、イヴ・ポラストリはふうっと息を吐き、目を閉じた。デニス・クレイドルに対して演じていたこわもての権力者キャラはイヴの本来の性格とは似ても似つかないもので、もし対面していたら、あのあざけるような口調を維持することはできなかっただろう。何と言っても、MI5で働いていたときのイヴからすれば雲の上の存在なのだから。だがあの最後の「わかった」という言葉で、彼は実質的に罪を認めたことになる。明日、向かい側にイヴが座るのを見て驚愕するのはほぼ確実だし、イヴの手に負えない展開にはならないだろう。

「よかったぞ」リチャード・エドワーズがヘッドフォンをはずしながら言った。イヴとクレイドルの会話を傍聴していたのだ。グージ・ストリートのオフィスでいちばん座り心地のましな椅子に背をもたせかけながら。

「チームプレイのおかげです」イヴは言った。「ランスが死ぬほど怖がらせて、ビリーが天使みたいな運転をしたおかげ」

リチャードはうなずいた。MI6のロシア支局の長である彼は実質的なイヴの雇い主なのだが、このオフィスにやってくることはめったになく、イヴの名前は正規の秘密情報部職員のリストには載っていない。「今夜は自分の状況についてじっくり考えさせてやろう。明日、きみの手であいつを骨までむき出しにしてやれ」

「やつは七時に出てくると思います？　今夜のうちに逃げ出すと思いませんか？」

「それはない。デニス・クレイドルは裏切り者だが、愚かではない。もし逃げたら、やつは終わりだ。われわれはやつの望みの綱なんだ、唯一のな。それはやつもわかっている」

「まさかとは思いますが……」

「自殺する？　デニスが？　いや、やつはそういうタマじゃない。わたしはオックスフォードの同窓時代からやつを知っているが、なかなか老猾《ろうかい》な策士だ。深みに潜ってじっと様子をうかがっているタイプだな。どんな問題でも――それがどんなにあつかいのむずかしい微妙なものでも――高級レストランで上質なワインを飲みながら片づけられると思っているタイプだ。しかもそのワインの勘定はおそらく他人のふところから出ている。やつはわれわれが知りたいことをわれわれに話し、そのことは誰にも言わないでおくはずだ。なぜなら、われわれがどれだけ脅しつけようと、やつの裏にいるやつらの方が比べものにならんほど恐ろしいからだ。やつがバラしたと思っただけで、即座に始末するだろう」

「問答無用でね」

「そう、問答無用で。おそらくやつらは、きみの友人である彼女を送って、始末させるだろう」

　イヴが笑みを浮かべたとき、バッグのなかのスマホが振動した。ニコからのメールだ。家に帰るのは何時ごろかとたずねている。八時とイヴは返事を書いたが、実際に家に着く時刻は早くても八時半をすぎるとわかっていた。

リチャードはオフィスにたったひとつだけの、長らく拭いていない窓から外を見ていた。

「きみが考えていることはわかるよ、イヴ。答えはノーだ」

「わたしが何を考えてると？」

「クレイドルを締めあげて吐かせたあと、おとりとして使う。深みからどんなものが浮き上がってくるかを見る」

「そんなに悪い考えじゃないでしょ」

「人が殺されるのはいつだって悪い考えだ。いいかね、それをやると死人が出るぞ」

「大丈夫です、きっちり計画どおりにやります。デニスはいわゆる中年の危機が本格化する前に、愛しいガビーの腕のなかに戻ってるでしょうよ」


オデーサの犯罪組織〈ゴールデン・ブラザーフッド〉のリーダー、リナット・イェヴチュフは悶々としていた。たしかにヴェネツィアはただの都市ではない。西洋文化の堅固な砦のひとつであり、おそらく究極の贅沢を楽しめる目的地だろう。だがこうしてダニエリ・ホテルのスイートの窓辺に、アメニティのガウンとスリッパを身に着けて立っていながらも、どういうわけか、この場所になじむことができない。

ひとつには、ストレスのせいもある。オデーサであのロシア人を誘拐したのは間違いだった。今はそれがわかる。きわめて当然ながら、あの件もいつものように運ぶものだと思っていた。裏ルートでの交渉がひとしきり行われ、金額面の合意が得られ、双方に感情のしこりはいっさい残らない、はずだった。だがいざ実行の段になると、どこかのイカれ野郎が私情を持ちこんでしまい、結果、リナットの六人の手下と人質が殺され、フォンタンカにある彼の屋敷は銃弾でずたずたにされたのだった。たしかに、屋敷はほかにもあるし、手下はたやすく補充できる。だが、そういうことには余分な労力がかかり、人生のある時点で、そうした余分の積み重なりが大きな打撃を引き起こすことになるのだ。

ダニエリ・ホテルの〈首長《ドージェ》のスイート〉は、名前どおり贅を尽くしている。天井のフレスコ画では、綿菓子のような雲のあいだを翼のはえた幼児姿の天使たちが遊び、金色のダマスク織りが張られたきらめく壁にはヴェネツィア貴族たちの肖像画が掛けられ、床にはアンティークの絨毯が敷かれている。サイドテーブルに載っている高さ一メートルの多色ガラスでつくられた、涙を流すピエロの塑像は、この日の朝ムラノの工房で買ったもので、キーウにあるリナットの住まいに送られる手筈になっている。

ロココ調の寝椅子いっぱいに、二十五歳の、ランジェリー・モデルでリナットの愛人でもあるカーチャ・ゴラーヤが素足で寝そべっている。ディオールのへそ出しトップスにダッソーのスラッシュデニム。ガムを嚙みながらスマホを見つめ、レディー・ガガの歌に合わせて頭を振り、ところどころいっしょに歌っている――ガムと英語の語彙の乏しさが許すかぎりで。かつてはそれをかわいいと思っていた時期もあったが、今はうっとうしく思える。

「『バッド・ロマンス』か」リナットは言った。

カーチャは急ぎもせず、イヤバッドをはずした。ずいぶんな金をかけて増強したおっぱいがトップスのレース生地を押し上げている。

「『バッド・ロマンス』だな」リナットはもう一度言った。「パロディの方の『ベッドルーム・アンツ』じゃなく」

カーチャはぽかんとした顔でリネットを見上げ、それから顔をしかめた。「グッチにまた行きたいんだけど。あのバッグ、やっぱりすっごくほしい。あのピンクのヘビ革のやつ」

その案にリナットはまったくそそられなかった。あのえらそうなサンマルコのショップの店員ども。こっちが金を払うまでにやにや笑いつづけて、そのあとは犬のくそあつかいだ。

「今すぐ行かなきゃ、リナット。お店が閉まっちゃう」

「勝手に行け。スラヴァを連れていけ」

カーチャは口をとがらせた。リナットを連れていきたい理由はわかっている。リナットが行けば、バッグの代金を支払ってもらえるからだ。ボディガードと行けば、バッグは自分の小遣いで買わなくてはならない。それもまた、リナットの懐から出ているのではあるが。

「あたしとヤりたくない？」カーチャの視線が和らいだ。「お店から戻ってきたら、ペニスバンドをつけてお尻をヤってあげる」

リナットは見るからにカーチャの言葉を聞いていなかった。彼が本当にやりたいことはもっと別にあった。この金色のシルクのカーテンの外側の世界にふらふらと出ていきたい――午後の陽射しが宵闇に変わりゆくところ、ゴンドラと水上タクシーがラグーンに青白いすじを引いているところに。

「リナット?」

寝室に入り、ドアを閉めた。シャワーを浴びて着替えるのに十分かかった。さっきの部屋に戻ると、カーチャはまったく動いていなかった。

「あたしを置いて出かけるの?」信じられないというようにカーチャが言う。

リナットは顔をしかめ、銀縁の八角形の鏡で身だしなみをチェックした。スイートを出てドアを閉めたとき、重さ二十キロのムラノガラスのピエロが古いテラゾの床に当たって砕け散る音がしたが、リナットの心を動かしはしなかった。

ホテルの最上階のバーは、ありがたいことに静かだった。遅い時間になれば客であふれかえるのだろうが、今のところはカップルがふた組いるだけだった。どちらも静かに座っている。テラス席の椅子にゆったりと腰を落ち着け、半分目を閉じて、繋留されて静かに上下しているゴンドラの列を眺める。そろそろオデーサから離れる頃合いだろうな、と考える。金を稼ぐ場を、ウクライナからもっと政情や司法が安定している国に移す頃合いだ。セックスとドラッグと人身売買は最高にもうかる。だが、この十年間で、トルコ人ギャング団のような新規参入者が割りこんできたり、ロシア人どもの取り締まりが厳しくなってきたりして、状況がどんどん変わってきている。リナットのような賢い男は事業の転換時を心得ているのだ。

カーチャはマイアミのゴールデン・ビーチに目をつけている。そこなら、米国市民権・移民業務局への賄賂を含めて千二百万ドルも出せば、プライベート・ドックつきの贅沢な海辺の館を手に入れられる。だがリナットはしだいに、ひっきりなしにあれこれねだるこうるさい女がいなければ、その暮らしはより快適になるのではないかと考えはじめていた。さらにここ二、三日は、西欧に思いを馳せるようになっていた。とりわけイタリアだ。この国なら倫理的に問題のある犯罪も大目に見てくれそうだ。この国は格式が高い――スポーツカーにファッション、くそ古い建物――。そしてイタリア女ときたら、信じられないぐらいきれいだ。ただのショップの店員でさえ、映画スターみたいじゃないか。

肘のすぐ先に、ダークスーツを着た生真面目な顔つきの若者があらわれ、リナットはモルトウィスキーを注文した。

「それはキャンセルよ。その方はネグローニ・ズバリアートにして。わたしにも同じものをちょうだい」

リナットが振り向くと、すぐうしろに立つ、黒いシフォンのカクテルドレスを着た女性と目が合った。女性はおもしろがっているような目をしていた。

「だって、ここはヴェネツィアよ」

「たしかに」ちょっとまごつきながらもリナットは同意し、ウェイターにうなずいて見せた。ウェイターは黙ってさがっていった。

女性はラグーンを見渡している。夕暮れの薄闇に、ラグーンが白みを帯びた金色にきらめいていた。「ヴェネツィアを見てから死ね、そう言われてるわよね」

「まだ死ぬ予定はないがね。それにまだヴェネツィアをそれほど見たわけじゃない、あちこちの店内以外はね」

「それはかわいそう。このあたりの店は観光客用のゴミ商品だらけか、ほかのどこの街ともまったく同じ商品ばかりだもの。ただ、ほかのどこよりも高いかもしれないけど。ヴェネツィアは現在を生きる地ではないのよ、過去の地なの」

リナットは女性を見つめた。本当に、とんでもない美女だ。琥珀色の瞳、とらえどころのない笑み、全身を飾る途方もなく金のかかったトレンド最先端の装い。遅まきながら、椅子を勧めようと思いついた。

「ありがとう、ご親切に《セイ・ジェンティーレ》。でもせっかくの夕べの時間をお邪魔してしまうわ」

「いや、全然。さっき言われた飲み物が来るのが楽しみだ。何て言ったっけ、もう一度教えてもらえるかな?」

女性は腰を下ろした。そしてシルクのストッキングがこすれる音をさせて――リナットはありがたいと思わずにはいられなかった――脚を組んだ。「ネグローニ・ズバリアートよ。ネグローニっていうカクテルの一種だけど、ジンの代わりにスパークリング・ワインを使ってるの。で、このダニエリ・ホテルでは当然《ナトゥラールメンテ》、シャンパンを使うのよ。わたしにとっては、黄昏どきに最適な飲み物よ」

「シングルモルトウィスキーよりも?」

かすかな笑み。「そう思うわ」

そして、たしかにそのとおりだった。リナットはどう見てもハンサムとは言えない。剃り上げた頭はクリミアのジャガイモそっくりだし、手縫いのシルクのスーツを着ていても粗野な体形は隠せない。だが先天的に備わっているものでなくとも、富のおかげで注目を集めることができ、魅力的な女たちをはべらせるには事欠かなかった。そしてマリーナ・ファリエリ――この女性の名前だ――は魅力的というどころではない。

リナットは彼女の口から目を離すことができなかった。上唇にかすかな傷痕があり、それから生じる不均衡のせいで、笑みがいろんな意味にとれる、あいまいなものに見える。そしていかにも無防備なようすが――静かに、だが執拗に――彼の内なる猛獣をそそりたてる。彼女はリナットが何を言っても媚びるように興味を示し、それに応じてリナットはべらべらといくらでもしゃべっていた。オデーサのこと、歴史ある救世主顕栄大聖堂のこと――この大聖堂で行われる礼拝に、自分は足しげく通っている――そして壮麗な国立オペラ・バレエ劇場。ここには熱心な芸術の後援者として、何百万ルーブルも寄付してきた。この自分語りはまるまるでっちあげとはいえ、説得力に満ちたディテールに富んでおり、マリーナは目を輝かせて聞き入った。彼女はロシア語のフレーズをいくつか教えてほしいとまで言い、愛らしいたどたどしさでそれを繰り返した。

やがて――あまりにも早く――夕べのひとときは終わりを告げた。これからサンタンジェロ城での公式なディナーに出なくちゃならないの。マリーナは申し訳なさそうに言った。どうせ退屈に決まってるからここにいたいのはやまやまだけど、ヴェネツィア・ビエンナーレを準備する中心的な委員会に入っちゃってるのよ、だから……。

「すみません《ペルファヴォーレ》、マリーナ。わかりました《カピースコ》」リナットは持てるかぎりのイタリア語の語彙を駆使し、鷹揚に見えてほしいと願いながら笑みを浮かべてみせた。

「リナット、あなたのその発音……完璧よ《ペルフェツィオーネ》！」マリーナは少し間を置き、それから何かをたくらむような笑顔を見せた。「まさかとは思うけど、もしかしてあなた、明日のランチの予定が空いてたりしないかしら？」

「ああ、空いてるよ、たまたまね」

「よかった。十一時にこのホテルの川側の入り口で会いましょう。あなたに見せてあげるわ……本当のヴェネツィアを」

白いリネンのテーブルクロスの上に、空になったカクテルグラスが四つ残されていた。三つは彼、ひとつはマリーナのグラスだ。太陽は空の低いところにかかり、かすかにピンク色がかった白いすじ雲に半分隠されていた。ウェイターを呼ぼうとリナットが振り向くと、ウェイターはすでにそこに立っていた。辛抱強く、目立たずに――まるで葬儀屋のように。


トトナム・コート・ロードをカタツムリのようなスピードでバスは移動している。イヴを二度見した男は、ひっきりなしにウインクをよこしてくる。見るからにうっとうしい男だ。暖かい夜で、バスのなかは湿った髪とデオドラントのむっとするにおいがたちこめている。イヴは〈イヴニング・スタンダード〉紙のニュース面と、高級住宅街で知られるプリムローズ・ヒルで繰り広げられている不倫パーティーの詳細報道をぱらぱらとめくっていき、不動産広告にじっくり目を通しはじめた。

疑う余地なく、イヴとニコには、そこに出ているような魅力的なレイアウトのリビングルームをしつらえるぐらいの余裕はある。ヴィクトリア朝家具の店や調度品の店の広告が、光あふれるすばらしい住居に暮らしたいという願いを今一度思い起こさせる。スチールサッシと大きなガラス窓に縁どられた川の眺め。いや、イヴが本当にほしいのはそういうものではない。そういったものに見とれてしまうのは、それらがもはや手の届かない、信じることもできなくなったものだからだ。自分がたどっていたかもしれないもうひとつの生活の背景幕のように思えるのだ。

八時四十五分をちょっとすぎて、ニコとふたりで借りている1LDKのアパートに帰り着き、徐々に増殖しつつあるモノたち——靴やスリッパ、自転車の部品、アマゾンの空箱、脱ぎ捨てたコート類——を足で押しのけて進み、調理のにおいをたどってキッチンに向かう。数学の教科書類が不安定に積まれているテーブルには、スーパーで売られているスペイン産ワイン〈リオハ〉のボトルが一本あり、ふたり分のセッティングがされていた。バスルームから聞こえる水音と調子はずれの口笛とで、ニコはシャワーを浴びているとわかった。

「遅くなってごめん」イヴは声をかけた。「おいしそうなにおいね。これは何?」

「グーラーシュだよ。ワインを開けてくれるかい?」

引き出しからコルク抜きを出したとき、背後の床にカチカチカチッという音が聞こえた。振り向くと、動物の形をしたものがふたつ、びゅっと宙を飛んでテーブルに着地し、教科書を跳ね飛ばした。驚きのあまり、イヴはしばらくのあいだ動くことができなかった。〈リオハ〉のボトルがテーブルからころがり落ち、タイル張りの床に激突した。二対のセージグリーンの目が、問いかけるようにイヴを見つめていた。

「ニコッ」

ニコが濡れたままバスルームから出てきた。タオルを腰に巻き、スリッパをつっかけている。「お帰り。セルマとルイーズに会ったようだね」

イヴは夫をまじまじと見た。ニコが広がりつつあるワインの池をまたいでキスをしてきたときも、身動きできなかった。

「ルイーズはぶきっちょなんだ。それをやったのはたぶんルイ――」

「ニコ。まったくもう、殺してやる……」

「この子たちはナイジェリアン・ドワーフ・ゴートだよ。ミニチュアサイズのヤギだ。これからはもう、ミルクもクリームもチーズもせっけんも買わなくていいんだよ」

「ニコ、聞いて。今から酒屋に行ってくる。今日はきっつい一日だったのに、わが家のアルコールは一滴残らずそこの床に飛び散ったからよ。戻ってきたらゆっくり座ってあなたのグーラーシュを食べたいの。おいしい赤ワインを一本か、場合によっては二本飲んでね。のんびりくつろぎたいの。今テーブルの上にいるあの二頭のことは口にすらしない。なぜならそのときには、あいつらは存在しなかったかのように消え失せているからよ。わかった？」

「うう……わかった」

「よかった。十分後にまた会いましょう」

〈リオハ〉のボトルを二本買って戻ってきたとき、キッチンはうわべだけではあるが適切に整えられ、ヤギは見当たらなかった。ニコはちゃんと服を着ている。夫がアクア ディ パルマの香りをさせ、ディーゼルのジーンズをはいていることに気づき、イヴの心は浮き立つと同時に沈みこんだ。どちらも口に出すことはないが、ニコが午後六時以降にこのジーンズをはいてこのコロンをつけるということは、ロマンティックな気分になっているというしるしで、彼は今夜をセックスで締めくくりたいと思っているのだ。そうわかっていた。

イヴには、ニコのセックス・ジーンズ――とイヴは呼んでいる――のようなものはなかった。〝今夜どう?〟靴もセクシーなワンピースも、レースのついたサテンのランジェリーも、いっさいない。仕事用のワードローブは実用本位の大量販売品ばかりで、それ以外のものを着るのは自意識過剰に見えるし、愚かしいことだと思ってしまう。ニコはしょっちゅう、きみは美しいと言ってくれるが、イヴは心の底からそれを信じたことはない。彼が自分を愛しているということは受け止めている――ニコがあまりにしょっちゅうそう言うので、信じざるを得ないのだ――が、なぜ彼がイヴを愛しているのか、イヴにとってまったくの謎なのだ。

ふたりはニコの仕事について話をした。ニコは地元の学校で教えていて、持論がある。あまり裕福でなく、買い物すべてを現金でしているティーンエイジャーたちは、親から渡されたクレジットカードを使っている金持ちの子たちに比べると、暗算能力がはるかに優れているというものだ。

「生徒がぼくをボラットと呼ぶんだ」ニコは言った。「それって褒めてると思う？」

「カザフスタンのテレビレポーターの映画よね。背が高くて、東欧なまりで、口ひげを生やしてる……まあ、そういうことね。でもあなたにはとても似合ってる。わかってるでしょ」

「いい子たちなんだよ。ぼくは大好きだ。きみの一日はどうだった？」

「すごく変だった。ボイスチェンジャーを使って電話したわ」

「それは本当に声を偽装するためだったのかい、それともお遊びで？」

「偽装するためよ。相手の男に女だと知られたくなかったの。ダース・ベイダーみたいな声を出したかったのよ」

「想像もつかないな……」ニコはイヴを見つめた。「きみもあの子たちを気に入ってくれると思うんだ。本当に」

「どの子たち？」

「セルマとルイーズだよ。あのヤギたちだ。すごくかわいいんだよ」

イヴは目を閉じた。「今はどこにいるの？」

「あの子たちの家だよ。外にある」

「家があるの？」

「あの子たちといっしょに届いたんだ」

「それじゃ、本当にあの子たちを買ったのね。ずっといるってこと？」

「ちゃんと計算済みなんだよ、イヴ。ナイジェリアン・ドワーフはどの種よりも濃いミルクを出す。それに完全に成長しきっても三十キロそこそこにしかならないから、飼葉も少なくてすむ。乳製品は完全に自給自足できるんだよ」

「ニコ、ここはコッツウォルズじゃない、フィンチリー・ロードの端っこなのよ、まったく」

「それにさ、ナイジェリアン・ドワーフっていうのは——」

「その名前で呼ぶのはやめて。あれはヤギよ、以上おしまい。それからわたしが毎朝——というか、どんな朝でも——起きてあのヤギたちの乳しぼりをすると思ったんなら、あなたは頭がおかしいわ」

返事をする代わりに、ニコは食卓から立ち上がり、ふたりが庭と呼んでいる、ごく狭い舗装された区画に出ていった。数秒後、セルマとルイーズがうれしそうに跳ねながらキッチンに飛びこんできた。

「うわ、勘弁して」イヴはため息をつき、ワインに手をのばした。

夕食後、ニコは食器を洗い、バスルームに行ってアクアディパルマをつけ直すと、手を洗い、濡れた指で髪をなでつけた。彼が戻ると、イヴはソファに座ったままの姿勢でぐっすりと眠りこけていた。片手にスプーンを握り、もう一方の手からはアイスクリームの容器がだらりと下がっている。かたわらでセルマが満足げに横になり、ルイーズは両前脚をソファにかけて立ち、長いピンク色の舌を容器につっこんで、溶けゆくチョコチップ・アイスをなめとっていた。

リナット・イェヴチュフはランチの約束のために慎重に身づくろいをしていた。少し考えてから、ヴェルサーチェのポロシャツに生糸《ローシルク》のスラックスをはき、サントーニのオストリッチ革のローファーを合わせる。仕上げにソリッドゴールドのロレックス・サブマリーナーをつけた。主張しすぎない、いい趣味の持ち主で、コケにされることなど考えられない男という印象を完成させる。

マリーナ・ファリエリは、ダニエリ・ホテルの川側の入り口、鉄製の日除けの下で半時間、リナットを待たせた。ぴったりとしたスーツを着たボディガードがふたり、リナットのうしろに立ち、退屈そうな目で狭い運河を見ている。カーチャはすっかりむくれていたが、ロシア版『プレイボーイ』の見開きグラビアか、ことによると表紙に使ってもらうと約束したことで、機嫌はいくぶん和らいだ。ふだんここまですることはないが、必要となれば仕方がない。これで当分のあいだ、カーチャはホテルの美容サロンで、白トリュフエキスと粉末ダイヤモンドを使った再活性トリートメント施術を受けることになる。

十一時半を少しまわったとき、エレガントな白いモーターボート《モトスカーフォ》が欄干つきの低い橋の下を突っ切ってきて、ホテルの船着き場で止まった。操縦席にはボーダーのTシャツにジーンズという格好のマリーナがいて、黒い髪を肩のまわりになびかせている。彼女がはめているやわらかそうな革の運転用手袋が、リナットにはなぜかセクシーに思えた。

「さあ」マリーナはサングラスを押し上げる。「本当のヴェネツィア《ラ・ヴェッラ・ヴェネツィア》を見る用意はできてる？」

「もちろん」ニス塗りのマホガニーが張られた後甲板に足を踏み入れたリナットは、一瞬ぐらついた。ボディガードたちが反射的に前に踏み出したが、リナットはよろけて操縦席のマリーナの横に踏みこみ、彼女の肩に手をついて身体を支えた。

「すまない」

「全然。あの人たちはあなたの部下？」

「ああ、おれの警護スタッフだ」

「あら、わたしといっしょなら、あなたはきわめて安全よ」マリーナは笑った。「でもあなたがよければ、あの人たちもいっしょに来てもらえば」

「もちろん断るさ」リナットはボディガードふたりに早口のロシア語で、カーチャから目を離すな、おれは仕事の関係者とランチをしていると言っておけと命じた。もちろん男とだ。このきれいなお嬢さん《デヴーシュカ》とじゃない。

　ふたりはにやにや笑い、離れていった。

「わたし、絶対ロシア語を習うわ」上が道路になっている橋の下を抜けながら、マリーナは言った。「すごく表現力豊かな言葉に聞こえるもの」

　慣れた手つきですいすいと、ゴンドラやそのほかの舟のあいだを縫い、急ぐことなくのんびりと南に向かう。サン・ジョルジョ・マッジョーレ島のわきを通り、ジュデッカ島の東側に沿うように進んだ。モトスカーフォは波ひとつないラグーンの水面を分けて進み、百五十馬力のエンジンがうしろに白い航跡をつくりだす。マリーナは操縦しながら、通りすぎた豪華な建物や教会についてリナットに説明した。

「それで、きみはどこに住んでるのかな?」リナットはたずねた。

「わたしの家族はチコーニャ宮殿の隣に住まいを持っているわ」マリーナは言った。「ファリエリ家はもともとヴェネツィアの出だけど、今はメインの住まいはミラノにあるの」

舵輪を軽く握っている、手袋に包まれた左手を、リナットは見やる。「結婚はしてないの?」

「しかけたことはあったけど、その人は死んじゃったの」

「すまない。お悔やみを」

マリーナはスロットルを開けた。「本当に悲しかったわ。あの人が消えたときから、わたしはそのまま取り残されてる。やけになったこともあったけど、それでも人生は続くのよ」

「たしかに、そのとおりだ」

マリーナがリナットのほうを向き、サングラスを押し上げる。リナットはしばし、琥珀色の瞳にからめとられた。「うしろを見て。その保冷箱にシェイカーとグラスが入ってるわ。ご自分で飲み物をつくっていただける?」

リナットはキンキンに冷えて霜がついているシェイカーとトールグラスを取り出した。

「きみにもつくろうか?」

「わたしは島に着くまで待つわ。どうぞ飲んでてちょうだい」

リナットはカクテルを注ぎ、飲んで、感嘆してうなずいた。「これは……すごくうまい」

「リモンチェッロのカクテルよ。こういう朝にぴったりだと、いつも思うの」

「本当にうまい。じゃあ、これから行くその島の話をしてくれ」

「オッタゴーネ・ファリエリという島よ。もともとは要塞だったの、ヴェネツィアを侵略者たちから護るためにつくられたのよ。わたしの先祖が十九世紀に買って、今でも所有者はわたしたちなの。もはや誰も足を踏み入れることもなく、廃墟みたいになってるけど」

「すごくロマンティックに聞こえるな」

マリーナはリナットに謎めいた笑みを向けた。「まあ見てて。おもしろい場所なのはたしかよ」

ボートは今や何にも邪魔されることなく、まっすぐ進んでいた。ジュデッカ島ははるかうしろに遠ざかり、見えるのは灰色がかった緑色の水面だけだ。リモンチェッロが氷河のようにゆっくりと血管に浸み入ってくる。リナットは、もの心ついて以来感じたことのない平穏な気分を感じていた。

リモンチェッロの靄で霞んだリナットの視界に、唐突に要塞島がそそり立った。切石の壁面がそそり立ち、その上にまばらに樹の梢がのぞいている。ほどなく船着き場が見えてきた。桟橋に小型のモーターボートがつながれている。船体は真っ黒に塗られていた。

「ほかにも客がいるのか」

「ランチの準備を頼んでおいたの」まるで世界でもっとも当たり前のことのように、マリーナは言った。

リナットはうなずいた。当然だ。この女性は何もかもが魅力的で、感動してしまう。この二時間ほど、間近でじっくり見るありがたい機会に恵まれた。このまれに見る美貌。富に慣れ親しんでいる金持ち。代々資産を受け継いできた由緒ある金持ち――わざわざ自己主張をする必要がなく、それにもかかわらず金持ちであることがはっきりと伝わってくるタイプの。ただ金を持っているだけでは足りないということを、リナットは知っていた。コネが必要だ、本物の財界内部の人間と知り合って、そういう者たちが密かに交わしているサインを知る必要があるのだ。そう、マリーナ・ファリエリのような財界に通じている人々と知り合わなくては。

カーチャには――ますますはっきりしてきた――消えてもらわなければならない。

マリーナはモトスカーフォを桟橋につなぎ、ふたりは陽射しにさらされた厚板張りの桟橋を歩いていった。かすかにカチャカチャという音がリナットの耳に入ってきた。岩壁につけられた階段を上がると、上は八角形《オクタゴン》に囲まれた空間になっていた。端から端まで百メートルほどだろうか。その一角に、レンガとタイル張りの建物の残骸が、発育不良のマツの木立ちの陰に沈んでいた。そこ以外の地面は陽射しにさらされて白っぽくなり、通路で四分割されている。階段からいちばん遠い角で、髪を短く刈りこんだ若い女がつるはしを振るい、石ころだらけの地面を着実に掘り返していた。ビキニのブラトップに軍用ショートパンツ、コンバットブーツという格好のその女は、めったに見ない強靭な体格をしている。リナットが見ていると、その女がこちらを向き、一瞬目が合った。女はつるはしを下ろし、ぶらぶらと建物の廃墟のほうに歩いていく。

マリーナはその女を無視して、八角形の中央に置かれた白いクロスの掛かったテーブルにリナットを導いた。テーブルをはさんで、鉄製のガーデンチェアが向かい合わせに置かれている。「どうぞ」マリーナは言った。

ふたりは腰を下ろした。石壁の向こうに陸地は見えず、ただ広大なラグーンの静けさが広がっている。リナットの背後で、トレーがカチャカチャいう音が聞こえた。さっきのつるはしの女が、キンキンに冷えたワインとミネラルウォーター、前菜、ごく小さいが美しいプチフールを並べていく。筋肉質の身体はうっすらと汗に覆われ、ふくらはぎとコンバットブーツは土で汚れている。

マリーナは女に目もくれず、リナットに微笑みかけた。「どうぞ。召し上がれ《ブォナペティート》」

リナットは太いソーセージ《モルタデッラ》をフォークで切り、口に入れたが、なぜか食欲を感じなかった。やんわりと吐き気がしてきたのを、無理やり嚙んで飲みこもうとした。ほどなく、つるはしが一定のリズムで地面を掘る音が再開した。

「あの人は何をしてるんだ?」自分の声が遠く、実体のないものに聞こえる。

「ああ、ガーデニングをちょっとね。手を休めさせたくないの。とにかく、このワインを注がせてちょうだい。ここヴェネト州産のビアンコ・ディ・クストーツァよ。きっとお気に召すわ」

　ワインは――地元産だろうがそうでなかろうが――今いちばんほしくないものだったが、礼儀上、グラスを差し出した。白ワインが注がれるあいだ、グラスをちゃんと持つこともむずかしかった。顔と背中に滝のように汗が流れ、水平線が揺れ動いた。つるはしのガチガチという音がいつの間にかざくざくというシャベルの軽快で安定した音に変わっていることに気づく。リナットはミネラルウォーターを飲もうとしたが、激しくえずき、ワインとモルタデッラがテーブルクロスの上に吐き出された。「す、すまな……」言いかけたものの、リナットの身体は椅子のなかに沈みこんだ。心臓がバクバクと激しく動き、両腕と胸が痛痒くなった。まるで皮膚の下で無数のヒアリが這いまわっているようだ。胸をかきむしりながら、リナットはパニックがわきあがってくるのを感じていた。

「その感覚は知覚異常と呼ばれるものよ」マリーナがワインを飲みながら、ロシア語で言った。「アコニチン中毒の症状のひとつよ」

　リナットは目を見開き、マリーナを見つめた。

「リモンチェッロに入ってたのよ。一時間もしないうちにあなたは心不全か呼吸困難で死ぬわ。今見たところでは、心不全でしょうね、賭けてもいいわ。それまでに出る症状と言えば――」

　鉄製のガーデンチェアの上で痙攣するように身をよじりながら、リナットは二度目の吐き気に襲われ、盛大な音をたてて胃の中身を生成りのシルクのスラックスの上にぶちまけた。

「まさしくそれよ。それ以外の症状は、今は知りたくないでしょうね」マリーナはもうひとりの女のほうを向き、手を振った。「ララ、ベイビー《ディエッカ》、こっちに来て」

　ララはシャベルを横たえ、急ぎもせずに歩いてくる。「墓穴はほぼ掘り上げたよ」ララは言い、ちょっと迷ってから、プチフールの箱からひとつ選んだ。「おおっとまあ、子猫ちゃん《コーチク》、これ、めっちゃうまいじゃん」

「天国の味よね？　サンマルコ広場の、あのショートケーキを買ったケーキ屋《パスティッツェリア》で買ったのよ」

「そろそろ戻らなきゃならないよ」ララはリナットを見やった。リナットは椅子からすべりおちて地面の上で痙攣している。汚れたスラックスのまわりにクロバエがたかっていた。

「完全に死にきるまであとどれぐらいかかると思う？」

　マリーナは鼻にしわを寄せた。「半時間とか、そのぐらいかな？　さっさと埋めちゃうほうがいいかな。こんなにくさくちゃランチが台無しだもん」

「ちょっとくさいだけでしょ」

「でもさ、あたしたちが知りたいことをしゃべるなら、こいつの生命を救うこともできるんだよ。アコニチンの解毒剤はあるんだから」

　リナットの目が大きく見開かれた。「お願いします《パジャルスタ》」涙と反吐のすじがついた顔で、息も絶え絶えにしゃべる。「頼む。何でも訊いてくれ」

「たった今あたしが知りたいことを教えてやるよ」次に食べたいプチフールを選びながら、ララは考えこむように言う。「朝からずっと頭のなかでこのメロディーが鳴ってるんだよ、おかげで本気で頭がおかしくなりそうでさ。ダダ・ダダ・ダダ・ダダ・ダダ・ダ・ダダダダ……」

「『ポスレドニイ・ラーズ』だ」苦悶のあまり、胎児のように縮こまっているリナットがぜいぜいとつぶやく。

「あ、そうそう、それだ。まったく恥ずかしいったら、ママがよくこの歌を歌ってたってのにさ。あんたのママもきっとおんなじだよね、ディエッカ」

「正直な話、あたしの母親はあんまり歌を歌ったりしなかった。ま、末期ガンだったせいもあるけどね」舌の先が上唇の傷痕をかすめる。「でもあたしたちは、こいつの最後の貴重な時間をムダにしてるよ」マリーナはリナットの視線の高さに合わせてしゃがみこんだ。「あたしがほしいのはね、答えだよ、くそ野郎《ウブリュドック》、それもすぐに。ひとつでもうそをついたり、迷ったりしたら、あんたは死に直行だよ」

「うそはつかない。誓う」

「よし。あんたがオデーサで誘拐した男だけど。どうしてさらった？」

「ＳＶＲに命じられたんだ、ロシアの対外――」

「ＳＶＲが何かぐらいは知ってるよ。なぜさらった？」

「おれはやつらの支局に呼ばれた。そして言われたんだ――」リナットはまたしても痙攣に襲われ、黄色いよだれの泡が唇からあふれ出た。

「時計がチクタク言ってるよ、リナット。やつらが何て？」

「あの男……コンスタンティンをさらえと。やつをさらってフォンタンカの屋敷に連れていけと」

「で、あんたはなぜ言われたとおりにしたんだ？」

「それは……ああくそ、頼む……」またしても知覚異常の発作に襲われ、リナットは腕と胸をかきむしった。

「それは？」

「やつらが……いろいろ知ってたからだ。〈ザラトーエ・ブラーツヴァ〉、つまり〈ゴールデン・ブラザーフッド〉のことを。おれたちがウクライナからトルコやハンガリーやチェコに女を送って性奴隷用に売り飛ばしてたことを知っていた。やつらはあれこれ尋問して、証拠もあげて、おれの身を滅ぼしかねなかった。おれの仕事をすべて――」

「で、SVRはフォンタンカのあんたの屋敷で、そのコンスタンティンって男を尋問したんだ？」

「そうだ」

「やつらはほしかった答えを得たの？」

「知らない。やつらはあいつを尋問した、だが……ああくそ……」リナットはまたも吐き気に襲われ、胆汁を吐き、膀胱が空になるまで失禁した。悪臭とクロバエの羽音がどんどん激しくなってくる。テーブルの向こう側では、ララが三つ目のプチフールを口に運んでいた。

「だけど……？」

「おれは近づけてもらえなかった。聞こえたのはやつらがずっとどなってた質問だけだった。

『〈ドゥヴィナッツァーチ〉――〈トゥエルヴ〉とは誰だ?』」

「コンスタンティンは答えたの?」

「知らない、やつらは……相当ひどくぶちのめしてた」

「それで彼はしゃべったの、どうなの?」

「知らない。やつらはこの質問だけを繰り返してた」

「で、〈トゥエルヴ〉って何なの?」

「知らない。本当だ」

「ゴヴノ。たわごとだね」

リナットはまたしてもえずいた。涙が滝のように頬を流れ落ちる。「お願いだ」すすり泣く。

「お願いって何?」

「さっき言ってただろう……」

「自分が何て言ったかぐらいはわかってるよ、バカ《ムダック》。〈トゥエルヴ〉の話をしなよ」

「うわさで聞いただけだ」

「続けて」

「何かの……秘密組織みたいだ。とても力があって、情け容赦がない。全部聞いた話だ、本当だ」

「その組織は何をほしがってるの?」

「そんなこと知るかよ」

マリーナはうなずき、考えるような表情になった。「ところで、女の子たちは何歳だったの？〈ゴールデン・ブラザーフッド〉がヨーロッパに送った子たちは？」

「十六歳が最年少だ。おれたちは――」

「子どもは売らないって？あんたは何？フェミニスト？」

リナットは答えようと口を開いたが、痙攣に襲われ、背中を上に突き上げた。ちょっとのあいだ、クモのように両手足で身を支えていた。が、背中を踏みつけられ、強引に地面に押しつけられて、這いつくばった。彼がマリーナ・ファリエリという名だと思っていた女性は黒髪のウィッグをかなぐり捨て、琥珀色のコンタクトレンズをはずした。「これを燃やして」ララに言う。

変装を解いた彼女はまったくちがって見えた。ダークブロンドの髪、氷のように冷たいグレーの目には底知れない虚無が漂っている。言うまでもなく、手にはサイレンサーをつけたCZオートマティック拳銃が握られていた。これが最期だとリナットは悟った。なぜだか、それを知ったおかげで、苦痛がごくわずかに和らいだ。「あんたは誰だ？」かすれ声で訊く。「くそ、誰なんだ？」

「あたしの名前はヴィラネル」彼女はリナットの心臓に銃口を向けた。「〈トゥエルヴ〉に雇われてる殺し屋だよ」

リナットは彼女を見つめた。彼女は二回撃った。蒸し暑い真昼の大気のなかに、消音された銃声が乾いた木が折れる音のように響いた。

リナットを墓穴まで引きずっていき、埋めるのにそれほど時間はかからなかった。暑いなかでの不快な仕事だったのでララにまかせ、ヴィラネルはそのあいだにテーブルと椅子とランチの残飯をモトスカーフォに積み、燃料缶を持って戻ってきた。Tシャツとジーンズを脱ぎ、ガソリンをかけて、ララが熾した焚火の、まだいぶっているウィッグの燃えかすの上に置く。

ララがリナットを埋め終えると、ヴィラネルはビキニのトップとショートパンツを脱ぐように命じた。全部燃え尽きるまで一時間近くかかったが、ついに服はすべて燃えた。灰は散らされ、燃え残ったボタンや鋲やクリップはすべてラグーンに投げこまれた。

「ボートにバケツがある」水面を見つめながら、ヴィラネルはぼそぼそと言った。

「何のための？」

「当ててごらんよ？」ヴィラネルは地面でつんとするにおいを放っているリナットの体液のすじを指さした。

ようやくヴィラネルが掃除の仕上がりに満足すると、ふたりは船着き場に下りていき、ララが買ってあった新しい服に着替えて、繫留してあったそれぞれのボートの綱をほどき、北東に針路を取った。ヴェネツィアのラグーンは浅く、水深は平均十メートルほどだが、ところどころにその二倍以上の深さになるところがある。ポヴェーリア島からそれほど遠くないところで、モトスカーフォの測深器が、ちょうどそういうくぼみの上を通っていることを示した。ヴィラネルはその好機をとらえ、金属テーブルとガーデンチェア二脚、つるはしとシャベルを投げこんだ。

十八〜十九世紀、ポヴェーリア島は疫病で沖に停泊している船の検疫所だった。二十世紀前半には病院が開かれたが、ヴェネツィアっ子が言うには、そこで精神病患者たちが邪悪な実験手術を受けさせられていたという話だ。今やすっかり廃れて幽霊が出るといううわさも立ち、荒廃して見えるこの島に舟で立ち寄る観光客もめったにいない。

葉を茂らせた木々が覆いかぶさる細い水路が、ポヴェーリア島を大きくふたつに分けている。ここで、通りすぎる舟に見られることなく、ヴィラネルとララはボートを繋留した。ヴィラネルの厳しい目に監視されながら、ララはモトスカーフォのあらゆる表面にDNA除去スプレーをかけてきれいにふき、それから排水プラグを抜いて、ヴィラネルが乗っているもう一隻に移った。モトスカーフォは二十分ほどかけて静かに沈んでゆき、水路の底に横たわった。

「どうせ見つかっちゃうだろうけど、今すぐじゃない」ヴィラネルは言った。「ホテルに行こう。あたしたちは姉妹って設定だよね？」

「うん、あたしはホテルの人間に、あんたをマルコポーロ空港に迎えにいくって言ってある」

「あたしは荷物を持ってないけど？」

「ロッカーに入ってる」

ヴィラネルは仔牛革のフェラガモのバッグ数個を点検した。「で、あたしたちは誰なの？」

「ユリア・ピンチュークとアリョーナ。〈マイシュガーベイビー・ドットコム〉っていうキーウを拠点にしてるデート斡旋会社の共同経営者だよ」

「いいね。あたしはどっち？」

「ユリア」

ヴィラネルはボートのクリーム色の革張りの助手席に身を沈めた。「じゃ、行こう。ここでの仕事はすんだ」

ヴェネツィアの海辺のリゾート地、リドのホテル・エクセルシオールのレストランで、ヴィラネルとララは〈メルシエ〉のピンク色のシャンパンを飲み、しっかり冷えた海の幸《フルッティ・ディ・マーレ》の盛り合わせを、タワー状に飾られた銀の皿からつまんでいた。レストランは白とアイボリー色でまとめられた、柱の多いムーア風のエキゾチックな内装で、混んではいなかった。観光シーズンも終わりに近づき、夏を楽しむ客たちはよそに移っていったのだろう。とは言え、あちこちから活気のある会話や、それをさえぎるような大きな笑い声が聞こえる。テラスの向こうではラグーンが宵闇にまぎれ、水面は空よりひときわ暗く見える。風はそよとも吹いていない。

「今日はよくやってくれたね」ヴィラネルはフォークでアカザエビ《ラングスティーン》を突き刺しながら言った。

ララは手の甲でヴィラネルの温かな背中にふれた。「よろしくご指導くださってありがとう、パンくずちゃん《クローシュカ》。今回の経験はとんでもなく貴重だったよ。いろいろ学べたしね。ほんとに」

「あんたはもうちょっとおしゃれな服を着るようにしたほうがいいよ。そんなレズビアン・ポルノ《レスビスコエ・ポールノ》まがいの服じゃなしにさ」

ララはにんまり笑う。髪を短く刈りこんだ頭にシルクシフォンのノースリーブ・ロングワンピースを着て、筋骨たくましい腕をむきだしている姿は、神話に出てくる戦の女神のようだ。

「上はあんたをそろそろ単独活動に送り出すと思う?」ヴィラネルは訊いた。

「たぶんね。問題はあたしの言葉だね。どうやらあたしの英語はまだロシアなまりがひどいみたいでさ、だからとりあえずはしばらく、語学研修生《オーペア》のホームステイみたいなことをやるみたい」

「英国で?」

「うん。チッピング・ノートンとかいうとこだって。行ったことある?」

「ない、でも聞いたことはある。ルブリョフカみたいな、汚い金がうなってる郊外住宅地だよ。退屈した主婦がコカインを吸ったりテニスコーチとファックしまくったりしてるとこ。すごく気に入るんじゃない。夫は?」

「政治家《ポリティーク》だよ。下院議員だって」

「そういう場合はたぶん、信用失墜《コンプロマート》を狙った情報を手に入れるために、そいつにあそこ《プッシー》をなめさせてやんなきゃならないだろうね」

「あんたのをなめるほうがいいな」

「わかってるよ、ディエツカ、でも仕事は仕事。子どもは何人？」

「双子の娘。十五歳」

「そりゃ、注意しなきゃね。そいつらを殺《バラ》さないように気をつけなきゃ。そぶりも見せちゃダメ。英国人はそういうことにうるさいんだ」

　ララは手にした殻つきのカキに視線を落とし、タバスコを一滴落として、カキの身がわずかに縮むのを見守った。「訊きたいことがあるんだ。今日のことでさ」

「どうぞ」

「あの毒だの何だのって小芝居、どうしてやらなきゃならなかったんだ？　せっかく銃があるのにさ？」

「あいつがしゃべらなかったら、撃つぞと言って脅せばよかったって？」

「どうしてそれじゃダメなんだ？　ずっと簡単なのに」

「考えてごらんよ。そのシナリオを頭でなぞってみな」

　ララはカキの身を喉に流しこみ、穏やかな宵闇に目を向けた。「それじゃ行き詰まり《スティルメイト》になっちゃうから？」

「そのとおり。やつらは打たれ強いんだよ、ああいう旧式な親分《ヴォール》はさ。イェヴチュフみたいなくそ野郎でもね。それにあの世界じゃ、面子《メンツ》がすべてなんだ。あいつがしゃべらなかった場合、銃で撃つって言って脅すことはできるけど、もしやつがくそったれ、殺しやがれとか言ったらどうする？　それで殺しちゃったら、話は聞けずじまいなんだよ」

「手とか足とか、すっごく痛いけど生命に別条はないとこを撃つってのは？　で、しゃべらなかったらまた別のとこを撃つって言えば？」

「ちょっとはましだけど、本気で本当のことを知りたいってときには、銃で撃ったせいでショック症状を起こすのは避けたい。人間、撃たれるとおかしなことをしゃべりだしたりするからね。解毒剤シナリオがいいのは、ゲームを相手にゆだねてやるってところだ。厳しい選択をするのはこっちじゃない、向こうなんだ。向こうがこっちの言うことを信じようが信じまいがね。ちなみに致死量のアコニチンに効く解毒剤なんて今んとこないんだけど、やつは生きのびる可能性があるのは唯一、しゃべることだってわかってるわけ。黙ってれば確実に死ぬんだから」

「王手《チェックメイト》」

「そういうこと。すべてはタイミングだよ。プレッシャーを与えるためには、毒がしっかり効いてなきゃならない。やつを焦らせるのはあたしじゃない、毒なんだよ。結局あいつは必死になって、止めようがないくらいべらべらしゃべったよね」

　ふたりは同じベッドで横になっていた。かすかな夜風がカーテンを揺らしている。

「今日はあたしを殺さないでくれてありがとう」ヴィラネルの髪の毛に口をつけ、ララはささやいた。「ちょっと考えてたよね、知ってるよ」

「どうしてそんなことを言うの?」

「あんたの動き方ってのがだんだんわかってきたからさ。あんたの考え方も」

「あたしの考え方って?」

「ああ、まあさ、いちおうの話として言うけど、あんたはああいうふうにリナットを殺して、それからあたしを撃って、両方の死体をあのボートに乗せて爆破すればさ……」

「で?」

「その爆破を警察が調べたときに、リナットと女の死体の残骸が見つかるわけじゃん。そうなったら警察はリナットのホテルのスタッフから話を聞いて、今日の朝、やつが女とボートで出かけたってことを知るよね」

「そうだね」

「で、警察としちゃさ、あたしの残骸をその女のだと考えてさ、何か超ヤバい事故があって死んだって思うよね」

「で、どうしてそんな面倒なことをあたしがすると思うの、ディエツカ?」

「そりゃさ、警察があんたを探すのをやめるからだよ、あんたは死んだって思うからね。そしてあたしは本当に死んでる。あんたの正体を知ってる唯一の人間がさ。あんたがペルミ出身のオクサナ・ヴォロンツォヴァだってことを知る唯一の人間が」

「あんたを殺したりはしないよ、ララ。本当に」

「でも考えはしたよね」

「まあね、一、二秒は考えたかも」ヴィラネルはくるりとララのほうに寝返りを打ち、彼女の顔と向き合った。目と目を合わせ、口と口を合わせてたがいの息を吸いあう。「でも本気で考えたんじゃない。あんたはもうすぐ、完全にひとり立ちして〈トゥエルヴ〉の兵士になる。あたしがあんたを粉々に吹っ飛ばしたら、上は快く思わないよね。そしたらどうすると思う？」

「理由はそれだけ？」

「ううん……こういうのがなくなるとさびしいから」ヴィラネルの手がララの引き締まった腹部を下に這いおり、指先で温かな肌をさする。

「あんたは本当にきれいだよ」しばらくして、ララは言った。「あんたを見ると思うけどさ、信じられないぐらい完璧だよ。でもあんたはほんとに……」

「ほんとに？」

「ほんとに恐ろしいことをやる」

「だから信頼できるでしょ」

「あたしは兵士だよ、クローシュカ。さっきあんたが言ったとおりにさ。あたしは戦うためにつくられた。でもあんたは望むとおりの人生を送ることができる。あんたは立ち去ることができるんだよ」

「立ち去ることはありえない。もしできるとしても、そうはしないよ。あたしはこの人生が気に入ってるんだから」

「だったら、今に死ぬよ。あの英国女は今にあんたを見つけ出す」

「イヴ・ポラストリのこと？　ぜひとも見つけてもらいたいね。彼女とはじゃれあってみたいんだ。ネコがネズミにするみたいに、彼女をあたしの前足でころがしてみたい。爪でツンツンって」

「あんた、おかしいよ」

「おかしくなんかないよ。あたしはゲームをしたいの。そして勝ちたい。ポラストリもゲームのプレイヤーなんだよ。だからあたしは彼女を気に入ってる」

「理由はそれだけ？」

「わからない。ちがうかもしれない」

「あたしは嫉妬するべきなのかな？」

「好きなようにするといい。あたしには何のちがいもないけどね」

ララはしばらく黙っていた。「あんたは疑いを抱くことはない？　こういうことについてさ？」

「抱くべきなの？」

「引き金を引く前の、あの瞬間とかさ。ターゲットはすでに死んでてもさ、そのことを知らない。そして夜、目を閉じたときにそいつらがいるんだ。死んだやつらがみんないて、あんたを待ってるんだよ……」

ヴィラネルはにっこり笑って、ララの口にキスした。手をララの太腿のあいだにすべりこませる。「そいつらは死んだんだよ、ディエッカ。みんな死んでるんだ」指先が細やかなダンスをはじめる。「あんたを待ってるのはただひとり、あたしだけよ」

「そういうのを見ることはない？」ララはささやく。

「ない」ヴィラネルは指をララの内部にすべりこませる。

「それじゃあんたは……殺したやつらについて何か……感じることは？」ララはヴィラネルの手の動きに反応して動いた。

「スウィーティー、お願い。頼むから黙って」

半時間後、ふたりがほとんど眠りかけていたとき、ベッドサイド・テーブルの上のスマホが震えはじめた。

「何？」ララの身体ごしに手をのばすヴィラネルに、夢うつつにララが訊く。

「仕事」

「冗談だよね、それ」

ヴィラネルはララの鼻の頭に軽くキスした。「悪党に休みはないんだよ、ディエッカ。あんたもそろそろ、それを知るべきだね」

2

デニス・クレイドルは自宅に迎えにきたイヴを見て驚いたが、それをうまく隠した。車はＭＩ６の専用車から選んだ八年物のフォルクスワーゲン・ゴルフで、芳香剤のきついにおいがしていた。クレイドルは無言で助手席に乗りこんだ。車を出すと、イヴはラジオ４の『トゥデイ』をつけ、ふたりともそれに聞き入るふりをした。

デヴァーへの長旅のあいだ、クレイドルは黙りこくっていた。最初のうちは、この態度は必死で何かしらの威厳を見せようとしているものと、イヴは見ていた。イヴがＭＩ５で働いていたときの彼は雲の上の上司と言える地位にいたからだ。だがやがて、暗い解釈が思い浮かんできた。彼が何も言わないのは、イヴがここで何をしようとしているか明確に知っていて、彼に金を流している組織もそれを知っているからではないか。もしそうなら、向こうはイヴのことをどれだけ知っているのだろう？　ニコのことも知っているのだろうか？　夫が敵対監視の、もしくはそれ以上にまずい何かの対象になっているかもしれないと考えると、罪悪感のあまり苦悶に身がよじれそうだった。この状況はイヴが自ら招いたものだ。その事実から目を背けることはできない。上海でサイモン・モーティマーが殺されたが、もしあのあとイヴがこの仕事から下りると決めていたとしても、リチャード・エドワーズは理解を示してくれていただろう。実際、彼はそうするよう勧めもした。だがイヴはやめなかった――そうする気はなかった。

どうしても答えを得たかったのだ。この諜報世界という暗い闇に沈んだ地に、血にまみれたすじを刻みつけている謎の女は誰なのか？　彼女を雇っているのは何者なのか、そして何をしようとしているのか？　彼らはそれほどの恐るべき絶大な力と広汎な影響力をどのようにして手に入れたのか？　その謎が、そしてその謎の中心にいる女が、イヴの心の奥底、自分でも本気で探究したことのない部分に問いかけてくる。イヴ自身が、今ターゲットにしているその女と同じような人間になる可能性はあるのだろうか？　ためらいも情けもなしに人を殺す人間に？　もしそうなら、それで何が得られるのだろうか？

ロンドンを出るときには渋滞がひどかったが、高速道路に乗ることでその分を取り戻すことができ、八時四十五分をちょっとすぎたころ、『関係者以外立ち入り禁止』の看板がかかった出口で高速を降りた。その道は、まばらに木が生えた林の先、鋼鉄のゲートに向かっている。ゲートの両側には、上に有刺鉄線をからめた高い金網フェンスがのびている。ゲートの前には守衛小屋がある。武装した憲兵隊の伍長がイヴの通行パスをチェックし、うなずいてゲートを通した。その先には、もとは政府の研究所として使われていた、風雪を経てしみのついたレンガ造りの低い建物群がある。駐車場に入ると、トレーニングスーツを着た六人がフェンスに沿って走っているのが見えた。自動小銃を携帯して、老朽化した建物のあいだを巡回している人々もいる。

受付ブロックで、イヴとクレイドルはE部隊の隊員の出迎えを受けた。この特殊部隊はここを本拠地にしている。彼はイヴのパスを見ると、ついてくるように手招きした。面談室は棒状の蛍光灯に照らされた長い地下通路の突き当たりにあった。最小限の備品があるだけで、監視カメラはどこにも見当たらない。三脚に天板を載せたテーブルには、電気ポットと半分だけ入ったミネラルウォーターのボトルが一本、しみのついたマグカップが二個、ビスケットのパックとティーバッグの箱、砂糖と粉末ミルクのポーション数個が載っている。室内は寒く、イヴにとって好ましくなかった。エアコンがかすかにがたつくような音を立てている。

「お茶でも淹れようか？」三脚テーブルに向かって歩きながら、クレイドルは言った。

「ご自由に」イヴは汚れたプラスチック椅子に腰を下ろした。「ここでムダにする時間はありません。あなただってそうでしょ」

「われわれは見られてるのか？　盗聴されてる？　記録をとられてる？」

「それはありません」

「それでよしとするしかなさそうだな……おい、このビスケットは半年前のものだぞ」

「基本ルールを言いますが」イヴは言う。「うそをついたり、言葉を濁したりごまかしたりしたら、取引はナシです」

「当然だな」クレイドルは電気ポットにミネラルウォーターを入れた。「ミルクと砂糖ひとつ、かな?」

「わたしが言ったことは理解していますか?」

「ミセス・ポラストリ。イヴ。わたしは十年以上、尋問術を駆使してきたんだ。ルールは心得てる」

「よかった。それなら、はじめましょう。最初の接触を受けたのはどういう状況でした?」

クレイドルはあくびをし、鷹揚に口を覆ってみせる。「三年ぐらい前の休暇中だった。マラガの近くで、夫婦でテニスキャンプに参加していた。オランダからもうひと組の夫婦が参加してて、ペニーとわたしはよくその夫婦とテニスをするようになった。その夫婦はレム・ベッケルとガイテと名乗っていた。デルフトに住んでいて、レムはITコンサルタント、妻のガイテは放射線技師をしていると言っていた。今にして思えばそのどれもがあやしいと思えるが、そのときはあっさり信じたよ。そして休暇のときによくつくるような、疑似友達になった。いっしょに食事に出かけたりとかするようなやつさ。そしてある晩、ペニーとガイテはほかの奥さんたちと連れだってガールズナイトってやつに繰り出し――フラメンコとかサングリアとか、そういったやつだな――レムとわたしは繁華街のバーに出かけて、スポーツの話をしばらくした、彼はフェデラーの大ファンだったよ。それから、政治の話に移った」

「で、あなたはそのレムという男に、どういう職業だと話したんです?」

「ごくありふれた一般的な、内務省勤務ってやつだよ。それから当然ながら、しばらくのあいだ、移民問題の話になった。だが彼は政策を責めたりはしなかった。その夜はワインの話で終わったと思う。彼はワインにとてもくわしかった。わたしにしてみれば、休暇中によくある、世の中を良くしたいと願う楽しいおしゃべりの夜だった」

「それから?」

「それから、自宅に戻って一か月後、レムからeメールが来た。二日間の出張でロンドンに来ていて、友人をわたしに会わせたいと言うんだ。その友人が会員になっている、ペルメル街にあるワインクラブに三人で行って、希少なヴィンテージを二本ほど飲んでみようという話だった。彼が名前を出したのは、たしか、〈ロマネコンティ・リシュブール〉と〈ロマネコンティ・エシェゾー〉だったな。テムズハウスの給料じゃ、たとえ部局の副局長といっても、とうてい手が出ない銘柄だ。ミルクと砂糖がほしいって言ったかな?」

「ブラックでけっこう。それで、そういうふうにまた接触してきたレムのことを、どう思ったんです?」

「英国人らしくこう考えたことを覚えてるよ――これはちょっとばかり度を越してるぞ、と。休暇中に一杯やりに出るのはともかく、そのあとも追いかけてくるとなると、話は別だ。たとえ、eメールアドレスを交換していたとしてもね。だが同時に、本当にすばらしいブルゴーニュ屈指のワインを飲めるチャンスを逃すのは惜しいと思ってしまった、それで行くと返事をした」

「言い換えれば、向こうは完全にあなたを操ったんですね」

「そうだな」クレイドルは片方のマグカップをイヴに渡した。「それから、そのクラブに行ったときは、本当にうれしかった、と言っておこう」

「それで、その友だちというのは？」

「ロシア人のセルゲイだ。三十歳ぐらいの若い男で、とんでもなく洗練されてたよ。ブリオーニのスーツを着て、非の打ちどころのない英語をしゃべって、ソムリエには完璧な発音のフランス語を使っていた。とんでもなく魅力的な男だった。そしてテーブルには、信じられないことに、グラスが三個とＤＲＣのボトルがあった」

「いったいそれは何？」

「〈ドメーヌ・ドゥ・ラ・ロマネコンティ〉。極上で希少価値があり、疑う余地なく世界一高価なブルゴーニュ産の赤ワインだ。しかも一九八八年のものだった。カタログ価格は一万二千ポンド。気が遠くなりかけたよ」

「それがあなたへの賄賂だったのね？　高価なワインを飲む機会っていうのが？」

「そんなにいやみったらしい口をきくなよ、イヴ。きみには似合わないぞ。それにちがうよ、それは賄賂ではなかった。あれはただの握手がわりだった。そしてワインはたしかによかった――わたしがいいと言うときは、本当に絶品という意味だ――が、わたしは賄賂を受けたなどとはこれっぽっちも感じなかった。そして当然のなりゆきとして、わたしは心からレムとセルゲイにお礼を言い、握手して別れた。それ以来、どちらにも二度と会っていない」

「それで、その晩、ふつうでないことが何かあったんですか？」

「会話だ。セルゲイは――まあ、それが本当の名前だとして――かなり優秀なシンクタンクや政府の上層部以外ではめったにお目にかかれないぐらい、グローバル戦略をよく把握していた。そういう人物がいろんな事象を分析したり意見を述べたりすると、思わず耳を傾けてしまうものだ」

「まるで彼は、あなたが本当は誰なのか知っていたみたいね」

「彼の話にほんの数分耳を傾けただけで、そう確信したよ。というか、彼とレムは諜報世界での重要なプレイヤーなのだ、と確信した。すべては流れるように進み、わたしはどういう申し出がなされるのか、見てみたくなった」

「申し出がくるってわかってた？」

「まあ、何らかの種類のね。だがやつらは金で釣ってはこなかった、それに……まあ、信じようが信じまいがきみの自由だが、そういうことじゃなかった。金じゃない、という意味だ。出されたのは、アイディアだった」

「アイディア」イヴは抑揚のない声で言った。「これは南仏の豪華なアパートメントとも、クルーザーで日焼けする二十何歳かのセルビア人の美人ジムインストラクターとも、そういったほかの何ともまったく関係ないって言ってるわけね。そんなことを信じてもらえると思ってるんですか」

「さっきも言ったように、信じようと信じまいときみの自由だ」

「ところで、トニー・ケントというのは何者？」

「わからんな」

「ケントはこの件の裏にいる黒幕よ。基本的にはあなたに金を払った男だけど、本当に念入りに自分の痕跡を消そうとしていた」

「何と言われようと、知らないものは知らない」

「本当に？　トニー・ケントよ。よく考えて」

「本当に本当だ。知る必要のないことは何も聞かされていない。誰も、いかなる名前も口に出してはいなかった、誓って本当だ」

「それじゃ、あなたは彼らのことを信じていたって言ってるの？　本気で？」

「イヴ、聞いてくれ。お願いだ。きみも知ってるし、わたしも知っているとおり、この世界は地獄に通じている。ヨーロッパは内部崩壊しつつあるし、米国は頭のイカれてるやつをリーダーにしてしまった。南のイスラム教徒どもは自爆ベストを着て北上してきている。中央はとうてい持ちこたえられない。このまま行けば、われわれは破滅する」

「あなたにはそう見えていると？」

「実際にそうなんだよ、以上おしまい。今や〝西の損失は東の得〟と言うように、われわれが内輪でもめあっている一方で、向こうは着実に稼いでいる。だが長期的に見れば、ずっとそのままというわけではないんだ。遅かれ早かれ、われわれの問題は向こうの問題にもなる。われわれが何らかの安定性を保つ唯一の方策は――われわれ全員が生き残る唯一の方策は、各界の有力者層が手を組むかどうかにかかっている。わたしが言っているのは、単なる通商協定や政治的な条約のことだけじゃない、われわれの価値観を守って広める実際的な活動を一丸となってするべきだと言っているんだ」

「その価値観って、具体的にはどういうものなんでしょう?」

クレイドルは椅子に座ったまま、前に身を乗り出した。彼はイヴの視線をとらえ、離さなかった。「いいか、イヴ。われわれは孤独なんだ。われわれが今話していることは、誰も見ていないし聞いてもいない。誰も知らないし、どうとも思っていない。だから、分別を持てと言ってるんだ。未来の側に立つか、過去の焼けただれた残骸のなかに自ら閉じこもるか」

「その価値観の話をしてもらいましょうか」

「まず、もはや機能しないと実証されたものの話をしよう。多文化共生主義と最小公分母民主主義というやつだ。一時は盛んだったが、もうそれは終わった」

「そしてそれに代わるのは?」

「新しい世界の秩序だ」

「売国奴と暗殺者の工作で作り出される?」

「わたしは自分を売国奴とは思っていない。それから、暗殺者と言うなら、E部隊がどういう仕事をしていると思っている?　どこの国にも政権のために武力を行使する部隊がいる。ご覧のとおり、わが国にもね」

「それで、あなたたちはなぜ、ヴィクトル・ケドリンを殺したの？　彼の政治哲学はまさしくあなたたちと道を同じくしているように思えますけど」

「それはそうだ。だがヴィクトルは幼女趣味のアルコール依存症者でもあった。今にそれが漏れ出し、そうなるとせっかくのメッセージが穢《けが》されてしまうところだった。だが実際は、彼は信念のために殺された悲劇的な殉教者になる。きみが最近のロシアに行ったことがあるかどうかは知らんが、今やいたるところにヴィクトル・ケドリンが出ている。ポスターや新聞、ブログ……死んだおかげで、彼は生きていたときよりもはるかに人気者になっているんだ」

「女の名前を教えて」

「どの女だ？」

「わたしの監視中にケドリンを殺し、サイモン・モーティマーを殺した暗殺者よ。ほかに何人殺しているか誰にもわからない、その女」

「わからんね。そっちの方面の人間に訊いたほうがいいんじゃないか」

その瞬間、まったく無意識のうちにイヴはオートマティック拳銃を抜き、クレイドルの顔に突きつけた。「ふざけるなと言ったよね。彼女の名前は？」

「さっきも言ったように、知らないんだ」クレイドルはたじろぎもせず、イヴを見つめた。

「それから、うっかり事故を引き起こす前にそのぶっそうなモノをしまったほうがいいと提案もしておこう。きみにとっては、わたしを殺すより生かしておくほうがはるかにいいはずだ。殺した場合、どれだけの申し開きが必要になるか、考えてみたまえ」

自分に腹を立てながら、イヴは手を下ろした。「よく覚えておいてね、あなたが今ここに座ってるのは、国家反逆罪で逮捕される代わりに、わたしに話をするためなのよ。接触した相手すべての名前と、いつどうやって彼らと連絡を取っているか。あなたが彼らにどういう情報を渡したか。あなたに金を払ったのは誰か、どういう方法でしたのかを細かく話して。それから、秘密情報部でもそれ以外でも、その組織のために祖国を裏切った者の名前をひとり残らず教えるのよ」

「〈トゥエルヴ〉だ」

「え？」

「そう呼ばれている。〈トゥエルヴ〉。フランス語で〈ル・ドゥーズ〉。ロシア語では〈ドゥヴィナッツァーチ〉」

ドアに無遠慮なノックがあって、ふたりをこの面談室に連れてきた隊員が顔をのぞかせた。

「ボスからメッセージが来ています、マァム。おいでいただけますか？」

「ここで待ってて」そうクレイドルに言い、イヴは隊員について一階に上がった。そこに、引き締まった身体つきで口ひげを生やした士官が待っていた。

「きみの夫から電話があった」士官は言った。「空き巣に入られたからどうしても帰ってきてほしいと言っている」

イヴはまじまじと士官を見つめた。「夫はほかに何か言っていましたか？　夫は大丈夫なんでしょうか?」

「残念ながらそういう情報は入っていない。すまない」

イヴはうなずき、スマホを探った。ニコの電話は留守電になっていたが、数秒後、電話が折り返されてきた。「今、アパートにいる。警察が来てる」

「何があったの?」

「何もかも、ひどく妙なんだ。お向かいのミセス・ハンが、うちの表側の部屋の窓から出てくる女を見て――なんともずうずうしいことに、自分がしていることを隠そうともしてなかったみたいだ――通報してくれたんだ。制服警官がふたり学校に迎えに来て、それではじめて、ぼくは知ったんだよ。ぼくにわかるかぎりじゃ、何もなくなってはいないけど……」

「けど、何?」

「とにかく戻ってきてくれ、いいね?」

「その女は逃げたのね?」

「ああ」

「人相とかは?」

「若くてスリムで……」

イヴにはわかった。確信があった。数分後、イヴはA303号線を南下していた。助手席にはクレイドルが座っている。物理的に近いのも、彼のアフターシェイブ・ローションのかすかな鼻につくにおいもいやだったが、後部座席に乗せて背後を取られるのはもっといやだ。

「わたしの権限でひとつきみに申し出をしよう」ミッチェルデヴァーの給油所をすぎたところで、クレイドルが言った。

「あなたがわたしに申し出を？　冗談でしょ？」

「いいか、イヴ。きみの現在の地位も、今きみが働いている部署の名前も、わたしは知らないが、きみがテムズハウスの連絡係として薄給で働いていたのがそれほど昔でないことは知っている。公務員は公に奉仕することで報われる、とか何とか、たわごとで言いくるめられてな。そして断言するが、今の待遇もそれほど大きくは変わっていないはずだ。少なくとも給与という点ではね」

「くそ！」イヴの車を内側から追い抜こうと低速車線にすべりこんできたポルシェをよけようと、イヴは急ブレーキを踏んだ。「いい運転しやがって、くそポルシェ野郎！」

「だが考えてみろ。数百万ポンドの預金があれば、何かいい時機にきみも夫も仕事を辞めて、明るい陽射しの降り注ぐ場所に移ることができる。残りの人生はファーストクラスで旅をしてまわることができる。狭苦しいアパートや混み合っている地下鉄とはおさらばだ。終わりのない冬ともおさらばできるんだ」

「あなたはそうやって説得されたってわけ？」

「まあ、最終的にはそうなるだろう。きみは、自分にはわたしが必要だと理解できるぐらいには頭がいいということを知っているからな。この国という船は沈みかけてるんじゃない、もう沈んでるんだ」

「本気でそう信じてるの？」

「イヴ、わたしが言っているのは国家への反逆ではなく、一般常識だ。本当に国家のために尽くしたいと思うなら、われわれに加わって、新しい世界をつくるのを手伝ってくれ。われわれはあらゆるところにいる。われわれは大勢いる。そしてきみにじゅうぶんな報酬を……」

「うわ、こんなこと、信じらんない」警察のバイクが青いライトを回転させながら、バックミラーのなかでどんどん大きくなってくる。バイクがそのまま通りすぎてくれることを願いながら、イヴはスピードを落としたが、車の前にまわりこみ、制服警官が腕を振って、路肩に止めるよう指示した。

警官はパワフルなＢＭＷバイクのスタンドを立てると、歩いてきて運転席側の窓からのぞきこんだ。

イヴは窓を下げた。「何か問題でも？」

「免許証を見せてもらえますか？」女性の声だった。白いヘルメットのサンバイザーが陽射しを受けてきらめく。

イヴは免許証といっしょに秘密情報部《SIS》のパスを渡した。

「車から出てもらえますか。ふたりとも」

「本気で言ってるの？　自宅に空き巣が入ったから、はるばるロンドンに向かってるのよ。どうぞ警視庁に問い合わせてちょうだい。それから、そっちのパスをもう一度よく見ることを強くお勧めするわ」

「今すぐ降りてください」

「ああ、まったくもう」いらだちを表立って出さないようにしながら、イヴはゆっくりと車から出た。怖いほどの至近距離で、車がビュンビュン通っていく。

「ボンネットに両手をついて。足を開いて」

どことも知れぬなまりのある言葉だ。警官には珍しい。イヴの頭に疑念が芽生えた。慣れた手つきで警官はイヴの胴体を軽くたたき、スマホを取り、ホルスターからグロックを抜いた。弾倉《マガジン》をはがすカチッというかすかな音が聞こえ、拳銃が戻されるのが感じられた。吐きそうな確信が貫く。これは、警官じゃない。

「こっちを向いて」

イヴはそうした。高視認性のジャケット、革のスリムパンツとブーツに包まれたほっそりした女性の体形が目に入る。その女の両手がサンバイザーを上げ、感情のない氷のようなグレーの目があらわれる。前に一度遭遇した目。上海の混み合った通りで。その夜、サイモン・モーティマーが、胴体からほとんど首を断ち切られた状態で発見されたのだ。

「あんたね」イヴは言った。ほとんど息ができなかった。心臓が胸のなかで激しく打っていた。

「あたしよ」女はヘルメットを脱いだ。その下にライクラのフェイスマスクをかぶっており、氷のようなグレーの目以外の容貌は隠されている。女はヘルメットを地面に置き、クレイドルを手招きした。クレイドルが歩いていく。「そのフォルクスワーゲンのタイヤの空気を抜いて、キーをあなたのポケットに入れてね、デニス。それからバイクの横で待ってて」

クレイドルはイヴを見てにやりと笑い、肩をすくめてみせた。「すまんね。残念ながら、今回はきみの負けだ。われわれは自分の面倒は自分で見るんだ、わかっただろう」

「わかったわ」イヴはたじろぐまいとしながら言った。

女はイヴの二の腕をつかんでちょっと離れたところに導き、イヴの顔をじっくりと見つめた。まるで記憶に焼きつけようとするかのように。「あんたが恋しかったよ、イヴ。その顔が見られなくて寂しかった」

「わたしも同じことを言えたらいいのにね」

「そんな態度、とらないで。じゃけんにしないでよ」

「クレイドルを殺すつもり？」

「どうして？　そうしたほうがいいと思う？」

「それがあんたの仕事でしょ？」

「頼むから、その話はやめとこう。あたしたち、めったに会えないんだから」女は片手を上げ、人差し指でイヴの顔にふれた。その手首に上海でなくしたブレスレットを見て、イヴは口もきけないほど驚いていた。

「それ……それ、わたしのよ。どこで手に入れたのよ？」

「シーバード・ホテルのあんたの部屋で。夜中に忍びこんであんたの寝顔を見てたら、つい我慢できなくなっちゃって」

イヴはぽかんとした顔になり、女を見つめた。「あんたが……わたしの寝顔を見てた？」

「あんた、とても愛らしかったよ、髪の毛が枕の上いっぱいに広がってて。すごく無防備に見えた」女はイヴの耳のうしろのほつれ毛を指に巻きつけた。「でも、もうちょっと身なりに気を使ったほうがいいよ。あんたを見ると、昔の知り合いを思い出す。きれいな目も、哀しげな笑顔もまったく同じ」

「その人の名前は？　て言うか、あんたの名前は？」

「ああ、イヴ。あたしの名前はたくさんあるの」

「あんたはわたしの名前を知ってるのに、わたしには教えないってわけ？」

「それを言うといろんなことがダメになっちゃう」

「いろんなことがダメになっちゃう？　今朝わたしの家に押し入っておいて、いろんなことがダメになるって心配をしてるわけ？」

「あんたにお土産を残したかったのよ。サプライズってやつ」女は手首のブレスレットを振って見せた。「これのお返し。こうしておしゃべりしてたいのはやまやまだけど、今はもう行かなきゃ」

「彼を連れてくの？」イヴはクレイドルを顎で指した。彼は二十歩ほど離れたところで、バイクのそばをうろうろしている。

「そうしなきゃならない。でもぜったい、また会おうね。訊きたいことがたくさんあるしさ。

言わなきゃならないこともたくさん。それじゃまたね《アビヤントゥ》、イヴ。そのうちまた会いましょう」

バイクに乗って走り抜ける田舎道は、木々や生垣が秋のはじめの陽射しを浴び、まだ生き生きとして見える。クレイドルは気分が軽くなっていくのを感じていた。彼らは自分を救いにきてくれたのだ。まずいことになったらそうすると常々言っていたとおりに。そして今、どこか安全なところに連れていってくれている。どこであれ、〈トゥエルヴ〉の言葉が法となっている場所に。家族には二度と会えないだろうが、ときには犠牲を払わなくてはなるまい。ペニーにとっては、その犠牲はそれほどつらいものではないだろう。子どもたちにとっても——まあ、彼らの人生にファーストクラスのスタートを与えてやったのだから。ロンドンの名門私立校に通わせてやり、フランスのトロワ・ヴァレーでスキー三昧の休暇をすごさせてやり、シティで高い地位にある人物を名付け親につけてやったのだから。

迎えに来るのが女だとは思っていなかったが、この女を見たからには文句を言うつもりはない。この女はたしかに、あのポラストリとかいうあばずれに目にもの見せてやったのだ。交通警官の偽装をさせて送りこむなんて、まさに天才的だ。

バイクは一時間ほど走ってから、サリーにあるウェイブリッジの街のすぐ外側を流れる川にかかる橋のたもとで止まった。女はＢＭＷのバイクのスタンドを立て、ヘルメットとジャケットを脱いでフェイスマスクを取り、頭を振った。髪の毛がふわりと揺れて広がる。借り物のヘルメットを脱ぎながら、クレイドルは称賛の目で女を見つめた。

女の容姿に関してはいっぱしの目利きを自任していたが、この女はなかなかの高得点だ。ダークブロンドの髪は汗ばんでいるが、マイナス点になるわけではない。氷のように冷ややかな目はちょっと奇妙だが、あの口はいかにも官能的なキスをしてくれそうだ。おっぱいは？　ぴっちりしたTシャツの下でリンゴのように甘やかだ。そもそも、革のスリムパンツにバイカー・ブーツをはいた若い女を目にして、カルバン・クラインの中身が疼《うず》かない男がいるだろうか？　こういう格好をしているからには、その気があるはずだ。そして自分は今や、実質的に、独身の男に戻ったも同然なのだ。

「歩きましょう」BMWバイクの衛星ナビゲーションに目をやり、女は言った。「あなたの旅は次の段階へ向かう。その合流地点《ランデヴー》はこの先よ」

道路から下りてウェイ川に向かう小道をたどる。水面は暗いオリーブ色で、流れがひどくゆるいせいで表面は静止しているように見えた。川の土手は木々が影を落とし、やたらにのびたシャクが繁っている。ところどころに小型の平底船やはしけが錨を下ろして動かずに横たわっている。

「で、どこに向かってるんだ？」

「それは言えない」

「その、また会うことがあったら……」クレイドルは言いかける。

「はい？」

「ちょっとディナーでもどうかな？　何かそういったことでも？」

「たぶんね」

木漏れ日がまだらに落ちる小道をずっと歩いていくと、誰にも行き合わないまま、堰の上の淵になっているところに着いた。岸辺にはガマとアヤメが繁茂している。

「ここがランデヴー地点よ」女が言う。

クレイドルはあたりを見まわした。なめらかに流れている水が堰でどどどと勢いよく落ちてゆく。川はこういう場所特有の、鼻をつくなんとも言えないにおいがした。泥と草木と腐敗のにおい。こういう時間を超越したような風景は、子ども時代を思い起こさせる。『たのしい川べ』のネズミとモグラとヒキガエル。そして彼には決して理解できなかったあの章――『あかつきのパン笛』。唐突にパンの神が出現するその章の深遠さについて考えているとき、すさまじい力で振り下ろされた警棒がクレイドルのうなじを直撃した。クレイドルはほとんど何の音もたてずに川に落ちた。彼の身体は半分水に沈んだまましばらくそこで漂い、それから、ヴィラネルが見守る前でまっすぐ堰のほうに流されはじめた。そして堰の手前で不意に水中深く引きこまれていった。ヴィラネルはじっと立ったまま、ガラスのような水面のはるか下で彼の身体が渦に巻かれてぐるぐるとまわっているさまを思い描いた。それから警棒をホルスターにおさめ、ゆっくりとした足取りで小道を戻りはじめた。


ランスに送ってもらって自宅にたどりついたときには、イヴは疲れ果てていた。激しい怒りと不安のうえに、ランスの車のタバコ臭が原因でうっすらと吐き気も感じていた。リチャード・エドワーズとの恐ろしい会話も待ちかまえているが——彼は午後六時にオフィスに来ることになっている——もっとも恥じ入るべきなのは自分自身に対してだった。なんとやすやすと、せせら笑われるほど雑作もなくもてあそばれたことか。自分はなんとうぶだったのか。まったくプロらしからぬ失敗をしてしまった。

クレイドルの鼻もちならない態度や、妙に警告めいた口をきいたことから、気づいてしかるべきだったのだ——彼が救出を予期していたことを。彼の裏切り行為を暴いたことに浮かれるのでなく、どういう種類の大胆不敵な工作が仕掛けられてくるか、的確に予想するべきだった。これほど無防備でいられたなんて、自分でも信じられない。そしてあの、A303号線での現実とも思えない遭遇。あれから、自分でも理解できないさまざまな感情に襲われ、死んだも同然の状態になっていた。

だからニコに案内されてアパートに入ったときも、夫の憤懣にまともに応じる気分ではなかった。「電話したのは四時間半も前だぞ」緊張を押し殺して青ざめた顔で、ニコは言った。「きみはお昼には帰るって言ったけど、もう三時近い」

イヴは息を吸おうと努めた。「ああ、本当にごめんなさい、ニコ。説明はあとにするわ。でもあなたの今日が悪い一日だったとしたら、信じてちょうだい、わたしのはもっとひどかったのよ。車のキーとスマホを盗まれちゃったから、車がビュンビュン走る幹線道路の路肩に一時間立って、車を止めようとしたのよ。そして、それだってまだほんのはじまりにすぎないの。だからとにかく怒らないで教えてちょうだい。何があったの？」

ニコは唇をぎゅっと引き結び、うなずいた。「電話で言ったとおり、今朝の十時半ごろ、うちの窓から若い女性が出てくるのをミセス・ハンが見て、警察に通報してくれたんだ。警官ふたりが学校に寄ってぼくを乗せてくれて、ここまで送ってくれた。警察はこの一件をきわめて深刻に受け止めてくれているよ、ぼくらが戻ってきたとき、外で鑑識の人が待ってたからね。きっときみがＭＩ５にいたから、うちの住所が登録されたんだろうね、知らないけどさ。何にせよ、警官たちがぼくといっしょにうちに入って、部屋を順に見てまわった。鑑識の女の人がドアハンドルや表側の部屋の窓や、その他いろんなとこの表面を調べて指紋を探したけど、何も出なかった。侵入者は手袋をはめていたにちがいないって言ってたよ。窓の鍵を開けてたけど、それ以外には何も壊したり乱したりしていない。ぼくが見たかぎりではね。そして盗《と》られたものもない」

「セルマとルイーズは？」

「大丈夫だ、外で震えてるだけだ。警官たちが来たからびっくりしたんだ、想像がつくだろうけど」

「警官はもう帰ったの？」

「とうの昔にね」

「侵入者はどうやって入ったって？」

「玄関ドアからだって。警察はドアの鍵穴をよく調べて、女がピッキングしたんだろうと考えてる。つまりその女は、鍵をかけ忘れた家に忍びこんで電話機やノートパソコンを探すどこかのティーンエイジャーじゃなく、プロだろうってことだ」

「そうね」

「え……きみはその女に心当たりがあるのか?」

「いいえ、プロの泥棒に知り合いはいないわ」

「頼むよ、イヴ。ぼくが言ってる意味はわかってるはずだ。これはきみの仕事と関係があるのか? この女は何か特別なものを探してたのか? 何か……」ニコの声がとぎれた。イヴが見守る前で、彼の心のなかで暗い疑念がかたまっていく。「これは……例の女がやったのか? きみが追っているやつが? どうせまだ追いかけてるんだろう? だって、もしそうなら……」

イヴは夫の視線を冷静に受け止めた。

「本当のことを言ってくれ、イヴ。真剣に、どうしても知りたいんだ。今回だけは、どうかうそをつかないでくれ」

「ニコ、本当よ。これが誰の仕業か、まったく見当もつかない。それに、この件をわたしの仕事や、あなたが言っている捜査と結びつける根拠は何もないわ。去年ロンドンで空き巣の通報がどれだけあったか知ってる? 六千件近くよ。六千件。つまり、統計からいうと――」

「統計か」ニコは目を閉じた。「このぼくに統計の話をするっていうんだな、イヴ」

「ニコ、お願い。わたしがうそをついてるとあなたが思ってるのも、わたしたちの家にどこかの泥棒が押し入ったのも、うちに盗む価値のあるものが何もないのも残念で仕方ないけど、これはこのくそロンドンのあちこちで起きてるできごとにすぎないのよ、いい？　説明なんてつきやしない。これはただ……起きただけなの」

ニコは壁を見つめる。「たぶん警察が――」

「ううん、警察は捜査しないわ。そもそも、何も盗まれてないんだから。彼らは調書を書いて、ファイルにしまって終わり。今から家のなかを見てまわるわね。何もなくなってないか確認する」

ニコはそのまま立ち尽くしていた。息づかいが聞き取れる。とうとう、ゆっくりと、彼は頭を垂れた。「お茶を淹れるよ」

「ええ、お願い。もしケーキが残ってたら、出してちょうだい。お腹がぺこぺこ」イヴはニコのうしろにくっつき、両腕を夫の腰にまわして、彼の背中に頭をくっつけた。「ごめんなさい、今日は本当にひどい一日だったの。それがこれのおかげでいっそうひどくなってるし。だから警察への協力とか何やかや、全部やってくれてありがとう。正直なところ、わたしにできたとは思えない」

裏口のドアを開けると、セルマとルイーズが跳ねながらやってきてイヴの手に鼻をすりつけてきた。イヴは思わず微笑んだ。この子たちは、本当に抗しがたい。ごく小さな庭を仕切る壁の奥が、二十メートルほどの急斜面になっており、その下に鉄道の線路がのびている。不動産業者の説明では、線路がすぐ近くにあるおかげで、このアパートはこの地域のほかの物件よりも安いのだった。列車の音はもはやまったく気にならない。ガタガタゴトゴトという単調な音はとうの昔にロンドンの騒音の一部になっている。ときどき、イヴはここに出てきて腰を下ろし、列車を眺める。絶え間なく行き来する列車を眺めていると、心がなだめられるのだ。

「最後に平日の午後をいっしょにすごしたのはいつだっけな？」ニコが危なっかしくケーキをひと切れ載せた皿と、紅茶のカップをイヴに手渡した。「もうはるか昔のような気がする」

「そのとおりね、ほんとに」薄暗い都会の地平線に目を向け、イヴは答えた。「ちょっと訊きたいことがあるんだけど？」

「どうぞ」

「ロシアについてなんだけど」イヴはケーキを口に運ぶ。

「ロシアの何だ？」

「〈トゥエルヴ〉って呼ばれてる何かとか誰かとか、聞いたことはある？」

「それは詩のことかい？」

「詩？」

「〈ドゥヴィナッツァーチ〉――〈トゥエルヴ〉という詩だ、アレクサンドル・ブロークの。ブロークは二十世紀はじめに活動していた詩人で、ロシアの聖なる運命を信じていた。かなりイカれたたわごとだよ。彼の詩は大学時代に読んだ。革命詩にハマってたころにね」

イヴはうなじに冷たいものを感じていた。「それ、どういう詩なの？」

「十二人の共産党員《ボリシェヴィキ》がペトログラードの通りをまわって神秘的な探索をするんだ。ぼくの記憶にあるかぎりじゃ、真夜中に、吹雪のなかで。どうしてその詩のことを？」

「今日、仕事で、〈トゥエルヴ〉と呼ばれる組織の話をした人がいたの。何かの政治的な組織みたい。ロシアの組織か、ロシア人が関係してる組織のようなの。わたしはそんな話、聞いたことがないんだけど」

ニコは肩をすくめた。「教育を受けたロシア人なら、ほとんどがこの詩を知ってるだろう。政治的立場の違いを越えるソビエト時代への郷愁ってやつがあるからね」

「それはどういう意味？」

「ブロークの詩の真夜中にさまよい歩く者たちにちなんだ名をつけるような団体なんて、ネオ共産主義者からガチのファシストまで、ほとんどどの位置にいてもおかしくないからな。その名前からじゃ、たいしたことはわからないよ」

「それじゃ、どうしたらそれがわかるの？」

セルマとルイーズがニコの膝に頭をすりつけ、メエエと鳴いて注意を惹いた。

紅茶のカップを手に、イヴはアパートのなかをまわった。小さな住まいで、いろいろなモノがひしめきあっている――ほとんどがニコのものだ――にもかかわらず、動かされたものも盗まれたものもないようだ。最後に寝室に行き、枕の下や引き出しのなかをチェックした。ささやかな宝飾品のコレクションについては、特に注意を払った。ブレスレットを盗まれたことにまだ猛烈な怒りを抱いていたが、上海のホテルの自分が寝ている部屋にプロの殺し屋が忍びこんでいたという事実を、まだ頭のなかで処理しきれていなかった。あの女の、あの平板で冷淡な目が自分をじっと見つめていた――ことによるとふれられたかもしれない――ことを想像すると、気が遠くなりそうだった。

「『あんた、とても愛らしかったよ、髪の毛が枕の上いっぱいに広がってて……』」

クロゼットを開け、ハンガーに掛けて吊るしているワンピースやトップスやスカートをひとつひとつすべらせてチェックする。その手がぴたりと止まる。信じられなかった。ベルトや手袋と去年の夏かぶった麦わら帽子を置いてある棚に、薄紙に包まれた小さな箱があった。これまでに見たことのないものだ。そこにあった手袋をはめ、それから慎重に包みを取り上げる。片手に載せて重みをはかり、包みを開ける。淡いグレーの箱には『ヴァン・ディースト』というロゴが入っている。なかには、グレーのベルベットのクッションに、精巧なローズゴールドのブレスレットが載っていた。留め金に小粒のダイヤがふたつ、はめこまれている。

心臓の鼓動が数拍打つあいだ、イヴは茫然とそれを見つめていた。それから、左の手袋をはずし、手首をブレスレットに通して、留め金をはめた。サイズは完璧だ。しばらくのあいだゆるく腕をのばし、その美しさと繊細な重みとにぞくぞくした気分を感じていた。薄紙のなかにカードの角が見えた。メッセージは手書きだった。

気をつけてね、イヴ――V

ブレスレットをつけ、手袋をした手にカードを持ったまま、イヴはまるまる一分間、立ち尽くしていた。この言葉をどう解釈したらいいのだろう？　浮ついた気遣い、それともあからさまな脅迫？　衝動的にカードに顔を近づけると、高価そうな女性らしい香りがした。震える手でカードを箱のなかに置く。一言では表せない感情に支配されていた。恐ろしいのは確実だが、同時に息詰まるほどの興奮も覚えていた。これほど美しくて女性らしいアクセサリーを選び、こんなメッセージを書くこの女は人殺しなのだ。口にするあらゆる言葉がうそであり、あらゆる行動がこちらを動揺させ、操作するように計算されている、冷酷無比なプロの殺し屋だ。ほんの数時間前に彼女と目が合ったとき、心が凍りつく虚空をのぞきこんでいるような気がした。恐れも哀れみも、人間らしいぬくもりもまったくない、ただただ何もない虚無だった。

庭のほんの数メートル先でヤギに――うちのヤギたちに――向かってにこやかにたわごとを話しているのは、イヴが知るなかでもっとも人がよくやさしい男だ。その温かな身体――よく知っているけれど今なおミステリアスな身体に、イヴが夜溶けこむ男。イヴになぜだかわからないけれど限りない愛を注いでいる男。今やいっしょに寝るのが当たり前に思えてしまう男。

どうしてこんな、生命に関わる危険な女にこれほどそそられてしまうのだろう？　彼女の言葉がなぜ、これほど深く、ぐさりと刺さるのだろう？　この不可解なVという文字は、まったくのでたらめではない。これは名前だ、たとえほんの一部にすぎなくても。プレゼントなのだ、ブレスレットと同じように。親密で官能的、かつ深い敵意を含んだメッセージ。訊いてごらん、答えてあげる。呼んでごらん、そこに行ってあげる。

どうしてこの女と、逃れようのないほどがっちりと、たがいの人生をからめあわせてしまうようなことになったのだろう？ 何か思いもよらない奇怪な理由で、Ｖはわたしに手をのばしてきているのだろうか？ イヴは腕を上げ、なめらかな金の輪を頬にふれさせた。この美しく贅沢なアクセサリーの値段はどれぐらいなのだろう？ 五千ポンド？ 六千？ ああ、心からこれがほしい。何も言わなくてもいいのではないか？ そもそもこの包みを開けてしまうという、まったくもってプロ失格の行為をしてしまい、鑑識証拠を汚染してしまったかもしれない今、このまま黙っておくのが……いいのではないだろうか？

恥ずかしさと後悔で顔を赤らめ、イヴはブレスレットをはずして箱に戻した。くそ、まったくもう。まさに相手が望んだとおりの反応をしてしまっている。わかりやすい誘惑にすっかり目がくらんで欲に走り、まったくもって合理的とは言えない思考に陥って、この状況を自分に都合のいいようにごまかそうとしてしまった。自分がこのＶなんとかという女の愛着だか欲望だかの対象だと思うなんて、まったく自分本位で妄想的だ。あの女は疑う余地なくナルシスティックなソシオパスで、それとない挑発でイヴの力をそごうとしているのだ。たとえ一瞬でも心を動かされてしまったのは、これまでにイヴが犯罪学者として、諜報機関の職員として学んできたことすべてに真っ向から反する。クロゼットの床にあった買い物袋を取り、イヴは手袋をはめた手で、箱とカードと薄紙をそれぞれに入れた。

「どうかした？」ニコがキッチンから声をかけてきた。

「ううん」イヴは言う。「何ともない」


ユーロスターに乗っている客は誰も、黒いパーカを着た若い女性と目を合わせようとはしなかった。髪の毛は脂ぎっていて、不健康に青白い顔をしたその女性には、どことなく汚れた感じがまとわりついていた。年季のはいった黒革のバイカーブーツをはいており、傲岸不遜な態度が、うかうか近づいてくるむこうみずなやつは蹴りつけてやるぞとにおわせている。向かい合う席に座り、〈デイリー・テレグラフ〉紙の難解なクロスワード・パズルに苦戦している中年夫婦にとっては、まさに列車の旅の道連れとして不快きわまりない相手だ。シャワーも浴びておらず不潔。まわりの人のことをいっさい考えない。ずっとスマホに没頭している。

「ほかのヒントを読んでくれ」夫がぼそりと言う。

「横の13。『カラスの群れを除去する』」妻が読みあげ、ふたりとも眉をひそめた。

ヴィラネルはイヴのスマホの位置追跡を不能にし、がっかりするほど退屈なeメールやメッセージをすべて読んだあげく、今は写真を次々と見ていた。これはニコ、とんまなポーランド野郎だ、キッチンにいる。これはイヴが眼鏡屋で撮った自撮りだ、新しい眼鏡を試着している（ああお願い、エンジェル、そのフレームはダメ）。こっちはまたニコだ、ヤギといる（そもそもこのケモノどもは何？　あのふたりはこいつらを食べようとしてる？）。それからいろんなセレブの写真が何枚も。イヴが美容師に見せるために雑誌を撮ったのだろうと、ヴィラネルは推測する。この女は誰？　アスマー・アル＝アサド？　ああ、スウィーティー、はっきり言ってそのスタイルは全然あなた向きじゃない。

目を上げると、高くそびえる防音壁と落書きだらけの壁から、パリ郊外に列車が入ったのだとわかる。イヴのスマホをポケットに入れ、自分のスマホを取り出して、友人のアンヌ＝ロールにかける。

「どこに行ってたの？」アンヌ＝ロールが訊く。「もうずいぶん長いこと顔を見てないわ」

「仕事してたの。出張で。おもしろいことなんて何もないわ」

「で、今夜の予定は？」

「あなたが教えて」

「プレタポルテのショーが明日開幕するの。だから今夜、ヴォルテール通りの、わたしの友だちのマルゴーのクルーザーで、若手デザイナーを何人か呼んでパーティーが開かれるの。楽しいわよ、みんなが来るから。おしゃれして〈ル・グラン・ヴェフール〉でディナーしましょ、ふたりだけでね。そのあとでパーティーに行きましょ」

「それ、いいね。マルゴーはキュートだし」

「来る？」

「もちろん」

列車はパリ北駅にすべりこんでいた。もう駅に到着するとあって気が大きくなったのか、中年夫婦は嫌悪をあらわにしてヴィラネルを見た。

「さっきのクロスワードだけど」ヴィラネルはふたりに言う。「『カラスの群れを除去する』ってやつ。答えはわかった?」

「ああ、いや」夫が言う。「実を言うと、わからなかった」

「答えは『殺す』よ」ヴィラネルはひらひらと指を振ってみせる。「パリを楽しんで」


「もう一度説明してもらえるかな」リチャード・エドワーズが言った。昔ながらの諜報機関職員である彼は、薄くなりつつある頭に、往時はりっぱだったであろうベルベット襟のオーバーコートを着ている。「バイクに乗った、警官だと思われる人物に止められたと言うんだな」

イヴたちはグージ・ストリートのオフィスに座っていた。棒状蛍光灯が青ざめた光を投げかけている。間を置いて、下の地下鉄駅からくぐもったゴロゴロという音が聞こえてくる。

「そのとおりです」イヴは言う。「ミッチェルデヴァーの近くのA303号線で。それにあれは絶対、本物の警官の制服とバイクだった。カラーナンバーとプレートのナンバーはどちらも調べたわ。どちらもハンプシャー警察の交通警察隊のものだった」

「簡単に盗めるものじゃない。ぼくだったら考えないね」ビリーが言う。コンピュータを前に、今や身体の一部のようにすら見える椅子に背中をもたせかけ、ぼんやりと口ピアスをいじっている。

「その警察隊の内部に誰かいれば話は別だがな」

「ランスの言うとおりだ」とリチャード。「やつらがMI5に手先をもぐりこませているとすれば、警察にも送りこんでいるんだろうな」

四人は顔を見合わせた。イヴの先ほどまでの浮き立った気分は、今や過去の記憶でしかない。わたしは何を考えていたの？　そう自問する。この状況って、失敗どころじゃない、大惨事じゃないの。

「よし、それでその女はきみの身体を探ってスマホと、きみのグロックの弾倉を奪い、デニス・クレイドルにきみの車のキーをポケットに入れてタイヤの空気を抜くように命じたんだな。それからきみと彼女は、さっきくわしく話してくれた会話をして、その途中できみは、彼女がきみのブレスレットをつけているのに気づいた」

「そのブレスレットは母の形見なの。その女は上海のホテルの部屋で盗んだと言ったのよ」

「きみは彼女に、中国に行ったことは話していないんだな」

「もちろんよ」

リチャードがうなずく。「それから彼女はクレイドルに予備のヘルメットを渡し、バイクで連れ去った」

「ええ、要点はそんなところです」

「それからきみは手を振ってどうにか車を止め、電話を借りてランスにかけ、彼がきみを車で拾って自宅に送った、と。自宅に着いたのが午後三時ごろ。そのときにきみは、自宅で午前十時半ごろに起きた空き巣事件のことを知った」

「ちがうわ。そのことはすでに知ってました。夫から電話があったから。そもそも、デニス・クレイドルを連れてデヴァーから自宅に向かってた理由がそれですから」

「そう、もちろんだ。だが自宅は荒らされてもいなかったし、盗まれたものもなかったんだな?」

「そう、荒らされてもいなかったし、盗まれたものもなかった。でもこのヴァン・ディーストのブレスレットと手書きのカードがわたしのクロゼットに置かれてたの」

「そのブレスレットがどこで買われたものかは知りようがないんだろうな?」

「会社に問い合わせてみたんですが」とイヴは言う。「ヴァン・ディーストの直営店舗と売り場は世界じゅうで六十八。この商品はどこででも買えるもので、スマホやオンラインの通販でも買えるようです。調べたところでどうせ――」

「そして、きみの自宅に押し入った女と、A303号線できみを止めてクレイドルをさらった女が同一人物だということは、疑う余地がないんだな?」

「そうです。ブレスレットの件はいかにも彼女らしい。うちから出るところを目撃されて警察に通報されることは計算ずみだし、そうなったら一時間ぐらいでわたしに伝言が送られる公算は大きい。わたしがクレイドルを連れてまっすぐ家に向かうって予測して、わたしたちを止めるためにA303号線に向かう時間はあったでしょう。余裕はなかったでしょうけど、警察のバイクを使ってたんだし、できたんだと思います」

「よし、きみの言うとおりで、そのVとサインした女が、われわれがずっと追ってきた殺し屋だと仮定しよう。ケドリンとサイモン・モーティマー、その他の人々を殺した犯人だと。そしてさらに推し進めて、彼女を雇っているのが、クレイドルの話していた〈トゥエルヴ〉と呼ばれている組織だというところまで認めよう。だがそれでもまだ、ふたつの重要な疑問の答えが得られていない。その一、どうして彼女は、われわれがクレイドルの不正を見つけて接触したことを知ったのか？　その二、彼女はクレイドルを連れ去ってどうしたのか？」

「最初の問いの答えは、クレイドル本人が〈トゥエルヴ〉と連絡を取っていたんだと思います。彼はおそらく何らかの緊急用番号を知っていた、そしてもし裏切りがバレてつかまったら、諜報員みたいに助け出してもらえると信じていた。第二の問いの答えは、彼女はクレイドルを殺した、よ。それについては疑う余地はないと思うわ。彼女はクレイドルを殺した」

「それはつまり――」リチャードが言いかける。

「そうです。わたしたちはMI5の上級職員を死なせて、とんでもない量の説明をしなければならない、そして手がかりはいっさいない。捜査はケドリン殺害後まで戻ってしまったし、すべてわたしのせいです」

「そうは思えないがね」

「わたしはそう思ってます。クレイドルをバンに乗せたときにかけた電話で、わたしは厳しく追い詰めすぎた。彼が向こうのやつらにわたしたちの接触を知らせるなんて、考えもしませんでした。彼はいったい、やつらがどうすると思っていたんでしょ？　この先一生幸せに暮らせるなんて、本気で考えてたんでしょうか?」

「わたしもきみとクレイドルの会話を聞いていたよ。ここにいる全員が聞いていた。きみは彼にうまく対応していた。実のところ、われわれが彼を見つけ出した瞬間から、彼は向こうのやつらにとって深刻なトラブルの種になっていたんだろう。われわれはそこにつけこんだ」

突然、頭上の蛍光灯の光が消え、四人は薄闇に包まれた。ランスがプリンターのうしろの戸棚からほうきを出し、その柄で蛍光灯を強く突いた。蛍光灯は一瞬チカチカとまたたき、それからまた明かりがついた。誰も何も言わなかった。

「で、MI5のほうはどうするんです?」イヴはリチャードに訊いた。

「そっちはわたしがどうにかする。南仏の住居とクルーザーについては知らせよう。クレイドルに金を払っているのが誰かはわからないが、その誰かはかなりの大物だと言っておく。われわれが彼を尋問したことは、そのうちバレるだろうから説明する。クレイドルが使い走りだったことも。そうしておけば、この件全体が彼らの問題になる。そして彼が出てきたときには、死んでいようと生きていようと——まあおそらく死んでるだろうがね、きみの言うとおりに——彼らがいつものやり方で始末をつけるだろう」

「で、こっちは続けるんですか?」イヴは訊いた。

「こっちは続ける。信頼できる鑑識課員にそのブレスレットとカードを調べさせよう。それから、何か進展があるまできみのアパートを二十四時間警護させよう。まあ、きみたち夫婦が隠れ家に引っ越すほうがいいというなら別だが」

「ニコがかんかんになっちゃう。お願いだからやめて」

「わかった。しばらくはやめとこう。ほかに何かあるかね？」

「ぼくは相変わらずクレイドルの金の流れを調べてるんだけど」とビリー。「実に奇妙な場所に行きつくんだ。それから〈トゥエルヴ〉について、政府通信本部《GCHQ》にも連絡してみた。どこかの誰かが何か漏らしてくれるのを願ってる。クレイドルがその名前を知ってたんなら、ほかにも知ってるやつがいるはずだからね」

「ランスは？」

ちょっとネズミを思わせる風貌が引き締まる。「イーストレイのハンプシャー警察本部に行って、かぎまわってくるとするよ。何人かの警官にビールでもおごって、バイクと制服のレンタルについて訊いてみよう」

「はっきりさせておきたいことがあるんだけど」イヴは窓の前に歩いていき、トトナム・コート・ロードを走る車を見やった。「このチームの目的はまだ、あるプロの暗殺者の正体を暴くことなのかしら？　それとも今のわたしたちは、国際的陰謀のように見えるものについての情報を集めようとしているのかしら？　だんだん、目標がぼやけてきたように感じるんだけど」

「まず何よりも、わたしはこの殺し屋をつかまえたい」リチャードが言う。「ケドリンはわれわれのシマで殺された。だからモスクワに差し出す首が必要だ。また、この女はわれわれの仲間サイモン・モーティマーも殺している。それも許せないところだ。だがますますはっきりしてきているのが、この女をつかまえようと思うなら、彼女を雇っている組織について理解する必要があるということだ。そしてこの組織のことを調べれば調べるほど、恐るべき力を持っているように思えてくる。だが絶対に入り口があるはずなんだ。ごくごく小さくても、こじあけることのできる隙があるはずだ。たとえば、この女がきみに抱いている興味とか」

ランスがいやな顔つきでにやりと笑い、宙を見つめる。

イヴはうんざりしたように彼を見やった。「頼むから、何か考えたとしても、それを口に出さないでよ」

「認めろよ、この状況にはでかでかとハニートラップって書いてあるぞ」

「ランス、あんたはたしかに偉大な諜報員だけど、人間としちゃ最低よ」

「もう歳だからハニートラップにかかるなんて無理か、イヴ」

「そろそろまじめになってくれ」リチャードが言った。「このブレスレットで彼女は何を伝えている？　カードのメッセージはどういう意味だ？」

「支配者は自分だと言ってるのよ。いつでも自分が好きなときにあんたの人生に入りこんでやれるって言ってるの。あたしはあんたの寸法を知ってる、比べたらあたしの勝ちよって、彼女は言ってる。あんたがほしいと思ってる——それも肌にじかにつける女性らしくて超高価なモノ——でも自力では手に入れられないモノを全部、あたしなら与えてやれるって、言ってるのよ。これは女対女の勝負なのよ」

「操る女、か」ビリーがわざとらしくつぶやき、メガデスのパーカの背を丸めた。

「それはずいぶん控えめな言い方ね」とイヴ。「でもこっちだってずっと彼女を観察してきた。彼女はどんどん情け容赦なくなってきてるわ、特にわたしへの仕打ちがね。たとえば今回のバイク警官ごっこ。今にきっと、やりすぎるときがくるわ。そのときにつかまえてやる」

ランスがブレスレットの入った買い物袋を顎で指した。「もしかしたら本当に、こっちから彼女を探しに出かける必要はないかもな。じっと座って待ってれば、向こうからやってくるんじゃないか」

リチャードがうなずく。「気に入りはせんが、残念ながらランスの言うとおりだろう。われわれは今、危険な角を曲がってしまったと認める必要があると思う。だから完璧な対監視措置を取ってくれ、頼む。きみたちの諜報員としての知識を思い出してくれ。イヴとビリーはランスの話を聞いて、彼に従ってくれ。もし彼が、この状況は不穏なにおいがすると言ったら、そこでやめてくれ」

イヴはランスを見やった。彼はウサギ穴に忍びこもうとしているフェレットのように、油断なく慎重に見えた。

「ところで、イヴ。デヴァーの所長と話をしたよ。きみのアパートの監視の詳細を決めるよう頼んでおいた。おそらくきみは彼らとあまり会うことはないだろうが、必要となったときには彼らがいてくれるだろう。このVのモンタージュをつくれるか？」

「それはむずかしいと思います。上海では彼女らしき人物をほんの一瞬、ちらりと見ただけだし、今日はヘルメットの下にライクラのマスクをつけてたから目しか見えてなかった。でもまあ、やってみます」

「よろしい。われわれは監視しながらじっと待つ、そして彼女がやってきたときにすぐ動けるように準備する」

3

男はエメラルド色の絹地を張った、彫刻を施されたオーク材の安楽椅子にゆったりと座り、足首を交差させている。チャコールグレーのスーツに合わせている血のような赤色のシャルベのネクタイが、ホテルのスイートの抑えた色調にドラマティックなアクセントをもたらしている。考えこむように眉をひそめ、男はべっ甲縁の眼鏡をはずしてシルクのハンカチでレンズをふき、かけ直した。

ヴィラネルはちらりと男を見て、ヴィンテージの〈モエ・エ・シャンドン〉をひと口飲み、それから女性に目を向けた。夫の横に座っている彼女は目が黒く、髪は淡い金色をしている。見たところ、三十代後半のようだ。ヴィラネルはシャンパンのフルートグラスをサイドテーブルの上、白バラのアレンジメントの横に置き、女性のほっそりした両手を取って、立ち上がらせた。しばらくのあいだ、ふたりは踊る——コンコルド広場の夜、交通の静かな音だけが流れるなかで。

そっとやさしく、ヴィラネルの唇が女性の唇にふれる。女性の夫は椅子に座ったままうっとりと身動きした。女性の着ているIラインのプリーツドレスの背に並ぶ六個のボタンを、ヴィラネルはゆっくりとひとつずつはずしていき、ドレスは音もたてずに床に落ちた。女性の両手がヴィラネルの顔にのびたが、ヴィラネルはその両手をやさしくつかんで下ろした。ここでは完全な支配権を握っておきたかった。

ほどなく女性は全裸になり、期待に満ちて震えながらじっと立っていた。ヴィラネルは目を閉じて女性の髪をなで、香りを吸いこんで、女性の身体のやわらかな曲線に両手を這わせる。指が下に向かうにつれ、自分が長らく口にしていなかった名前をささやき、もはや忘れかけている、ロシア語で愛しく思う人へ呼びかける言葉をつぶやくのが聞こえる。何年もの歳月と周囲の景色が消え去り、ヴィラネルは今またコムソモルスキー産業地区のアパートにいた。そこにはアンナもいて、あの哀しげな笑みを浮かべていた。

「彼女に自分は薄汚いあばずれだと言わせろ」夫が言った。「本当のあばずれ《ユヌ・ヴレー・サロープ》と」

ヴィラネルの目が開いた。マントルピースの上の鏡に映る自分が目に入る。ポマードでうしろになでつけた髪、高く張り出した頬骨、永久凍土のように凍りついた目。ヴィラネルは顔をしかめた。これはあたしの好きな姿じゃない。彼女が今両脚を押し広げている女性はまったくの見知らぬ女で、その夫の快楽の趣味には胸がむかつく。突然ヴィラネルはすべてをやめた。白バラで指をぬぐい、床に花びらをまき散らした。それから、スイートから出ていった。

タクシーから、リヴォリ通りに並ぶきらきら輝くショップがうしろに流れていくのを見やる。まるでサイレント映画のなかにいるようだ。周囲から切り離され、どんな経験や感情も自分とは関係ないように思える。英国から戻ってきて以来、ここ二週間ほどずっとこういう感じが続き、そのせいで不安を覚えていた。だがその不安自体が漠然とした、はっきりそれと焦点を当てることのできないものだった。

もしかすると、コンスタンティンを殺したことへの反応が遅れてあらわれてきたのかもしれない。ヴィラネルは自己憐憫に浸るタイプではないが、自分の担当者《ハンドラー》を、それも自分を見出して訓練をしてくれただけでなく、友でもあった――まあ、こういう関係性の上で可能なかぎり――相手を殺せと命令されるのは、心を乱すことではある。しょせん、彼女もただの人間にすぎないのだ。コンスタンティンがいなくなった今、彼が恋しく思えていた。彼は判断が残酷なことも多々あり、ヴィラネルの無鉄砲なうかつさをたびたび厳しく責めもしたが、少なくとも判断を下すときにはじゅうぶん慎重だった。そして彼はヴィラネルを尊重していた。まばたきもせずに残虐な行為を実行し、罪悪感というものに完全に無縁のヴィラネルが稀有の生き物であることを理解し、尊重してくれていた。

〈トゥエルヴ〉の暗殺者として、ヴィラネルはずっと、組織の大局的な計画を知らされることなく、最低限知る必要のあることだけを聞かされることに甘んじていた。だが、気づいてもいたのだ――コンスタンティンが再三言っていたように、自分の役割が組織にとって必要不可欠なものだということに。自分は訓練された殺し屋というだけでなく、運命を行使する道具だということに。

コンスタンティンの後釜のアントンは、これまでのところ、ヴィラネルのことをただの部品でしかないと考えているようだ。彼はイェヴチュフとクレイドルの殺害命令を、通常の方法——一見何でもない画像に見える、重要語句を織りこんだ暗号化eメールで伝えてきたが、コンスタンティンとはちがい、事後のお礼や感謝をあらわすことはなかった。それがヴィラネルにはいかにも無礼なように思えてならない。イヴをからかうという気晴らしのお遊びですら、アントンがまったく満足できないハンドラーになりそうだという現実的な見通しの埋め合わせにはならなかった。

タクシーはヴィクトル・ユーゴー通りで、縁石に寄せて止まった。さっきの夫婦と出会ったクラブの向かい側に、ヴィラネルのスクーターが置いてあった。クラブはまだ開いており、入り口の両側に立っているランプがまだぼんやりと光を放っていたが、ヴィラネルは目もくれなかった。スクーターのスタンドをはずし、キックスタートでエンジンをかけてのんびりと車の流れに乗る。

まっすぐ自宅には帰らず、ラ・ミュエット地区のほうに向かった。十分ほど狭い街路をあちこち曲がりながら走り、そのあいだずっと、全身の神経をとがらせて、バックミラーと前を走る車にかわるがわる目を向ける。スピードを何段階も使い分け、青信号でエンストしたようなふりをしたり、一度などはアンパス・ドゥ・ラビーシュの狭い一方通行路をわざと逆走したりした。ようやく尾行はないと確信すると、西に向かってポルト・ドゥ・パシーの今住んでいるアパートに帰った。

地下駐車場で、自分のシルバーグレーのアウディの横にベスパを停めてから、エレベーターで六階に上がる。それから短い階段を上がると、屋上の住居の入り口があらわれた。電子錠を解除しようとしたとき、背後の階段からか細い、苦しげなミャアという声が聞こえた。その仔ネコは、五階に住んでいるこのビルの管理人のマルタが何匹も飼っているなかの一匹だった。ヴィラネルは慎重にその小さな生き物を拾い上げ、指先でなでてなだめながら、マルタのドアベルを鳴らした。

管理人は大げさなほど感謝の意を表した。彼女は常々、六階《シージェム・エタージュ》から下りてくるこのもの静かな若い女性を気に入っていた。しょっちゅう出かけていくところから見るととても忙しいようだが、いつもマルタに笑顔を向けてくれる。その世代の多くの若者たちとはちがい、気遣いのできる人物なのだ。

細かいところまで観察し、ほかの仔ネコたちと母ネコが落ち着いて喉を鳴らしているのを見届けると、ヴィラネルは六階に向かった。住居に入ってドアを閉め、鍵をかけると、ようやく沈黙に包まれた。青みがかった明るい緑色《シーグリーン》とフレンチブルーの色あせた壁紙に包まれたこの住居は広々として、気分を落ち着けられる。家具は二十世紀中ごろのもので、使いこまれてはいるがスタイリッシュで、家具デザイナー、アイリーン・グレイのものも何点かあった。壁のあちこちに、ヴィラネルが見たことのないポスト印象派のマイナー作家の絵が掛かっているが、その存在は許せた。

ここにヴィラネルを訪ねてくる者はいない。アンヌ＝ロールには、ヴィラネルはヴェルサイユに住み、株のデイトレーダーの仕事をしていると思われている。そのアパートの住人たちには、しょっちゅう留守にする、礼儀正しいがよそよそしい人物だと思われている。ヴィラネルの住居や生活にかかる費用や税金はジュネーヴにある会社の口座から払われている。そしてまずないだろうが、万が一誰かがこれについて調べた場合、ダミー会社だったり情報が切り抜かれていたりで袋小路だらけの複雑怪奇な迷路に引きこまれ、実りを得られることはないだろう。だがこれまでに一度も、そんなことをする者はいなかった。

キッチンで、ヴィラネルはブリの刺身とバター・トーストを用意し、冷凍庫からグレイグースのウォッカを出して、指二本分注いだ。東に面している細長いガラス窓の前のテーブルの椅子に腰掛け、眼下に広がるきらめく都市の夜景を眺めながら、イヴとやりたいゲームについて考える。それはまさしく、コンスタンティンにいつも注意されていた無謀なふるまいだった。そういうことがミスにつながり、ミスが重なって殺される羽目になるのだ。でも、高いリスクを冒さないゲームなんかやる意味がある？　イヴの保護殻を粉々にし、その内側に潜む傷つきやすい部分を操ってやりたかった。自分を追う者に、こちらのほうが一段上手で出し抜いたのだと思い知らせ、負けを認めさせたかった。イヴを自分のものにしたかった。

それと同じくらい重要なのだが、新たな指令がほしかった。イェヴチュフやクレイドルのようなお茶の子さいさいの殺しではなく、もっと挑戦しがいのあるものが。警護の厳重な高位の人物をターゲットにしたい。本当に困難な状況で。そろそろアントンに、有能さを見せつけてやる頃合いだ。

キッチン・カウンターに置いてあるノートパソコンを開き、一見何の変哲もないソーシャルメディア・アカウントのページを開いて、サングラスをかけたネコの画像を投稿する。アントンの情報送信テクニックには、しばしば驚くほどセンチメンタルなところがあった。


A303号線からデニス・クレイドルが連れ去られた三日後、ウェイ川の堰の上にひっかかった倒木を除去しようとした〈ナショナルトラスト〉のボランティアたちによって、クレイドルの死体が発見された。地方紙に短い記事が載り、ウェイブリッジ検視官裁判所の出した結論は偶発事故死だった。報道によれば、犠牲者は内務省の職員で、認知症を患っていた可能性があり、どうやら川に落ちた拍子に岩か何かのかたい表面に頭をぶつけて意識を失い、溺れたようだということだった。

「どうやらわれらが暗殺者は見るからに殺人とわかるようにはしなかったようだな」検視審問があった日の晩、グージ・ストリートのオフィスにやってきたリチャード・エドワーズが言った。「だがどうやらテムズハウスはあの結論を出すために、いくつかコネを使わなくてはならなかったようだ」

「彼女が殺すことはわかってた」イヴは言った。

「いつだってあとから思えばそういうものだ」リチャードが言う。

「だがクレイドルはあんたに、あんたをリクルートする権限があると言ったんじゃなかったか？」とランス。「〈トゥエルヴ〉はそんなことをさせたりしないよな？」

「やつらがクレイドルに何を言ったにせよ、彼にそれができるとは思っていなかったはず」イヴが言う。「やつらがVを差し向けたすばやさから考えると、クレイドルがつかまりそうだっていう兆しが見えた瞬間に殺すと決定したってことよね」

「かわいそうなやつ」食べかけのコーニッシュパイに手をのばしながら、ビリーが言う。

「かわいそうなんてことはないわよ」イヴは言った。「警察によるヴィクトル・ケドリンの保護をわたしが求めたとき、邪魔をしたのは絶対に彼よ。彼が個人の裁量であの殺人ができる状況をつくったのよ」

「それじゃ、現状をざっと総ざらいさせてくれ」言いながら、リチャードはイヴのデスクにコートを置き、椅子を引き寄せた。「わたしが根拠のない推測をしたり、きみたちが何か付け足したいと思ったら、そこで止めてくれ」

三人はむきだしの蛍光灯の陰鬱な光の下で、それぞれの椅子を並べ直した。パイをかじったビリーがひどくむせて、パイくずを膝の上にぶちまけた。

「おい、くそ」ランスが鼻にしわを寄せた。「いったい中身は何なんだ？　犬のくそか？」

リチャードは前に身を乗り出し、両手の指先を突き合わせた。「MI5にいたころ、イヴはいくつかの殺人事件がひとりの女性によるものだと考えた。そしてその女性は政界と犯罪組織に守られている。殺人の動機は不明。ヴィクトル・ケドリンはモスクワ出身の、議論をふっかけるタイプの活動家だが、講演をするためにロンドンにやってきて、イヴは彼の保護を要請した。だが上の人間にそれを邪魔され、その上役は合理的に推測してデニス・クレイドルだと考えられる。ケドリンは殺され、その責任を取らされてイヴはMI5から追い出された。そうなるように操作したのもまた、おそらくクレイドルだ。

上海での中国人民解放軍のハッカーが殺されたのも、女性の仕業だと報告されている。イヴとサイモン・モーティマーはジン・チアンと情報をすりあわせ、彼がそのお礼にくれた情報から、中東のある銀行からトニー・ケントという男に何百万ポンドという金額が支払われていることが判明した。ジンは明らかに、漏らした以上のことを知っていた。そして、おっとびっくり、われわれがケントについて調べると、デニス・クレイドルの仲間だとわかったわけだ。

そしてイヴとサイモンが上海にいたあいだに、サイモンが殺された。その理由はよくわからないが、おそらくイヴに脅しをかけるためだろう。そのときに、Vという署名をするその女も上海にいて、イヴのホテルの部屋からブレスレットを盗んだことをのちに明かした。

デニス・クレイドルの捜査で、彼が未知の相手から巨額の金を支払われていたことが判明した。われわれは彼を尋問し、彼は〈トゥエルヴ〉という誰にも知られていないが急速に成長している組織の存在をイヴに話し、イヴを勧誘しようとした。どうやら彼にはそれをする許可が与えられているようだった。言い換えれば、彼は〈トゥエルヴ〉に連絡を取って、裏切りがバレたと伝えたということだ。しかし彼らの真の狙いはクレイドルを殺すことで、それは迅速に実行された」

「質問」シガレットペーパーに煙草の葉を落として丸めながら、ランスが言った。「やつら――〈トゥエルヴ〉はなぜ、クレイドルにイヴを勧誘させようとしたんだろう？　そしてなぜ、イヴに組織のことをそこまで明かしたんだろう？」紙をなめ、煙草を耳にはさむ。「やつらはなぜクレイドルにごまかすようにと指示しなかったんだ？　尋問への抵抗としては標準的な手だろう？」

「わたしも同じ疑問を持った」イヴが言う。「そしてその答えは、やつらがクレイドルはバカではないことを知っていたからだと思う。もしクレイドルにごまかせと言えば、彼は組織が自分を殺そうとしているんじゃないかと疑って、さっさと逃げようとすると読んだのよ。だから特別な仕事をしろと指示した――その状況を逆手に取ってわたしをリクルートしろ、とね――そうすればクレイドルは組織に信頼されていると考えるからよ。そうすることで、暗殺者Vを位置につかせる時間ができる。それに、結局のところ、彼に〈トゥエルヴ〉についてどれだけのことが話せたと思う？　どれだけのことを彼は知ってた？　偽名とわかる名前をふたつほど。それから、新しい世界の秩序とかいうあいまいなたわごとぐらいよ」

「わたしもイヴの言うとおりだと思う」リチャードが言う。「デニスは常に現実主義者で、理想主義者ではなかった。やつらがデニスを引き入れたのはＭＩ５の上層部の人間が必要だったからだ。そして彼がイヴに何を言ったにせよ、彼がころんだのは金のためであって、イデオロギーのためじゃない。デニスのような人間はキャリアのこの段階で乗る馬を換えたりはしない」

「本当に運がよかったと思うのは、ケドリンが殺されたのは厄介者を殉教者に変えるためだったとクレイドルが言うのを聞けたことよ」イヴは言った。「それがわたしたちのすでに知っていること――やつらのやり方はまったく容赦がない――を裏づけてるんだけど、同時に、ケドリンの世界観は基本的にやつらのものと同じだということも教えてくれてる。ロシアが率いる極右の――まあ、やつらはこう言うほうが好みかしらね、〝伝統主義者〟の――ユーラシア勢力の同盟が支配する世界の実現、よ」

「同感だ」リチャードが言った。「それに、それはわれわれの知る、ヨーロッパにおけるナショナリズムやアイデンティティー政治の台頭の説明にもなる。それらの台頭が巧みに準備され、断言はできないがおそらくロシア人と思われる集団から巨額の資金を得ていることの説明もつく」

「それは正式にクレムリンの政策ってことかな？」ビリーがジーンズで指をぬぐい、パイの包み紙をポケットに押しこみながら言う。

「それはちがう。昨今のロシアでは、われわれが新聞で読んだりテレビで見たりしているようなクレムリンの人間たちはほとんどが傀儡だ。本当に実権を持つ人々は闇のなかで動いているんだよ」

海上プラットフォームの上で旋回しているシュペルピューマのなかで、ヴィラネルはダウンコートを着てうずくまっていた。豪雨がフロントガラスをたたき、下の海では荒い波が上下している。

「今から降下します」パイロットが言い、ヴィラネルは両手の親指を立てて見せた。ヘッドセットをはずし、リュックサックをつかむ。

ヘリコプターは強風に揺れながらタッチダウンし、ヴィラネルは飛び下りてリュックサックを背にかけた。雨が鞭のように顔を打つなか、向かい風に上体を倒し、プラットフォーム・デッキの上をまっしぐらに走る。スリムな身体をリーファージャケットとタートルネック・セーターに包んだアントンがぞんざいな視線で見やり、白く塗られた鋼鉄製のドアから入るよう手招きする。ヴィラネルの背後でアントンがドアを閉めると、外で哮《たけ》る風の音がいくぶん弱まった。ヴィラネルは鼻から雨水を滴らせながらそこに立ち、じっと待った。

エセックスの海岸から十六キロ東にあるそのプラットフォームは、第二次世界大戦中に北海の海上輸送路を守るために建設された五基のうちのひとつだ。〈ノック・トム〉として知られるこのプラットフォームはもともとは二本の強化コンクリート製の円塔に支えられた対空砲座だった。戦後、対空砲プラットフォームはみな、荒廃するにまかされた。五基のうち三基は最終的に取り壊されたが、〈ノック・トム〉は民間に売却された。現在の所有者は〈スヴェルドロフスク《S》・フートゥラ《F》・グループ《G》〉、モスクワに登記されている企業だ。SFGは〈ノック・トム〉の包括的再建を請け負い、以前は砲座だった場所に今は三つの貨物コンテナが置かれ、オフィスふたつと食堂に改造されている。支柱の円塔二本は居住区となり、垂直の鋼鉄梯子で出入りするようになっている。ヴィラネルはアントンに続いて垂直梯子を下りていき、ぶんぶんうなる発電室を通りすぎてコンクリートむきだしの壁の個室に入った。家具は壁につくりつけの寝台と椅子がひとつだけだ。

「十時にオフィスでいいか？」アントンが言った。

ヴィラネルはうなずき、リュックサックを下ろした。背後でドアが閉まるのが聞こえる。部屋は腐敗のにおいがして、ベッドシーツは湿っている。窓のないコンクリート壁の向こうの海の音以外、何も聞こえない。なんとなく、〈ノック・トム〉はアントンにぴったりだと思える。まさしく、いつもアントンを思い浮かべるときの背景のような、よそよそしい、機能的というだけの荒涼とした感じ。一瞬ヴィラネルは、この場所にはまったくそぐわない服――たとえばショッキングピンクのディオールのチュールドレスとか――を持ってくればよかったと思った。彼にいやがらせをしてやりたいというだけの理由で。

アントンは梯子のてっぺんで待っていた。プラットフォームの上をコンテナに向かって歩きながら、ヴィラネルは波の逆巻く灰色の海に目を向けた。その荒れた様子は、思いもかけずアンナ・レオノヴァを思い出させた。十年間会ったことも口をきいたこともなかったが、彼女を思い出すときにはほかの誰にも、何にも感じたことのない悲しみを感じていた。

「ぼくはこの眺めが好きだ」アントンが言う。「人間の営みとは無関係に超然としている」

「あたしたちだけ？」

「ここにはきみとぼく以外には誰もいない。もしそういう意味なら」

貨物コンテナには可動式のマイクロ波アンテナが搭載されていた。ヴィラネルが推測するに、これがこの波の彼方にある国との唯一のつながりだろう。内部は質素だが設備は整っている。金属製デスクにはノートパソコンと衛星電話、アーム可動式スタンドが載っていた。壁につくりつけの何段もの金属棚に、電子機器や海図や地図が並んでいる。

アントンは手ぶりでヴィラネルに革張りの椅子を示し、コーヒーメーカーからふたり分のコーヒーを注ぐと、自分はデスクの椅子に腰を下ろした。

「さて、ヴィラネル」

「さて、アントン」

「きみはイェヴチュフやクレイドルのようなありきたりの仕事にはうんざりしてるだろう。そろそろ次のレベルに移る頃合いだと思ってることだろう」

ヴィラネルはうなずいた。

「もっと複雑で困難な仕事をやりたいと、ぼくに連絡してきたね。自分はそれに値すると考えているんだろう」

「そのとおり」

「まあ、きみの熱意はありがたいと思うが、同意するとは言いがたいな。きみの技術は熟達しているし、武器をあつかう能力も優れている。だがきみは無謀なおこないをたびたびするし、きみの判断には疑問も多い。性的に不品行というところは、まあ、ぼく個人としてはかまわないが、軽率でむこうみずなところは気になるね。特に、MI6のイヴ・ポラストリに固執するあまり、彼女と彼女のチームがわれわれにとって非常に現実的な問題を引き起こすリスクを、きみは無視している。それはきみにとっての問題でもあるんだぞ」

「彼女があたしたちに問題をもたらすことはないよ。彼女のことはずっと見張ってるから、彼女が何を知ってるかはちゃんとわかってる。でも彼女は本当に、ことの真相については何も感づいちゃいないよ」

「彼女はデニス・クレイドルについてのあれこれを見つけ出したよ。もうわれわれから目を離すことはないだろう。ぼくはああいうタイプをよく知っている。外見はずさんそうだが、内面は研ぎ澄まされてるんだ。そして辛抱強い。鳥をねらっているネコのようにね」

「ネコはあたしだよ」

「自分ではそう思ってるんだろうが、どうかな」

「イヴは弱点だらけだよ、あのバカ夫のせいでね。だから彼女は操れる」

「ヴィラネル、警告しておこう。きみはすでに彼女の補佐役を殺した。もし彼女の夫まで脅かしたら、彼女は地獄を解き放つぞ。きみが死体安置所に横たわるまで、休むことはないだろう」

ヴィラネルはアントンを見上げ、おどけてみせようかと一瞬考えたが、彼の落ち着いた視線を見て、やめにした。「何とでも言って」

「まあそうだな。きみが考えていたとおり、ここに連れてきたのはきみと楽しいひとときをすごしたいからじゃない。きみへの任務がある、きみがやりたければだが」

「やるよ」

「重要だが危険な仕事だ。ミスはいっさい許されない」

ヴィラネルの舌先が上唇の傷痕にふれる。「やるって言った」

アントンはうっすらと嫌悪のこもった目で彼女を見た。「はっきり言っておくが、ぼくは誰とでも寝る女には魅かれない」

ヴィラネルは顔をしかめた。「あたしが気にすると思う？」


ランチ用のサンドウィッチを買いにオフィスから出たとき、イヴの電話が鳴った。ランベスにあるロンドン警視庁科学捜査研究所にいる知り合いの検査官、アビーからだった。リチャードからせっつかれて、ヴァン・ディーストのブレスレットの分析を急いでやってくれたのだ。

「いい知らせと悪い知らせ、どっちがいい？」アビーが言う。

「悪いほう」

「わかった。ブレスレットとカードを、指紋採取テープを使って調べてみたけど、DNAはいっさい採れなかった。髪の毛も上皮細胞も、使えるものはいっさいなかった」

「くそ」

「それすらなかったわ。ごめんね」

「カードは？」

「そっちも何もなし。手袋をはめてたんだろうね。筆跡鑑定書を送ったよ」

「香水については？」

「商業用に生産されている香水の混合物なら、ガスクロマトグラフィーと質量分析計を使って同定することができるけど、それには適切なサンプルが必要で、ここにはない。だからうれしい知らせはなし」

「さっき、いい知らせもあるって言ってたようだけど」

「うん」アビーはちょっと間を置いた。「興味深いものをひとつ見つけたよ」

「何？」

「お菓子のくずがひとつ。薄紙のひだに隠れててほとんど見えなかったけど」

「どういうお菓子？」

「分析してみた。植物油、バニラエッセンス、粉糖。でもそれだけじゃなかった。グラッパも出たのよ」

「それって、イタリアのむちゃくちゃ度数の高いお酒？　ブランデーみたいな？」

「そうよ。それでね、この成分全部を合わせて検索してみたの。そしたらガラーニっていうのが出てきたのよ。薄くのばした生地を揚げたお菓子で、グラッパとバニラで風味をつけて、粉糖を振りかけてあるの。ヴェネツィアの名物なんだって」

「うわ、すごい、ありがとう。本当にありがとう」

「まだあるよ。ヴェネツィアのヴァン・ディーストの直営店がヴァラレッソ通りにあるの、サンマルコ広場の東の端よ。で、そこの三軒隣に、〈ズケッティ〉っていう小さいけどめっちゃお高いケーキ屋《パスティッツェリア》があるんだけど、そこの名物は何だと思う？」

「アビー、あなたって大天才。ホントに、ホントに恩に着るわ」

「そうね、〈ズケッティ〉のガラーニをひと箱持ち帰ってきてくれたら、チャラにしたげる」

「まかせて」


「ターゲットは」とアントンが言う。「マックス・リンダーだ。聞いたことはあるか？」

「ある。プロフィールを読んだことも」

「フランス系オランダ人の政治活動家にしてメディアの寵児、二十九歳。ゲイで、それにもかかわらず極右の顔となって、ヨーロッパに巨大な支持層を持っている。とりわけ、若者たちのあいだにね。ポップスターみたいな容姿をしていて、肥満体の人間は強制収容所に入れるべきだし、性犯罪者はギロチンにかけるべきだと公言している」

「で、どうしてそいつを？」

「彼の言い分には理に適っていることもいくつかある。彼の世界観は、総体的にはわれわれのものとそれほどちがいはない。だがリンダーはナチス信奉者でもあり、ナチズムというのは問題の多い思想で、いろんなレベルで信用を貶めている。われわれには必要のない集団だ。実際、われわれに実害を及ぼす可能性もある」

「危険な仕事だって言ってたけど」

「リンダーは自分に敵がいることに気づいている。どこに行くにも、元軍人タイプの親衛隊員がひとり付き従っている。警備は常に厳重で、彼が出席するイベントにはもれなく大勢の警官が配備されている。だからと言って、彼を殺すのが不可能と言うつもりはない。不可能などというものはありえない、どこにだって常に道はあるものだ。問題は、殺したあとどう逃げおおせるかだ」

「何か考えはあるんだよね？　きっとそれについてはもう考えてみたんだよね？」

「考えてある。来月、リンダーはオーストリアの山の上にあるフェルスナデルというホテルに行く。ホーエ・タウエルン山脈の雪線《せっせん》より上にあるホテルだ。そこには毎年、友人や政治活動上の仲間を連れて行っているんだ。どこかの建築家が設計した贅沢なホテルで、出入りする手段はヘリコプターのみ。そこならボディガードなしでも安全でいられると、リンダーは考えている。招待客のために、何日間も全館貸し切りの予約を入れている」

「で、あたしはどうやって入るの？」

「今日から一週間後、そのホテルの清掃スタッフのひとりがウイルス性腸炎にかかって入院しなければならなくなる。そこの人材派遣を請け負っているインスブルックの会社が代理の者を送りこむ」

「それがあたし」

「そうだ」

「それで、あたしは目にしたやつを全員殺すの？　それともリンダーだけ？」

「リンダーだけでいい。これは個人崇拝だから、彼を除去すれば運動は衰えて消える」

「で、あたしの脱出計画は？」

「それはきみの即興性にまかせる。われわれはきみを送りこむことはできるが、脱出まで保証することはできない」

「いいね」

「きみは気に入ると思ったよ。もうひとつのオフィスに地図類とホテルの設計図と、リンダー及びそのホテルに居合わせると考えられる人物すべての詳細なファイルが置いてある。彼の殺し方はきみにまかせるが、必要な備品や武器すべての完全なリストを、きみがここを発つ前に提出してほしい。忘れないでほしいが、ヘリポートにはスーツケースかかばんをひとつだけ持って来ること。その中身は調べられ、X線にかけられる。また、重量が十キロを超えてはならない」

「わかった。ところでさ、お腹がぺこぺこ。ランチはある？」

「もうひとつのオフィスに用意してある。きみは菜食主義者じゃないよな？」


家に帰る途中で、イヴはトトナム・コート・ロードにあるスーパー〈セインズベリー〉に寄り、鴨の胸肉六ピースとフェンネル、ティラミスの大を買った。最近お向かいに越してきた夫婦がいて、かなり大胆なことに、イヴはディナーに誘ったのだ。ニコには「あのご夫婦はとてもいい人そうだから」と言ってある。いい人そうだからと思った根拠は、煎じ詰めれば、夫のマークがほどよいハンサムで、妻は――名前はメーヴだっけ、メイヴィス、それともメイジーだっけ？——誰もがほしがるホイッスルズの黒のコートを着ていたからに他ならない。数合わせにニコの友人のズビグとレイラも呼んであった。きっとおもしろくてためになる晩がすごせるはずよ、と自分に言い聞かせる。なんて言ったって、さまざまな人生を歩んできたさまざまな業種の、若い（まあ、そこそこ若い）プロが六人集まって、家庭料理や気を利かせて選んだワインについて情報や意見を交換するんだから。

バスに乗って腰を下ろしたときに、ちらりと懸念が頭をかすめた。あのメーヴだかメイヴィスだかメイジーという人は菜食主義者だろうか。菜食主義者のようには見えなかった。イヴが会ったとき、彼女は小さな金色のビットのついたパンプスをはいていた。これまでにイヴが会った菜食主義者に、こんな靴を持っている人はいなかった。それに夫のマーク。彼はシティで何かの仕事をしている。ということは、絶対に肉食だ。

ニコは、今日ばかりは時間どおりに帰宅していた。最近は放課後も学校に残って、ＩＴ室で個人的にコーディングとハッキングの教室を開いたり、化学クラブで酢とベーキングパウダーを使ってミニチュア火山をつくる方法を教えたりしていた。だが今日は流しでジャガイモの皮をせっせとむいていて、イヴがキッチンに入っていくと背をそらして肩越しにキスをしてきた。

「あの子たちにはもう食べさせたよ」ニコは言った。「忙しくさせるために干し草をよけいに置いてきた」

「そのジャガイモの皮をあの子たちにあげていい？」

「それはだめ。ジャガイモの皮にはソラニンが含まれていて、ヤギには有害なんだ」

イヴはニコの腰に両腕をまわした。「どうしてそんなことを知ってるの？」

「〈都会のヤギフォーラム〉に出てた」

「それって、ポルノサイトみたいに聞こえる」

「〈ロンドン・ピッグ・オーナーズ・ドットコム〉をぜひ見てみるといい」

「変態」

「別にわざわざ探したわけじゃないよ。スクリーンに勝手に出てきたんだ」

「もちろんそうでしょうよ。ワインは買ってきてくれた？」

「ああ。白は冷蔵庫に入ってる。赤はテーブルに出してある」

ジャガイモとフェンネルをオーブンに入れてローストしはじめてから、イヴは外の庭に出た。夕暮れの薄明かりのなかで、セルマとルイーズが愛情をこめてイヴの指をなめる。いろいろと懸念はあるものの、イヴはこの子たちが大好きになっていた。

ズビグとレイラは八時きっかりにやってきた。ズビグはニコのクラクフ大学時代からの旧友で、レイラはもう何年も続いている彼の恋人だ。

「で、最近のニュースは？」ズビグが訊く。「来週は何をするつもりだい？　学期の中間休みだろ？」

「二日ほどサフォークの海岸に行こうかと思ってるんだ」ニコが言う。「この季節にはすばらしいとこだからね。人もあんまりいないし。セルマとルイーズのヤギ守りも見つけたよ」

「海岸で何をするの？」レイラが訊く。

「散歩だよ。海鳥を見たり、フィッシュ&チップスを食べたり」

「性生活の遅れを取り戻したり？」ズビグが提案する。

「まあ、それもかな」

「ああ、大変」気分がぐっと沈みこむのを感じながらイヴは言った。「ロースト・ポテトが」

イヴに続いてニコがキッチンに入ってきた。「ジャガイモは大丈夫だよ」オーブンをのぞいて言う。「本当は何？」

「来週のことなんだけど、本当にごめん、ニコ。ヴェネツィアに行かなきゃならないの」

ニコはまじまじとイヴを見つめた。「冗談だよね」

「冗談じゃないの。もう予約もすんでる」

ニコは顔をそむけた。「頼むよ、イヴ。一度ぐらい、くそ、たったの一度ぐらいは……」

イヴは目を閉じた。「約束する、この……」

「それじゃ、ぼくも行っていいのか？」

「ああ、ええ、そうね」イヴのまぶたがひくひくと震える。「ええと、ランスも行くんだけど、それでもよければ――」

「ランス？　そりゃあのゴキブリ人間のランスか？」

「わたしが言ってる意味は完璧にわかってるはずよ。仕事なのよ、ニコ。わたしに選択の余地はないの」

「選択の余地はあるさ、イヴ」ニコの声はほとんど聞きとれなかった。「選べばいいんだ、一生影を追って暮らすか、ぼくといっしょにここでまっとうな暮らしを送るかを」

ふたりが言葉もなくたがいに見つめ合っていると、ドアベルが鳴った。マークが妻を従えて入ってきた。ストロベリー・レッドのズボンにフィッシャーマンズ・セーターを着て、巨大なワインボトルをさげている。マグナムサイズだ。

「やあ、みなさん、すまない。通りを渡るのに迷っちゃって」マークは巨大ボトルをニコに押しつける。「儀式への捧げ物だよ。きみたちならこのぐらいでじゅうぶんかと思ってさ」

イヴが先に立ち直った。「マーク、なんてすてきなの。ありがとう。それからメーヴ……メイジー……本当にごめんなさい、忘れちゃったわ、あなたの――」

「フィオナよ」彼女は色の悪い歯茎をのぞかせて言い、ホイッスルズのコートを脱いだ。

ニコがふたりにほかのふたりを紹介しているあいだ、イヴは未解決のまま残された問題のことで胸がずしりと重かった。レイラが何かおかしいと感づいたのか片眉を上げたので、イヴは彼女をキッチンに招き、マリネ液から出した鴨の胸肉を、熱したフライパンに並べながら、ことの次第を話して聞かせた。

「ヴェネツィアに行けって命じられたの」イヴはうそをついた。「急ぎの重要な案件で、学期の中間休みだろうがそうでなかろうが、行かないわけにはいかないの。わたしが上司たちに地獄へ行きやがれって言えばいいと、ニコは思ってるみたいだけど、そんなことはとてもできないのよ」

「その話、もっと聞かせて」詳細まではないものの、レイラはイヴの仕事のことを知っていた。「わたしもいつもふたつの方向にひっぱられてるのよ。自分がやってる仕事の正当性をズビグに申し開きするのって、実際に仕事をするよりストレスがたまるわ」

「それ、まさにわたしが感じてることよ」フライパンをいらだたしげに揺すりながら、イヴは言った。

　三人のところに戻ると、マークの役職がコンプライアンス・マネージャーだとわかった。

「銀行で最年少なのよ」フィオナが言っている。「同期のトップなの」

「こりゃ大変だ」レイラが小声で言う。

「そう、コンプライアンス厳守の恐るべき子ども《アンファン・テリブル》だよ」マークがくるりとイヴのほうを向いた。「で、きみたちはどこの出身なんだい？」

「トッテリッジよ」レイラが言う。「でも育ったのはウェンブリー」

「いや、出身はどこなんだ？」

「祖父母はジャマイカ生まれよ、もしそういう意味だったんなら」

「そりゃ驚きだな。ぼくら、二年前の休暇のとき、ジャマイカに行ったんだよ、ねえ、ダーリン？」

「ええ、ダーリン」フィオナがまた歯茎を見せた。

「サンダルズっていうリゾート地だよ。知ってる？」

「いいえ」とレイラ。

ぞっとするような空気にめまいがする思いで、イヴはいくぶん強引にズビグをフィオナに紹介した。「ズビグはキングの学校で教えてるのよ」とフィオナに言った。

「それはすてきね。何を教えてるの？」

「ローマ史だよ」とズビグ。「基本的にはアウグストゥスからネロまで」

『グラディエーター』って見た？　家でＤＶＤで見たのよ。ラッセル・クロウが二本の剣で男の首をぶった切るところ、マークは気に入ってたわよ」

「ああ。あれはたしかになかなかの演技だった」

「それでテレビ番組とかの取材を受けたりする？」

「そうだな、変なリクエストが来るよ。合衆国大統領とネロを比較してくれとか、セウェルスについて話してくれとか」

「それ、誰？」

「セプティミウス・セウェルス、初のアフリカ生まれローマ皇帝だ。彼はスコットランドに侵攻したんだ、ほかにもいろいろといい仕事をしたけどね」

「わたしをからかってるんでしょ」

「からかってなんかいないよ。セプティミウスはりっぱな男だった。でも、あなたのことが知りたいな」

「広報よ。ほとんど政治関係」

「興味深いな。クライアントはどういう人たちなんだい？」

「ああ、基本的にフルタイムで、あのギャレス・ウルフ議員と働いてるのよ」

「そりゃすごい。なかなかチャレンジングだな」

「どういう意味？」

ニコが顔をしかめ、ワイングラスを窓に向けて掲げた。「ズビグが言ってるのは、ウルフが恒常的なうそつきで、強欲な利己主義者で、自分よりも不運な人々をあからさまに軽蔑していて、あらゆる面でモラルが欠如しているってことだな」

「あなたって、悪い面ばかり見る人なのね」フィオナが言った。

「例の経費不正スキャンダルはどうだ？」ズビグが言う。

「ああ、ずいぶん大げさに騒がれたものね」

「愛人の豊胸手術を議員の正当な必要経費だって言い張った件ね」レイラが言い、ニコがげらげら笑う。

「ウルフはサウジアラビアとの交渉ですばらしい業績をあげたわ」フィオナはハンドバッグをソファに置き、ワインのおかわりを自分で注いだ。

「あなたってきっと、今の仕事がお上手なのね」イヴはフィオナに微笑みかけた。

「そうよ」フィオナは言った。「とってもね」

イヴは室内を見まわした。どうしてこんな拷問みたいな目に遭っているの。ディナーパーティーというものは、参加者全員の最悪の面を引き出すことがある。ニコはふだんはこの上なくやさしい男なのに、今は攻撃的な報復心の持ち主のように見える。とは言え、これは明らかに例の件が——イヴが学期の中休み期間に風の強いサフォークの浜辺で彼と共にすごすのでなく、ヴェネツィアに行くという知らせが大いに関係しているだろう。一方マークはレイラに、異常とも言えるほど長々と、企業のコンプライアンス・マネージャーとはどういう仕事かについて説明しており、レイラはうんざりして口をへの字に曲げている。

「ところで、空き巣に入られたんでしょ？」フィオナが訊く。「何か盗《と》られた？」

「いいえ、何も。今のところは見つかってない」

「犯人たちはつかまったの？」

「犯人は女ひとりよ。まだつかまってないわ」

「その女は白人かい？」マークが訊く。

イヴの目の隅で、ズビグがレイラの腕に手をかけるのが見えた。「ミセス・ハンの話では……ハン夫妻には会った？」

「あのアジア人一家か？　いいや」

「まあ、彼女の話では、アスリートタイプの若い女で、ダークブロンドの髪をしてたそうよ」

マークはにやりとした。「そういうことなら、うちの窓を開けっぱなしにしとくかな」

ほんの少しフィオナに同情を覚えながら、イヴが声をかけようとしたとき、レイラがしきりに指さしているのが見えた。客をかきわけてキッチンに飛びこみ、もくもくと煙をあげているフライパンをひっつかみ、じゅうじゅうという音が高まるなか、こぼれないようにシンクに置いた。

「大丈夫？」レイラが訊く。

「鴨が焼け死んじゃった」黒焦げになった胸肉の端をフライ返しで持ち上げてのぞきながら、イヴは言った。

「食べられそう？」

「無理かも」

「まあ、心配はいらないわ。ズビグもニコもわたしも、あなたがまともに料理できないことは知ってるし、あなたもあの恐るべき夫婦に二度と会うつもりはないでしょ。少なくともそうであってほしいと思うわ」

「ええ、正直な話、今夜どうしてあの人たちを誘ったのか、自分でもわからない。あのふたりが引っ越してきてすぐの朝、家から出てくるのを見たのよ。で、何か愛想のいいことを言わなきゃって思ったの。そしたら頭のなかが空白になってパニックを起こしちゃってさ、気がついたら口が勝手にディナーに誘ってたの」

「まったくもう」

「わかってる。でも今はこの鴨肉をなんとか人前に出せるようにするのに力を貸してちょうだい。焦げた面を下にして、まわりを野菜で囲もうと思うんだけど」

「肉汁《グレービー》はある？」

「フライパンにこびりついてるクレオソートみたいなモノならあるけど」

「ダメよ。何かジャムはある？　マーマレードは？」

「たしかあったはず」

「よかった。温めて上にかけるのよ。鴨が靴用の革みたいに見えるのは変わんないけど、何かしらの味はするでしょ」

イヴとレイラが両手に料理を盛った皿を持ち、キッチンからダイニングのテーブルに向かうと、ほかの四人が昔の映画のスチールのようにテーブルのまわりでかたまっていた。庭に出るドアが開いており、セルマの小さなシルエットが四角い枠のなかに立っていた。ソファでは、居合わせた全員の目が自分に向けられていることをじゅうぶんに意識して焦ったように、ルイーズがフィオナのハンドバッグのなかに膀胱の中身を放っていた。


「まあ、上出来だよ」二時間後、ニコはルーマニア産の赤ワインの残りをグラスに注ぎ、一気飲みしていた。

「ごめんなさい」イヴは言った。「わたしってヒドい妻だよね。しかも料理の腕はもっとヒドいし」

「どっちもそのとおりだ」ニコはグラスを置き、イヴの肩に腕をまわして引き寄せた。「きみの髪、焼きすぎた鴨みたいなにおいがする」

「思い出させないで」

「ぼくは好きだよ」ニコはしばしばイヴを抱いていた。「来週ヴェネツィアに行きなよ、本当にその必要があるんなら」

「本当に行かなきゃならないのよ、ニコ。選択の余地はないの」

「わかってるよ。そしてきっと、ランスが理想的な旅の同伴者だってわかるだろうよ」

「ニコ、お願いよ。そんなことは考えないで――」

「ぼくは何も考えちゃいない。でもきみが戻ってきたときには、それは終わりだ」

「終わりって何が？」

「全部だ。陰謀論も、想像上の殺し屋を追いかけるのも、そういうファンタジー全部だ」

「ファンタジーじゃないわ、ニコ。現実なのよ。大勢の人が殺されてるの」

ニコの腕が下に落ちた。「それが本当なんだとしたら、なおさら、その手のことに対処する訓練を受けた人たちにまかせる理由になるんじゃないか。きみも自分で認めてただろう、きみはそういうことに向いていない」

「わたしは必要とされてるのよ。わたしたちが追ってるのはね、ニコ、あの女なの。彼女を理解しかけてる唯一の人間がわたしなの。時間はかかるでしょうけど、絶対につかまえてやる」

「どういう意味だ、〝つかまえてやる〟って？」

「彼女を止めるのよ。取り除くの」

「殺すのか？」

「必要ならね」

「イヴ、自分が何を言ってるかわかってるか？　完全に頭がおかしくなったみたいに聞こえるぞ」

「ごめんなさい、でもそれがこの状況の現実なの」

「その状況の現実ってやつは、きみのバッグに弾をこめた銃が入ってたり、警備の人間がこの家を監視したりするってことだ。それはぼくがきみとやりたい生活じゃない。ぼくはふたりでいろんなことをいっしょにする暮らしがしたいんだ、ふつうの夫婦みたいに。向かい合ってちゃんと話しあえる暮らし、それも本当の会話ができる暮らし。たがいに信頼しあえる暮らしがしたいんだ。こんなこと、やってられないよ」

「何を言ってるの？」

「きみはヴェネツィアに行く、そのあと、すべてに線を引いて終わらすって話だ。辞めるなり、休暇を取るなり、何でもいい。そしてふたりで新しいスタートを切るんだ」

イヴは部屋を見渡した。ディナーパーティーの残骸、半分飲みかけのワイングラス、ティラミスの残り。ソファの上から、ルイーズが励ますようにメエエと鳴いた。

「わかった」イヴは言い、ニコの胸に頭をもたせかけた。ニコは両腕をイヴにまわし、ぎゅっとかたく抱きしめた。

「ぼくはきみを愛してる。わかってるよね」ニコは言った。

「うん」イヴは言う。「知ってる」

4

この二十四時間、ヴィラネルはリンダーを研究し、殺す方法を決めた。リンダーは大量の偽情報でまわりをかためていたが、ターゲットのことはだんだん理解できるようになってきていた。どのインタビューでも、彼は同じ作り話を広めていた。最初は謙虚ながら、雄々しさと責務という古典的な理想と一体化して熱をあおり、独学の政治哲学を披露し、情熱的に〝真の〟ヨーロッパと一体化してみせる。こうした神話に、でっちあげられた詳細やエピソードによる、肉付けがなされていた。曰く、リンダーは子どものころ、レオニダス――テルモピュライの戦いで圧倒的に不利な状態で果敢に戦って死んだスパルタ王――に心酔していた。学校時代はいじめっ子たちに拳で立ち向かった。彼は生涯にわたり、その政治的信念のために左翼のインテリたちから迫害を受け、性的指向のために同性愛を毛嫌いする保守派層や頑固な宗教信者たちから迫害されている、等々。だが実際は、彼のファイルに貼られたメモ書きが淡々と示すとおり、リンダーはリベラルな富裕層の出身で、俳優の道で挫折して、極端な人種差別者《レイシスト》で女嫌い《ミソジニスト》になり、ついにファシストに転向した男だった。

「幸運を祈る」アントンが手を差し出した。「いい狩りを」

「ありがと。コトがすんだらまた会いましょ」

いつもどおり、仕事モードに入った今、ヴィラネルは落ち着いた気分になっていた。何もかもが、まるで重力に吸い寄せられるように然るべき場所におさまっていくという感覚がある。殺人へ――あの絶対的なパワーが炸裂する瞬間だ。暗い歓びが彼女の隅々まで流れこみ、満たし、完全に支配する。

アントンはオフィスで、ヴィラネルが出した必要品リストを置いたデスクを前に、プラットフォームで待つヴィラネルを見ていた。打ち身のようなどす黒い空を背景に、ほっそりした身体がたたずんでいる。ヘリコプターがあらわれ、つかのまタッチダウンすると、強風に揺られながら飛び去った。アントンは目で追った。さっきの握手の感触がまだ残っている。デスクの引き出しから、殺菌ジェルの小型ボトルを取り出す。あの指が何をさわっていたか知れたものではない。


雨のヴェネツィアで、イヴとランスはサンマルコ広場を歩いていた。イヴはヴァン・ディーストのブレスレットとその包装を入れた〈セインズベリー〉のビニール袋を手にしている。雨で潤んだ昼明かりに、広場の敷石が光って見える。ハトの群れが漫然と、ばらばらと飛び立ってはまた下りている。

「どうやらおれたちはロンドンの天気も連れてきちまったようだな」ランスが言った。「朝食はどうだった？」

「よかったよ。濃いコーヒーをたっぷりに、パンとアプリコットジャム。そっちは？」

「同じだ」

イヴはヴェネツィアに来るのはこれがはじめてだったので、朝七時にホテルを出て探索をしていた。美しいが陰鬱な場所だと思えた。雨に洗われている広大な広場、風が吹きすさぶラグーン、石造りの波止場にひたひたと打ち寄せる波。

ヴァン・ディーストの直営店舗は、元公爵邸だった建物の一階に、バレンシアガとミッソーニにはさまれて入っていた。店内はほんのりと紫色がかったグレーのカーペットにアイボリー色のシルクを張った壁で優雅にまとめられ、ガラス張りの宝飾品のショーケースには控えめなスポットライトが当たっている。服装と髪には気を遣ってきたつもりだったが、店員たちの無表情な目を前にして、イヴはすっかり気おくれしていた。ランスの存在も助けにはならない。彼はカジュアルウェアと言うのもためらわれるような服装をしており、いつにも増してネズミに似て見える。今はぽかんと口を開け、あたりを見まわしている。黄金や宝石に圧倒されているようだ。二度と連れてこない、とイヴは考える。この男はマイナスにしかならない。店員のひとりに近づき、責任者《ディレットリーチェ》にお会いしたいと告げると、どこからともなく年齢不詳の上品な女性があらわれた。

「ブォンジョルノ、シニョーラ、どういうご用でしょう？」

「このブレスレットですが」と、イヴは袋から取り出した。「これがこのお店で買われたものか、わかりますか?」

「レシートがなければ無理です、シニョーラ」ディレットリーチェは鋭い目つきでブレスレットを検分した。「返品なさりたいんでしょうか?」

「いいえ、これが買われたのがいつで、そのときのことを覚えていないかどうかを知りたいんです」

ディレットリーチェは笑みを浮かべた。「警察のお仕事でしょうか?」

ランスが前に進み出て、無言でインターポールの身分証を見せる。

「わかりました《プレーゴ》。少々お待ちください」ディレットリーチェはブレスレットを調べ、デスクの上、パソコンのスクリーンに指をふれた。しばらく指を細やかに動かし、それから顔を上げる。

「はい、シニョーラ、このデザインのブレスレットは先月、当店でお買い上げいただいています。このお品かどうかは保証いたしかねますが」

「それを買ったお客について、何か覚えていることはありませんか?」

ディレットリーチェは顔をしかめた。イヴの視界の端で、ランスがサファイアのネックレスと涙滴形のイヤリングを食い入るように見ていた。そして、彼を不安そうに見守っている店員のひとりにウインクした。ああ、勘弁して、とイヴは思う。

「覚えております」ディレットリーチェは言った。「二十七歳か二十八歳ぐらいでしょうか。

黒髪のとても魅力的な女性でした。お支払いは現金でした。ロシアの方では珍しいことではございません」

「いくらだったの？」

「六千二百五十ユーロです、シニョーラ」ディレットリーチェは眉をひそめた。「そう、何か妙な感じがありました。その方はとても……何と言いましょうか《コメ・シ・ディーチェ》、こだわりがお強くて——」

「こだわりが強い？」

「はい、ブレスレットに手をふれようとしませんでした。そしてわたしがラッピングをして当店の紙バッグに入れますと、その袋をもうひとつ別の袋に入れてほしいとおっしゃいました」

「そのお客はたしかにロシア人だったの？」

「お連れの方とロシア語で話していらっしゃいました」

「それはたしかなの？」

「はい、シニョーラ。ロシア語は毎日のように聞いていますから」

「連れのお客はどういう人でした？」

「同じくらいの年齢の女性で、背がちょっと高かったです。ブロンドのショートヘアで、とても鍛えた身体をしておられました。水泳かテニスの選手のようでした」

「そのふたりが映っている店内カメラの映像はありませんか？」

「探してさしあげることはできますが。もしeメールアドレスをいただけましたら、何かありましたら送ります。ですが販売からひと月たっています。それほど長い期間、画像を残しているかはわかりません」

「わかりました。まあ、希望を持ちましょう」イヴはさらに五分ほど彼女と話をし、グージ・ストリートのeメールアドレスのひとつを教えて、お礼を言った。

「そのブレスレットですが、シニョーラ。あなたのために選ばれたものだと思いますよ」

イヴはにっこりした。「さようなら、今のところは」

「さようなら《アリヴェデルチ》、シニョーラ」

外に出ると、土砂降りの雨のなか、イヴはランスのほうを向いた。「ちょっと、あの店で何ふざけてたのよ？　まったくもう。こっちは一生懸命、あの女性からいろいろ聞き出そうとしてたのよ、なのにあんたはベニー・ヒルみたいにぽかんと口を開けて、きれいなお姉さんたちに見とれてたなんて……まったくもう、頼むわ、ランス。あんたはあれで本当に役に立ってたと思ってるの？」

ランスは襟を立てた。「ここが〈ズケッティ〉だ。入ってコーヒーとケーキにありつこうぜ」

そのケーキ屋《パスティッツェリア》はとろけるような場所だった。温かな空気にはお菓子の焼けるにおいが漂い、カウンターには粉糖をまぶした菓子パン、キツネ色のロールパンやブリオシュ、メレンゲ、マカロンやミルフィーユが並んでいる。

「さてと」五分後、イヴの機嫌は、ガラーニと、これまで飲んだなかで最高と言えるカプチーノのおかげで、すっかり和らいでいた。

小さなテーブルの向かい側から、ランスが身を乗り出した。「Vがブレスレットを買ったときにいっしょだった女は、ほぼ確実にVの恋人だね。少なくとも、恋人のひとりだ」

イヴはまじまじと彼を見た。「どうしてわかるの?」

「あそこの店員たちが、おれがイタリア語なんて一語もわからないうすのろだと思って、内輪のおしゃべりをはじめてたからだよ。みんな、Vとその友だちのことを覚えていた。店員のひとりのビアンカはロシア語を話せて、いつもはロシア人客の相手をするんだが、そのときはそうじゃなかった。Vが完璧な英語も話していたから、きみのご友人のジョヴァンナが接客したんだ」

「なるほど」

「ビアンカの話だと、そのふたりは痴話げんかをしていたみたいだ。Vが恋人に店内で食べるのはよせと言ったときに、恋人は、Vがすてきなブレスレットを〝英国人のくそ女《アングリスカヤ・スカ》〟のために買ってやるなんて、理由がわからないと言ってかんかんになったそうだ」

「本当なの? 〝英国人のくそ女〟のために?」

「ビアンカはそう言っていた」

「それじゃ、あんたはイタリア語がペラペラなのね? 言ってくれればよかったのに」

「訊かなかっただろう。でもそれだけじゃないぞ。どこかの金持ちのウクライナ人の男が行方不明になってて、店員たちはみんな、おれたちがその捜査のためにここに来てると思ってたぞ」

「そんな話、何も知らないよね？」

「そんなことは初耳だ」

「名前はわかる？」

「いや」

イヴは窓の外、雨にぼやける広場に目を向けた。「ちょっと思うんだけど」指についた粉糖をなめとりながら、言う。「Vがヴェネツィアに来ていたのとまったく同じ時期に、名前もわからないウクライナ人が消えたってことは……」

「おれも同じことを考えてる」

「あんたに謝らなきゃならないわね、ランス。本当にごめ――」

「まあいいさ。ここの店員に、ひと月前にスイーツを買ったふたり連れのロシア人の女を覚えてるか、訊いてみるとしよう。まあ、覚えてないだろうがな。それからここを出よう。一服したいんだ」

外に出ると、霧が立ちこめ、空はどす黒かった。広場をつっきりながら、イヴはもやもやと不穏な気分がわいてくるのを感じていた。それはブレスレットを買ったのがふたり連れの女だったということに関係している。そのもうひとりの女は、イヴを〝くそ女〟と呼んだ女は誰なのだろう？　そしていったいどういう役割を果たしているのだろう？　本当にVの恋人なのだろうか？

イヴは恥ずかしさで顔が赤らむのを感じた。まさか、この感情は嫉妬じゃないよね？　心のなかで自問することすら、恥ずかしかった。わたしはニコを愛している、彼を恋しく思っている。ニコもわたしを愛している。

でも、寝顔を見つめられたのは。

ブレスレットをくれたのは。

まったくもって驚嘆するほど厚かましい女だ。

ヴェネツィアの中央警察署《クエストゥラ》は、サンタ・クローチェ地区の、リベルタ橋のそばにある。河口に接しており、船着き場には青く塗られた警察艇が何艘もやわれている。通り側の入り口は、河口側に比べると見栄えは今ひとつで、鋼鉄の安全柵でがっちりと守られ、国家警察《ポリツィア・ディ・スタート》の警官が警備をしている。

午後五時半、イヴとランスは待合室に座り、当地の警察署長《クエストーレ》との面会を待っていた。面会にこぎつけるために何本も電話をかけまくり、ようやくアポを取りつけて判明したのは、アルマンド・トレヴィサン署長は現在〝会議中〟だという事実だった。木製のベンチに座って背を丸め、イヴは防弾ガラスが張られた正面入り口のドアの向こうを走る車の流れを見ていた。雨は昼ごろにやんでいたが、あたりの空気にはまだ湿り気が感じられていた。

ダークスーツを着たスリムな人物が廊下からあらわれた。眠気を誘うこの場所の雰囲気を意識的に遮断するような、きびきびした動きだ。彼は英語で、クエストーレ・トレヴィサンと名乗り、ふたりを署長室に連れていった。そこは書類キャビネットがずらりと並んだ、色味の感じられない部屋だった。

「どうぞ、ミセス・ポラストリ、ミスター……」

「エドモンズです」ランスが言った。「ノエル・エドモンズ」

ふたりは署長のデスクと向かい合う椅子に腰を下ろした。トレヴィサンはファイルを開き、顔写真のコピーを出してイヴに渡した。

「消えたウクライナ人のことをお知りになりたいんですよね？　まあ、それはわれわれも同様です。その男の名前はリナット・イェヴチュフ、先月ダニエリ・ホテルに、カーチャ・ゴラーヤと名乗る若い女性とボディガード数人を連れて泊まっていました。彼の来訪と詳細な経歴については、われわれの外部諜報組織、対外情報保安庁《AISE》にいる同僚から警告を受けていました」

「それでは、諜報組織に知られている男だったんですね？」イヴが尋ねる。

「よく知られていました。オデーサを拠点とするギャング団のボスで、麻薬や売春、人身売買などのビジネスを手広くやっている男です。非常に金があり、非常に強力なコネがある」

トレヴィサンはファイルから、次の書類を出した。彼の動作はきびきびしてむだがなく、隙のなさがイヴに、これは仲間だ、同類だと告げていた。真実を知らなければ満足できない男だ。「これがイェヴチュフがヴェネツィアに滞在していたあいだの時間割です。見てのとおり、ふつうの観光客がやるようなことばかりだし、常にミス・ゴラーヤが同伴しています。ゴンドラ・ツアー、ムラノ島訪問、サンマルコでの買い物、等々。ところが、この最後の朝、ミス・ゴラーヤには知らせずにモトスカーフォ――モーターボートですね、これに乗って出かけているんです。この前の日の晩にホテルのバーで知り合った女性といっしょに」

イヴとランスは目を見合わせた。

「バーのウェイターの話では、その女は飲み物の注文をイタリア語でしましたが、イェヴチュフとは英語で話していたそうです。どちらも流暢で、映画女優のように見えたそうです」

「具体的に女優の名前をあげていましたか？」

「一般的な意味で言ったんだと思いますが、彼はコンピュータ顔写真作成《eフィット》の作成に協力してくれました」

トレヴィサンはコピー写真を差し出した。イヴはひったくりそうになるのをぐっと自制したが、その顔はきわめてあいまいなものだった。ハート形の顔、肩までの長さの髪。大きな目はうつろであいまいな表情を宿している。年齢は二十から四十までのあいだのどこかだ。

「このモンタージュは、ウェイターがバーで彼女に酒を出した三日後に作成したものです。それが彼がなんとか思い出せたものです。イェヴチュフのボディガードたちも、彼が消えた朝にその女をつかの間見ていましたが、それ以上の助けにはなりませんでした。彼女はどうやら大きなサングラスをかけていたようです。それに彼女の髪の色さえ、彼らの意見は一致しませんでした」

「目撃者なんていつもそんなものだ」ランスが言った。

「まったくです、ミスター・エドモンズ。話を続けますと、バーで会った翌朝、この女はホテルの川辺側の入り口でイェヴチュフと会っています。そしていっしょにモトスカーフォに乗って出かけています。その夜、イェヴチュフは帰ってきませんでしたが、ボディガードたちはボスが愛の逢瀬を楽しんでいると考え、ミス・ゴラーヤには何も言いませんでした。しかしさらにその翌朝、ミス・ゴラーヤはホテルの支配人に会いにいき、ひどく怒り《フローレ》ました。それで支配人がわれわれに通報したんです。そのときになって、ようやくボディガードたちが本当のことを白状したんです」

最初のうちは、イェヴチュフの失踪はリスクが低いと考えられており、捜査も形式的なものでした、とトレヴィサンは言った。それから、ある警官がサンテーレナ島のマリーナから盗まれたモトスカーフォの特徴と、ボディガードたちがホテルの前で見たボートの特徴が一致することに気づいて、全面捜査がはじまった。ヘリコプターでラグーンの上空から探したところ、ポヴェーリア島の水路にモトスカーフォが沈んでいることが判明した。が、イェヴチュフについては何の形跡もなく、捜査はそこで停滞した、と言う。

「あなたは何があったとお考えですか？」イヴが訊いた。

「はじめは、金持ちの男とその愛人のよくある痴話げんかだと考えていました。ですがモトスカーフォが盗まれ、故意に沈められたことがわかり、考えが変わりました。そして、ミセス・ポラストリ、あなたがロンドンのMI6からおいでになるにあたって、これはただの単純な失踪ではないと確信しました」

「シニョール・トレヴィサン、ひとつ提案があるんですが」

「どうぞおっしゃってください」

「この捜査を進める手助けができるかもしれません。その代わりに、わたしたちと話したことは内密にしてほしいとお願いします。あなたは誰にもこの話をしないということです、そちらの警察の人にも、わたしの機関の者にも、誰にも」

「続けてください」

「イェヴチュフは死んでいます。それについては間違いないと思います。彼がバーで出会った女、そしてその翌日、モーターボートで彼を連れ出した女は、ほぼ間違いなくプロの殺し屋です。何か国語も話しますが、おそらくロシア人。名前は不明。彼女はもうひとりのロシア人の女、おそらく恋人と思われる女と共に、ヴェネツィアに滞在していました。このふたりは、二日前にサンマルコでショッピングをしていて、ヴァン・ディーストの直営店や〈パスティッツェリア・ズケッティ〉をはじめ、この地域の店を訪れています。どちらの女も防犯カメラを非常に意識していますし、この殺し屋は変装がきわめてうまいんです。彼女はスリムで中背、頬骨が高い顔つきで、ダークブロンドの髪をしていると、われわれは考えています。目はおそらくグレーかグレーがかったグリーン、ですがこの女はたびたびカラー・コンタクトをつけています。つけ毛やウィッグも使います。もうひとりの女はブロンドのショートヘアで、スポーツマンタイプの体形をしているという報告があります」

「それはたしかなんですね？」

「たしかです。そしてこのふたりは当地のどこかに泊まっていたはずです、ふたりいっしょか、あるいは別々で。サンマルコでのショッピングからイェヴチュフの失踪まで二日間あったことから、そう考えられます」

「そのふたりの記録が見つけられるか、調べてみます」トレヴィサンの熱意ある眼差しがイヴに向けられる。イヴは不意に、自分の外見が気になってきた。特に、パンプスからはみだして見えているダサいナイロンのインナーソックスのことが。これまでは職務上の有能さを他人に認めてもらいたいという一心で、自分が実際にどう見えているかについて考えることはほとんど、いや、まったくと言っていいほどなかった。だが、このヴェネツィアに来て、イタリアの女性たちが自己演出に気を配り、自分をエレガントで肉感的に見せることを楽しんでいるのを見て、自分も頭が切れるという以外のことでも褒めてもらえるようになりたいと思うようになっていた。美しいカットのスカートをひるがえしながらサンマルコ広場を歩いてみたかった。ラグーンからの潮風に髪をなびかせてみたかった。今朝のヴァン・ディーストの店員たち。彼女たちは完全に自分の喜びのために楽しんで服を選んでいるように見えた。彼女たちのあの服が、彼女たちに自信と力を与える秘訣をささやいているのだ。濡れた防水ジャケットにジーンズという姿では、自信も力強さもまったく感じられはしない。髪は濡れてこしがなくなり、腋の下はじっとりと湿っていた。

会話はなごやかに終わりを迎えた。「すみません」トレヴィサンに入り口まで案内されながら、イヴは言った。「そのすばらしい英語はどこで身につけられたんでしょう?」

「タンブリッジ・ウェルズです。わたしの母が英国人で、子どものころは毎年、夏をそこですごしていました。毎週土曜日にはBBC1の『マルチカラード・スワップ・ショップ』を見てましたよ。だから生身のノエル・エドモンズ氏にお会いできて本当に光栄です」

ランスが顔をしかめる。「あちゃー」

「まあまあ、職業上明かせないというのは理解していますよ。ミセス・ポラストリ、こうして協力しあえたことは光栄です。そちらの要請どおり、公式にはこの会見はなかったことになりますが、それでも非常に光栄でした」

三人は握手を交わし、署長は去った。

「まぁったくもう」雨上がりの湿った宵闇のなかに出ていきながら、イヴは言った。「ノエル・エドモンズ? 何で?」

「わかってるよ」ランスが言う。「よくわかってる」

帰り道、ふたりは水上バス《ヴァポレット》に乗った。ひどく混んでいたが、足がずぶ濡れのイヴは歩かずにすんでひと安心だった。ヴァポレットは大運河《カナル・グランデ》の端から端まで、客を乗せて進む。岸沿いに並ぶ建物が明るい照明できらめいているところでは、水面に建物が映って金色の彩りを添えているが、それ以外のところでは鎧戸が閉められて明かりもなく、古代の秘密を護ろうとしているかのようだ。宵の薄闇のなかに、この街の美しさのほの暗い側面が横たわっていた。

ランスはサンマルコまでずっとヴァポレットに乗っていったが、イヴはその手前の船着き場で降り、フェニーチェ・オペラハウスに向かって歩く途中にある小さなショップを訪れた。あらかじめ目をつけていたその店は、ウインドウにラウラ・フラッチの赤と白の美しいクレープ地のラップドレスが飾ってあり、近くでよく見てみたいという誘惑に抗いきれなかったのだ。そのショップは恐ろしく高価そうで、そのドレスはサイズが合わないのではないかと一縷《いちる》の望みを抱いていたが、試着してみると、ぴったりだった。値札をほとんど見ずに、気が変わらないうちにとクレジットカードを渡していた。

それからヴァン・ディーストの店をのぞいて、例のふたり連れの店内カメラ画像があったかどうか訊いてみた。画像はなかった。二日前にビデオが消去されたそうだ。イヴのがっかりしたようすを見て、ディレットリーチェは考えこむような顔つきになった。

「ブレスレットをお買い上げになったお客様のことで、もうひとつ思い出したことがあります。お客様の香りです。香りにはいつも気がつくんです、大好きなもので。母が以前、香水の店で働いておりまして、わたしにその……成分《イングレディエンティ》の見分け方を教えてくれたんです。サンダルウッド、シーダー、アンバー、スミレ、バラ、ベルガモット……」

「で、そのお客がつけていた香りを覚えてると？」

「銘柄はわかりませんでした。ふつうのデザイナーズブランドのものではありませんでした。トップノートがフリージア、だったと思います。ベースノートがアンバーとホワイト・シーダー。とても珍しいものです。ですから、お客様に尋ねたんです」

「それで?」

「その香水の名前を教えてもらいましたが、思い出せません。すみません、あまり助けになりませんね」

「とんでもない。本当に。あなたにはとても助けてもらいました。もしその香水の名前か、そのほか何でも、そのふたりの女について思い出したことがあったら、サンタ・クローチェの警察署のクエストーレ・アルマンド・トレヴィサンに話してください。そうすれば彼がわたしに伝えてくれますので」

「わかりました。あなたのお名前も教えていただけますでしょうか? それから携帯電話の番号も?」

ショーケースにおさまっている数々の宝飾品に目を奪われながら、イヴは名前と電話番号を教えた。無数のサファイアとダイヤモンドをちりばめた光り輝くチョーカー。緑色の炎の滝が流れ落ちているようなエメラルドのネックレス。

ディレットリーチェのペンを持った手が止まった。「高級なジュエリーがお好きなんですね、シニョーラ・ポラストリ」

「こんな高級品を見るのははじめてよ。さわれるほどすぐ近くで見られるなんて。こういうものをなぜ人がほしがるのか、わかった気がする。なぜこういうものに恋してしまうのか」

「ひとつお伺いしてよろしいでしょうか? わたしは今夜、フォルラーニ宮のレセプションに行くことになっています。ウンベルト・ゼーニの新作ジュエリー・コレクションのオープニング・レセプションです。姉を連れていくつもりだったんですけど、姉の娘が病気になってしまって。もしご予定がないのでしたら、ご一緒にどうでしょう？」

「それはどうもご親切に」イヴは驚いていた。「いいんでしょうか？」

「もちろんです。わたしもうれしいです」

「それでしたら……ぜひ。ああ、すごい。わくわくする。宮殿でのパーティーなんて、はじめてよ」

「あのブレスレットをしてこられては？」

「いいのかしら」

「それでしたら、思い切って《エ・デチーゾ》ぜひ。フォルラーニ宮はドルソドゥロ地区にあります。アカデミア橋を渡って、百メートルほど先、左側です。ヴァン・ディーストのジョヴァンナ・ビアンキの連れだと言ってください。わたしは九時ごろには行きます」

「ええ……わかったわ。ぜひ。ありがとう、ジョヴァンナ。すばらしい夜になりそう」

ジョヴァンナは手を差し出した。「それでは、またのちほど《アッローラ、ア・ドーポ》、シニョーラ・ポラストリ」

「イヴと呼んで」

「ア・ドーポ、イヴ」

ホテルに戻ると、イヴはノートパソコンを持ってベッドに腰かけ、リナット・イェヴチュフの失踪と、おそらくそれにVと彼女のロシア人の友人だか恋人だかが関わっていることについて報告書を作成した。それを暗号化して、グージ・ストリートのビリーに送り、それからランスの部屋を訪ねた。応答はなかったが、二分後、イヴの部屋のドアにノックがあり、ドアを開けると、ランスがビールのボトルと巨大なピザを持って入ってきた。

「このあたりのレストランはみんな、観光客を食い物にする店ばっかりだ」ランスは言った。「だから持ち帰りにした」

「すばらしい。お腹がぺこぺこよ」

それから半時間ほど、ふたりは小さなベランダに面した椅子に腰かけ、よく冷えた〈ナストロアズーロ〉ビールを飲み、薄切りジャガイモとローズマリーと〈タレッジョ〉チーズのピザを食べた。

「マジでおいしかった」これ以上は食べられないと、お腹を抱え、イヴは言った。

「スパイはいろいろ我慢しなきゃならない」ランスが言う。「でもジャンクフードは別だ」

「あんたがジャンクフード好きなんて知らなかった」

「へえ、そうかい？　ベランダで一服してもいいか？」

「どうぞ。わたしは夫に電話しなきゃ」

バッグを探ってやっとスマホを見つけ出したイヴは、一日中電源を切っていたことに気づいた。ぞっとする思いで、ニコの不在着信が六回、メッセージが三件残されているのを見る。

「うわ。ヤバ……」

ニコが事故に遭っていたことがわかった。彼は今日一日の大半をロイヤル・フリー病院の救急室ですごし、今は自宅に戻って松葉杖をついているとのことだった。

「ニコ、本当に、本当にごめんなさい」電話がつながると、イヴは言った。「スマホの電源が一日じゅう切れてたことに今気づいたの。何があったの？」

「車で学校に息子を送ってきた親が息子を降ろしたんだ。その子が動いてる車の前に出たから、ぼくは突進してその子をかばった。で、ドン」

「ああ、あなた。本当にごめんなさい。けがはひどいの？」

「基本的には足首骨折だ。脛骨骨折と靭帯断裂」

「痛い？」

「それはともかく、きみはこれまで以上に料理をしなきゃならなくなるぞ」

「あらまあ、かわいそうに。その、事故のことよ、わたしの料理のことじゃなくて。まあ、いい知らせでもないけど、まあ……ごめんなさい、今日は長い一日だったの」

「本当にね。ヴェネツィアはどうだい？」

「すてきよ、ホントに。一日じゅう雨が降ってたけどね」

「で、ランスは？　元気かい？」

「ニコ、やめてよ、お願い。ランスは元気、仕事も順調、明日の夜には帰るわ。あなた、それまで大丈夫そう？」

「ぼくの先祖はヴァルナでオスマン帝国と戦ったんだぜ。生きのびるさ」

「セルマとルイーズの干し草は足りてる？」

「免税店で買ってきてくれてもいいよ」

「やめてよ、ニコ。本当にごめんなさい、ね？　電話の電源を切ってたのも、ヴェネツィアにいるのも、あなたの事故のことも。何もかも、本当にごめんなさい。病院は痛み止めを出してくれた？」

「ああ。コデインをもらった」

「ちゃんと飲んでね。水で飲むのよ、ウィスキーじゃなくて。もうベッドに入って寝てちょうだい。その子のご両親はきっと感謝してることでしょうね」

「母親だよ。シングルマザーだ。まあ、感謝してたよ」

「ああ、あなたが誇らしい、ほんとに。心から」

「で、今夜は何をするんだい？」

「このあと出かけなきゃならないの。店内カメラの録画の件で話をしなきゃならなくて」うそがするりと、苦もなく口からすべり出る。「それからベッドに入って本を読むわ」

「何を読んでるんだい？」

「エレナ・フェッランテの小説よ」

「どういう話だい？」

「複雑な関係にあるふたりの女性の話」

「複雑じゃない関係なんてあるのか？」

「わたしの経験では、ないわね」

ランスが煙草の煙をたなびかせながら室内に戻ってきたときもまだ、イヴはスマホを見つめていた。

「これからどうするの？」ランスに尋ねる。

「さっき電話したんだが、前にローマでよくいっしょに仕事をしてたやつがこっちに引っ越してね。例の消えたウクライナ人のことを知ってるんじゃないかと思ってさ」

「その人とはいつ会うの？」

「半時間後だ。さっき行った警察署の近くのバーで。そっちは？」

「あの宝石店のジョヴァンナといっしょにレセプションみたいなやつに行くわ。店内カメラの画像は消えてたけど、彼女に教えてもらえることはきっとまだあるわ」

「きっとな」

「それはどういう意味？」

「何でもない」

「顔がにやけてるよ、ランス」

「にやけてなんかないさ、顔面のチックだ」

「ちょっと、今朝のあんたはよくやってくれた。すごくよかった。それにあのピザもマジでおいしかった。でもわたしがほかの女性の名前を口にするたびににやけた顔をするんなら、仕事にならないわ」

「いいや、おれにはわかるね」

「さっさと消えなさい、ランス」

「仰せのままに。今すぐ消えるさ」

十分後、イヴはラウラ・フラッチのドレスに着替え、髪にピンをたくさん突き刺してまずまずのフレンチツイストに仕上げ、夕闇のなかに足を踏み出した。手首にはローズゴールドのブレスレットが輝いている。昼間の雨のおかげで空気が研ぎ澄まされ、湿り気と下水のにおいがしている。三々五々とそぞろ歩く観光客たちを縫うようにして、広場を西のほうに向けてつっきり、アカデミア橋に向かう。橋のなかほどで足を止め、眺めに見とれる。暗い運河とその両側に立ち並ぶきらめく建物。そして遠くのほうのラグーンの潟口に、サンタ・マリア・デッラ・サルーテ聖堂がそびえていた。ほとんど耐えられないほどの美しさ。そしてそのすべてが死に向かっているように思える。われわれみながそうだ、と頭のなかの声がささやく。明日なんてない、あるのは今日だけだ。

かすかな光を散らした運河を見渡し、イヴは敵のことを考えた。見えたのは彼女の目だけだが、それでじゅうぶんだった。あたしは死だよ、とその視線が語っているようだった。そしてこう問いかける――日ごろから死と親しんでいない人間が本当に生きているって実感できる？

これほどの挑戦状を突きつけられて、手を引くことはありえない、歩み去ることはできない。今、はっきりとそうわかった。この道がどこに向かっていようと、追いかけていくだけだ。ニコにうそをつかなければならないなら、そうするまでだ。海風が運河を波立たせ、ドレスのやわらかな生地をイヴの太腿に張りつかせた。そのとき、バッグのなかのスマホが震えた。

ジョヴァンナからだった。十分後に会場に着くという知らせだった。


インスブルックのガストホーフ・リリの二階の狭い部屋のベッドの上に、ヴィラネルはあぐらをかいて座っていた。前に置いたノートパソコンの画面で、フェルスナデルの設計図面をスクロールしていた。このホテル、チロルの凍てついた岩山に囲まれたガラスとスチールの未来的な建築物は、オーストリアの最高級ホテルだ。トイフェルスカンプ山の東側斜面に張り出した、海抜二千五百メートルの岩棚の上に建っている。

この数時間、ヴィラネルは想像のなかでこの建物の内外を歩きまわり、出入り口になりそうな場所を検討し、客室エリアや厨房の配置を暗記し、備品室や業務エリアの位置を確認していた。この三十分ほどは三重窓の取り付けと施錠メカニズムについて調べていた。コンスタンティンが常々言っていたように、そういった細部のこだわりが成功と失敗を――ひいては生と死を――分けることがあるのだ。そのコンスタンティン本人がどこかの時点で細かな何かをうっかり抜かしたのだと考えると、ヴィラネルの心は翳りを帯びた。

ヴィラネルはあくびをした。ネコのように歯がむき出しになる。作戦の準備をする段階はいつもそれなりに楽しいが、ある時点で過負荷となることがある。そうなるとあれこれと計画をめぐらせる思考がぼやけ、パソコンの画面に出ている単語が連なりあって流れていく。

任務についての研究に加え、ドイツ語の独習もはじめていた。これまで学んだことがない。フェルスナデルホテルでドイツ人として通用するようになれという命令は受けていない。ヴィラネルはフランス人という設定だからだ。だがドイツ語を話す必要はあるだろうし、任務上、耳にしたことはすべて理解できなくてはならない。

こうしたあれやこれやの準備は精神的に疲れるものだ。ヴィラネルはたいていの人よりはストレス耐性が強いが、待機期間が長くなってくると、例の欲求が頭をもたげてくる。ノートパソコンをロックして、誰かがログインしようと試みただけですべてのデータが消去されるようにしてから、立ち上がり、のびをする。安物の黒のスウェットの上下を着て、この三十六時間シャワーを浴びておらず、洗っていない髪をざっくりとうしろにまとめてぼさぼさのポニーテールにしている。その見てくれもにおいも、野生の獣のようだった。

ヘルツォーク・フリードリヒ通り《シュトラッセ》は夕暮れの薄れてゆく光を浴びて美しかった。きらびやかに輝く建物が舞台の背景のような遠くの山々を額縁のように囲んでいる。だが、とにかく寒かった。寒風がしじゅううなりをあげながら狭い街路を吹き抜け、シュロッサー小路《ガッセ》にあるブラオハウス・アドラーの金色の輝きを目指して小走りに急ぐヴィラネルの薄着ごしに切りつけてくる。店内に入ると、騒音レベルがぐんと上がり、温かな空気はビールのにおいに染まっていた。混み合う店内の壁ぎわをじりじりと動くうち、バーカウンターに背を向けて横に並んでいる男たちが目に留まった。おもしろがっている肉食動物のような雰囲気をまとい、人込みを見渡しては、ときおり言葉を交わし、わかったような笑みを浮かべている。

ヴィラネルはそのようすを一、二分観察し、それから悠然とした足取りでカウンターのほうに歩いていった。横並びの男たちを、進路の邪魔だと言わんばかりに肩で押しのけるようにして、列ぞいにひとりずつ目を合わせて歩いていき、二十代前半のジムで鍛えたボディを誇示している男の前で足を止めた。男はハンサムで、本人もそれをよく知っており、自信たっぷりの笑みを浮かべてヴィラネルの視線を受け止めた。

ヴィラネルはそれにはいっさい応じなかった。その代わりに男の陶製ジョッキを取り上げてなかのビールを飲み干し、振り返りもせずに歩み去る。一瞬後、人込みをかきわけながら、男が追いかけてきた。ヴィラネルは無言で店の正面入り口から男を連れ出し、わき道に折れると、もう一度曲がって店の裏手の細い路地に連れこんだ。路地のなかほどに、生ゴミがあふれんばかりになっているふたつの大型ゴミ容器にはさまれた暗い場所があった。ゴミ容器の上のほうでは、厨房の換気扇からの排気が、油で汚れた格子ごしに吐き出されている。

レンガ壁を背にして、ヴィラネルは自分の前に跪《ひざまず》けと若い男に命じた。男がためらうと、男のブロンドの髪をひっつかんで無理やり膝をつかせた。それから空いているほうの手でスウェットズボンを足首まで引き下げ、両足を広げてボクサーショーツの片側の裾を押し広げる。「指はダメだよ」男に言う。「舌だけで。さっさとやんな」

若い男は不安げな目でヴィラネルを見上げている。ヴィラネルはつかんでいる髪をきつく引っ張り、男に痛みの声をあげさせた。「さっさとやれって言ったんだよ、バカ《ドゥムコップ》。あたしのプッシーちゃんをなめるんだよ」両足をずりずりとさらに大きく広げる。冷たい壁が尻に当たった。「もっと強くだよ、くそ、アイスクリームじゃないんだから。もっと上。そう、そこだ」

快感がゆらゆらと立ち昇ってきたが、それはあまりにとぎれとぎれで、この新たな知り合いがあまりに下手くそなため、ヴィラネルの望む絶頂にはたどりつけそうにないとわかった。半分閉じたまぶたの隙間から、汚れたエプロンをつけて縁なし帽《スカルキャップ》をかぶった厨房従業員が勝手口から出てくるのが見えた。ヴィラネルを目に留め、口をあんぐりと開けて固まっている。ヴィラネルはそれを無視した。ブロンド男もヴィラネルのクリトリスを探すのに忙しく、見物人の存在に感づく余裕はなかった。

厨房従業員はほぼ一分間、股間に手を当ててその場に立ち尽くしていた。それから、汚い言葉だらけのトルコ語の呼び声が聞こえ、厨房に戻っていった。このころにはヴィラネルは、絶頂に達するには帰ってから自分の手に頼らなくてはならないと確信していた。思考がさまよいはじめ、無数の屈折したイメージのかけらとなって散っていったが、突然まとくっついてイヴ・ポラストリの姿になった。いつものおかたい服装《スクーチニィ》のイヴ。そういう英国人的な礼儀正しさを、ヴィラネルは本当に心の底から激しく、ぶち壊してやりたいと思うのだ。イヴがたった今、自分を見下ろしている。そう想像して、自分の太腿のあいだにその顔を見る。そこからイヴの目が見上げている。イヴの舌が自分をなぶっている。

ヴィラネルはこのイメージにすがりつき、やがて太腿がつかの間激しくがくがくと震えて、絶頂に達した。その一瞬、イヴの姿が溶けてアンナ・レオノヴァの姿に変わる。アンナ。彼女を思うとすべての血管が沸き立った。アンナ。もうひとつの人生で、オクサナ・ヴォロンツォヴァに愛とはどういうものかを見せてくれ、そのあと永遠にそれを否定した女性。目を開けると、不潔な周囲が目に飛びこんできた。風が顔にふれ、はじめて頬に涙が伝わっていることに気づいた。

金髪男はにやにや笑っていた。ヴィラネルはスウェットのズボンを引き上げた。「お願い」と言う。「行って」

「おいおい、来いよ、ダーリン《シャッツ》……」

「聞こえたよね。失せな」

ヴィラネルの目を見て、男のにやにや笑いが消えた。男は立ち去りかけたが、そこで振り返った。「教えてやろうか？」男は言った。「おまえ、くさいぞ」

「あっそ。こっちからも忠告ね。この次、女の子のパンツに顔をつっこむときは地図を忘れずに持っていきな」

フォルラーニ宮はドルソドゥロ地区の東の端にある。イヴが今通ったばかりの通り側の入り口は、何の変哲もないものだった。薄暗いクローク室にはダークスーツを着た接客係が何人もいて、いかにも元ボクサーというような体格の人物がにこりともせず目を配っていた。その向こうで、同じような黒い波紋織り《モワレ》のカクテルドレスを着た若い女性ふたりがアンティークのデスクを前にして座り、到来した客の名前を印刷された名簿と照合している。

イヴはそちらに近づいていった。「ジョヴァンナ・ビアンキの連れです《ソノ・コン・ジョヴァンナ・ビアンキ》」ふたりはにっこりした。「ええ、わかりました」ひとりが言う。「ですが、こちらにいるわたしの友人に、あなたの髪を直させてください」

イヴは片方の手を上げ、ほつれた髪房からヘアピンがぶら下がっているのに気づいた。

「うわ、どうしよう。本当に直していただけるのかしら？」

「こちらへ」もうひとりが言い、かたわらの椅子にイヴを座らせると、慣れた手つきですばやく髪型を直してくれた。彼女が最後のヘアピンを刺したとき、ジョヴァンナがやってきた。

「イヴ。すごくすてきよ……チャオ、お嬢さん《ラガッツェ》」

「チャオ、ジョヴァンナ。ちょっとここで非常事態の髪を緊急救助してただけ」

「フレンチツイストが崩れちゃったの」イヴが説明する。

ジョヴァンナがにっこりした。「だからいつもイタリア流にするべきなのよ」

カーテンが開かれ、客は薄暗い控えの間から、まばゆい輝きのなかに入っていった。宮殿の通り側の入り口は、実は裏口——楽屋口のようなもの——だったのだと、イヴは知った。そこは石を張った床の広々とした大広間で、大勢の客がひしめきあっていた。その人込みの中央に、ウンベルト・ゼーニのロゴがプリントされた垂れ幕に隠された、長方形のスペースがある。イヴとジョヴァンナの向かい側に、壮麗で堂々とした運河側の入り口があった。装飾が施された大きなアーチの向こうに、運河の水のきらめきが見てとれる。イヴが見ていると、モーターボートが一隻やってきて、二人の招待客が船着き場に足を踏み出した。そのままドアマンの案内でなかに入る。

　周囲の人波は寄せては返すを繰り返していた。香水や白粉、キャンドルの蠟のにおいがした。それからかすかに、運河の泥くさいにおいも。それは心を浮き立たせるような奇妙な光景だった。古めかしさと目のくらむようなファッショナブルさとの衝突。イヴは浮き立った気分になり、この場にふさわしいきちんとした姿をしているとすら感じていたが、ここにいる誰かに声をかけることなど想像もできなかった。中心には、ダークスーツを着て重厚なシルクのネクタイをつけた年齢不詳の男たちと、髪を丹念に作りこみ、凝った装飾が施されたデザイナーの一点もののドレスを着て、明らかに親しみやすさよりは威圧感をまとっている女性たちがいる。そのまわりをサメについて泳ぐパイロットフィッシュのように回遊しているのは、社交界の名士とその取り巻きたちといった一団だ。信じがたいほどの日焼けをしたトカゲのようなデザイナーたちや、破れたジーンズをはき、ジムでつくりこんだ筋肉をひけらかしている若い男たち。そして大きくうつろな目をした、柳のように細いモデルたち。

「あれがウンベルトよ」ジョヴァンナが通りかかったウェイターのトレーからシャンパンのグラスをふたつ、さっと取り、頭から足先まで黒革のフェティッシュな服でかためたとても小柄な人物のほうに頭を傾けた。「なかなか興味深い連中でしょ？」

「すごいわね。わたしの世界にはないわ」

「それじゃ、あなたの世界には何があるの、イヴ？　こんなことを訊いてごめんなさい。でもあなたはインターポールの者だと名乗る男を連れてわたしの店にやってきて、その男は

バ　カ《ウン・クレティーノ》のふりをしながら、店の子たちの会話を盗み聞きしていた――あ、心配しないで、わたしは彼を見てたのよ――それから、あなたはわたしに、ガールフレンドを連れてお店に来た女性が買ったブレスレットのことを尋ねた。でも、今あなたが着てる服を見て？　ねえお願い《ベル・ファヴォーレ》、いったいどうなってるの？」

イヴはシャンパンをぐいと一気飲みし、手首を揺らしてダイヤモンドをきらめかせた。

「話せば長くなるわ」

「話してほしい」

「わたしたちはいくつかの犯罪の容疑でその女性を追ってるの。彼女はわたしが追いかけてることを知っていて、わたしを侮辱して脅しをかけるためにこのブレスレットをよこしたの」

「どうしてそれが脅しに？」

「それはね、これはわたしにはとても買えない贅沢な品で、自分で身に着けるなんて想像もできないものだからよ」

「でも、イヴ、今あなたはそれを着けてるわ」

ふたりの会話は、暗くなった照明に遮られた。それから、インダストリアル・メタルの耳をつんざくような轟音と共に、大広間中央の垂れ幕が上がり、いくつものスポットライトがそこにあらわれたものを照らし出した。床から巨大なコンクリートの円柱が突き出ていて、そのなかに白いアルファ ロメオのスポーツカーが入っていた。車はスピード事故で大破しているようだった。円柱に囲まれた車は完全な残骸となっている。乗っていたふたり――ひとりは男性で、ひとりは女性――はフロントガラスを突き破って放り出され、ひしゃげたボンネットの上に横たわっている。

最初、そのふたりは恐ろしい生き写し《ライフ・ライク》の、というより死に写し《デス・ライク》の人形だと、イヴは思った。それから、ふたりがかすかに息をしているのを見てとり、本物の人間だとわかった。遅まきながら、それは有名なボーイ・バンドのヴォーカルとそのスーパーモデルの彼女だと気づく。シェーン・ラフィークは白のTシャツにジーンズという姿で、うつ伏せに倒れている。ジャスミン・ヴェイン＝パーティントンは仰向けで、片腕を宙にのばしている。ブラウスが破れ、胸がまる見えになっていた。

だが、本来なら血や肉が飛び散っているはずのところにあるのは、宝石だった。ジャスミンのひたいには砕けたフロントガラスが突き刺さっているのではなく、ダイヤモンドと血のように赤いガーネットをちりばめたティアラがかぶせられている。腹部には、ミャンマー産のルビーを連ねた糸が、深くえぐれた切り傷のように載せられていた。シェーンの髪にはトルマリンがきらめき、口からはトパーズのネックレスが垂れ下がっている。車体にはさまざまな種類の赤色の宝石が飛び散っていた。

四方八方でカメラのフラッシュが閃《ひらめ》き、音楽が鳴り響き、拍手の波が満ち引きするなかで、イヴはあんぐりと口を開け、このきらびやかな死の絵画《タブロー・モー》を見つめていた。

ジョヴァンナはにっこりした。「で、どう思う？」

「宝石の売り方としては、ずいぶん極端ね」

「ここでは極端なものが求められてるのよ、みんなすぐに退屈しちゃうから。それにファッション報道はそういうのをほめちぎるし。とりわけ、ジャスミンとシェーンを使ってるとあってはね」

十分後、カメラのフラッシュがおさまり、ウンベルト・ゼーニがイヴには一語も理解できない短いスピーチをしてから、垂れ幕がふたたび下り、つぶれたアルファ ロメオとふたりのセレブの死体を隠した。招待客たちはのんびりした足取りで、すりきれた石の階段を上がり、色あせたタペストリーの前を通って、二階に向かった。イヴとジョヴァンナもそれに混じり、その途中で新たにシャンパンのグラスを手にした。

「楽しんでくれてる?」ジョヴァンナが訊いた。

「とっても。どんなにお礼を言っても足りないくらい」

「さっきの続きを聞かせて」

イヴは笑った。「そうね、いつかね」何か月ぶり――いや、もしかすると数年ぶりに、言い訳をする必要のないすばらしいひとときをすごせているのだ。イヴは軽やかに浮き立つような心地で、羽が生えたような足取りで階段を上っていった。

回廊は、ざわめきと人々であふれかえっていた。みなジョヴァンナと知り合いのようで、彼女はほどなく興奮したようすの人々に囲まれ、弾丸のように飛び交うイタリア語で感想を話し合っていた。イヴは指をひらひらさせて、またあとで会いましょうと伝え、離れた。三杯目のシャンパンを取り、たった今知り合いを見つけたという笑みを顔に張りつけて、何か目指すところがあるような足取りで人込みのなかを抜けていく。パーティーという場に出るといつも、イヴは部外者のような気分を味わう。会話と笑いの渦に自分も加わりたいという欲求と、ひとりきりでいたいという欲求のあいだで宙ぶらりんになるのだ。重要なのは常に動いていることだ、と学んでいた。一瞬でもぼうっと立ち尽くしていると、無防備をあらわにしてしまう。獲物を狙って回遊しているサメに餌食はここと宣言しているも同然なのだ。

イヴは美術通を装い、羽目板張りの壁に掛かっている絵画をじっくりと見ていった。ギリシャ神話の寓話的な場面を描いた絵の隣に、頭蓋骨をモチーフにした大きな現代絵画が並んでいる。十八世紀のヴェネツィア貴族が好色な目でセックス中のカップルを等身大で撮った写真を見つめている作品。ここにある絵画の作者たちの名前を知っているような気がしたが、あえて思い出そうとするほど興味があるわけではなかった。イヴの心に強烈に訴えたのは、富を誇示する有無を言わせぬ純然たる力だった。これらの芸術作品がここにあるのは、美しいからでもなければ、挑発的と思われるからでもない。何百万ユーロという値段がついているからなのだ。ここにある絵画は、純然たる通貨なのだ。

イヴは、サルを抱いた故マイケル・ジャクソンの、これもまた等身大の、金色の磁器でできた塑像の前にきた。ほんのひと押しすれば、とイヴは考える。力をこめてどんとひと押しすれば。砕け散る音、周囲のかたずをのむ音、驚愕に満ちた沈黙を想像する。

「人間の条件《ラ・コンディツィオーネ・ウマーナ》」イヴの横で声がした。

イヴはその男にちらりと目を向けた。黒髪とわし鼻が目立つ風貌だ。「すみませんが？」

「英国の方でしたか。英国の方には見えませんね」

「そうですか？　どうして？」

「その服装に髪型、そのスプレッツァトゥーラ」

「わたしの何ですって？」

「あなたのその……雰囲気です」

「お褒めの言葉と取っておきます」男と面と向き合うと、おもしろがるような茶色の目で見つめられた。折れた鼻と上唇が深く切れこんだ官能的な口が目につく。「ところであなたはイタリア人にしか見えませんね」

男はにやりとした。「お褒めの言葉と受け取りましょう。ぼくの名前はクラウディオです」

「わたしはイヴです。さっきおっしゃってたのは？」

「この彫刻は人間の条件をあらわしていると言ったんです」

「冗談とかではなく？」

「もちろんです。ごらんなさい。何が見えます？」

「ポップ・シンガーとサルです。わたしの祖母がよく買っていた磁器の飾り物の巨大バージョン」

「いいでしょう、イヴ。あなたが英国人だと今確信がもてました。ぼくに何が見えているか知りたいですか？」

「ぜひ教えていただきたいわ」

「ぼくに見えるのは、ひどく孤独なひとりの男です。同胞の人間たちとはあまりにかけ離れているため、唯一の伴侶がこのバブルス君という名のサルしかいない男。そして結局、バブルス君すら離れていってしまう。彼はこのファンタジーのなかでは生きられなかった」

「わかります」イヴはシャンパンのフルートグラスを口に運んだが、空だった。すでにけっこうな量を飲んでいるのになんともないことに気づく。おそらく、このシャンパンは極上の品なのだ。

「この像はマイケル・ジャクソンの夢なんだ。金色の永遠。でもそれはぼくたちを彼の現実の人生に引き戻す――グロテスクで悲しい現実にね」

ふたりはしばらくのあいだ、無言でそこに立っていた。

「おそらくあなたのお祖母さんは正しかったんでしょう、磁器の飾り物を買っていたというのは。おそらくお祖母さんはわかっていたんでしょう、ぼくたちが本当にほしいと願うものは、買うことはできないのだと」

イヴの全身を憂愁の波が流れていった。頭がくらっとしてよろける。ひと粒の涙が鼻を伝って落ちていった。「今度はあなたに泣かされちゃった。本当に、ありえない人ね」

「そしてあなたのグラスは空だ」

「しばらくこのままにしておいたほうがよさそう」

「お好きなように。バルコニーからの眺めを見にいきませんか」クラウディオはイヴの手を取り――イヴの心臓がどきんと跳ね上がった――回廊を通り抜けて、バロック調の鏡がずらりと掛けられた、床が大理石の広々とした部屋に案内した。一面の壁には投射スクリーンが張ってあり、ウンベルト・ゼーニの展示会の序章となるビデオが繰り返し流されていた。シェーン・ラフィークとジャスミン・ヴェイン＝パーティントンが盗んだ宝石を山積みして銀行の金庫室から逃げ出し、アルファロメオに飛び乗って走り去っていくビデオだった。

ジョヴァンナと同じようにクラウディオも誰とも知り合いのようで、進む先々で盛大に手を振りあったり挨拶をしたり、投げキスが交わされた。ウンベルト・ゼーニはにぎやかな集団に取り巻かれ、自動車事故死は現代におけるカトリックの殉教に等しいという説明を英語でしていた。その説明を具現化するかのように、ウェイターが聖なる物体の形をしたプチフールの並んだトレーを持って、まわってきた。ピンク色の粉糖がまぶされた聖なる心臓、糸状あめでつくった茨の冠、砂糖漬けアンゼリカの磔刑の釘。なかでもよくできているのは、マジパンでできた小さな手で、ゼリーの赤い聖痕がついている。

「よくできてるよね？」クラウディオが言う。

「まったく」イヴは言い、マジパンの指をかじり取った。

ふたりはバルコニーについた。広々とした壮麗な空間で、湾曲した手すりがついている。何人もの招待客が手すりにもたれ、煙草を吸っていた。ふだんのイヴは煙草の煙が大嫌いなのだが、今この瞬間はそれほど気にならなかった。だんだんと大運河を暗くしていく夜を背景に、クラウディオの腕が肩にまわされている――いったいどうしてそんなことになったのか？――

「わたしは結婚してるのよ」イヴは言った。

「そうでなかったら大いに驚くね。目を上げてごらん」

イヴはうしろを向き、手すりにもたれかかった。建物の上部には、風雪を経た棟飾りがある。石に彫られたものだった。

「フォルラーニ家の家紋だよ。六つの星が描かれた盾の上に元首《ドージェ》の冠が載っている。この宮殿が建てられたのは一七七〇年だ」

「それは驚きだわ。その一族はまだここで暮らしてるの？」

「ああ」クラウディオは向きを変えて、運河のほうを向いた。「ぼくたちは住んでいる」

イヴはまじまじと彼を見た。「あなたが？　あなたが……ここの持ち主なの？」

「持ち主はぼくの父だ」

イヴは首を振った。「それはきっと……すばらしいことでしょうね」

クラウディオは半身をイヴのほうに向け、人差し指でイヴの頬をなぞった。「まあ、見てのとおりだ」

イヴは彼を見つめ返した。彫りの深い顔立ち、その完璧さを折れた鼻が損なうと同時にいっそう強調している。ぱりっとした白い麻のシャツの袖が肘のすぐ上までまくりあげられ、日焼けした腕を際立たせている。品のある筋肉質の身体が、一見ごくふつうだが疑う余地なく何百ユーロもするジーンズで引きたてられている。ソックスなしでラフにはいている黒のベルベットのローファーには、よく見れば、フォルラーニ家の家紋が刺繍されている。

イヴはにっこりした。「ちょっとばかりできすぎよね、とても本当とは思えないわ。そうでしょ？　それに、あなたはわたしに思いこませていたほど若くはないわよね」イヴはさきほどされたことをまねて、彼の頬骨を人差し指でなぞった。「ほかに何人の女性をここに連れてきたのかしら？　けっこうな数よね、きっと」

「きみは恐るべき女性だな、イヴ。ぼくはまだキスすらしていないのに」

欲望のさざ波が、思いもかけなかった強烈さでイヴの全身を駆けめぐった。「なかなかすてきなお誘いだけど、そういうことは起こらないわよ」

「冗談でなく？」

イヴはうなずいた。

「それは残念だ、イヴ。きみにとっても、ぼくにとっても」

「お互いどうにかして生き残りたいものね。さてと、わたしは友だちを探しに行かなきゃ」

室内をのぞくと、ジョヴァンナがこちらにやってくるのが見えた。「あ、友だちが来た。クラウディオ、こちらは――」

「知ってるよ。こんばんは《ブォナ・セラ》、ジョヴァンナ」

「ブォナ・セラ、クラウディオ」しばしの沈黙。

「そろそろお暇しなきゃ」クラウディオはそう言って、ふたりに向かい、かろうじて見てとれる程度の皮肉をこめて会釈した。「ではまた《アリヴェデルチ》」

「あらあら」ジョヴァンナはクラウディオが人込みのなかに消えるのを見守った。「あなたって一瞬も時間を無駄にしないのね。ま、あなたに負けず、わたしだってそうよ。あなたにお知らせを持ってきたわよ」

「話して話して」

「わたしね、ファエンツァ伯爵夫人《コンテッサ・ディ・ファエンツァ》と話をしてたの。わたしの太いお客なのよ。でね、伯爵夫人のすぐ横に立っていた女性が、前にあなたに話した香水をつけてるのに気づいたの。ほら、あなたのブレスレットを買ったロシア人の……」

「うわ、すごい。続けて」

「それでね、伯爵夫人がミラノに行ったときに見たプレタポルテのショーの話をしてたときに、その女性が離れていったの。当然わたしは追いかけることはできなかったけど、じっとその女性を見て、着ている服を覚えたのよ。で、五分後、やっと伯爵夫人から解放されて、その女性を探しに出たの」

「それで?」

「見つけられなかったわ。あらゆるところを探したのよ、一階も二階も。でも彼女は消えちゃった。それからわたしは化粧室に入ったの。そしたら、そこに彼女がいたのよ。鏡の前に立って、まさしくあの香水をつけてるところだったの。だからわたし、彼女のうしろに歩いていって、本当にあの香りかどうかたしかめたの。間違いなかった」

「本当に?」

「本当に。フリージア、アンバー、ホワイト・シーダー……だから彼女に、その香り、すごくいいわねって声をかけて、おしゃべりをしたの――彼女の名前はシニョーラ・ヴァッリだってわかったわ――それから、その香水の名前を訊いたの」ジョヴァンナはイヴにたたんだ紙片を渡した。「今度はちゃんと書いておいたから、忘れないように」

イヴはその紙を開き、そこに書かれている単語を見つめた。その瞬間、恐ろしく明瞭に理解した。全身の血管に冷水が駆け巡るかのようだった。「ありがとう、ジョヴァンナ」イヴは小声で言った。「本当に、本当にありがとう」

オクサナはロシアのストルイピン囚人護送列車の鋼鉄の寝台に寝ていた。周囲には灰色のおぼろげな人影が並んでいる。窓はなく、この列車がどこを走っているのかまったくわからない。もうどれだけのあいだ、自分がこの列車に乗っているのかもわからなかった。何日も、というのは当然として、何週間も乗っているのかもしれない。鋼鉄パネル張りのストルイピンのコンパートメントが彼女の全世界だった。糞尿と自分の肉体がとてつもなくくさかったが、もっとひどいのは寒さだ。寒さは死に似ている。その氷のように冷たい手が彼女の心臓をわしづかみにしている。

向かい側の寝台の上で人影がうごめいた。「あんた、わたしのブレスレットをつけてるのね、ヴィラネル」

彼女は説明しようとする。手かせをつけられてあざのできた両手首をイヴに見せようとする。「あたしの名前はオクサナ・ヴォロンツォヴァよ」

「ヴィラネルはどこ?」

「死んだよ。ほかのみんなと同じように」

ヴィラネルははっと目覚めた。心臓がバクバクするのを感じながら、ガストホーフ・リリの部屋の輪郭に徐々に気づく。午前三時をまわったところだ。部屋は寒く、彼女は裸だった。羽毛布団が狭いベッドから床にすべり落ちていた。「くそ、ポラストリ」ヴィラネルはつぶやき、ジャージの上下を着こんで羽毛布団にくるまった。「あたしの頭から出てってよ」


六百四十キロ離れたヴェネツィアで、イヴもまた起きていた。ウサギのプリントのパジャマを着て、ホテルのベッドの端に腰を掛けていた。両足をテラゾタイルの床につき、両手で頭を抱えて。今にも吐くという確信があった。目をかたく閉じる。とたんにぎりぎり保っていた均衡が崩れて喉に胆汁がこみあげ、よろよろと窓のほうに歩く。もどかしげに指を動かして鎧戸を開け、眼下の油が黒く揺れる運河を見ながらベランダの手すりをつかみ、静かとはとても言えない音をあげて吐いた。それはまっすぐ、繋留されているゴンドラに落ちていった。

5

夕方前、インスブルックのヘリポート、〈フルークレトゥングスツェントゥルム〉の出発ラウンジで、にぎやかな喧噪とグラスの鳴る音が響いていた。マックス・リンダーの招待客たちがしゃべり、笑い、〈ポル・ロジェ〉のシャンパンを飲んでいるのだ。ここにいるのが客のすべてではない。この日の早い時間にすでにフェルスナデル・ホテルに飛んでいる人々もいれば、明日到着する人々もいる。ラウンジには期待に満ちあふれた雰囲気が漂っていた。極右の世界で、リンダーは、機知に富み、太っ腹で想像力豊かなホストとして知られている。彼の山上の隠れ家に招待されるのは、エリートの一員として認められたというだけでなく、とんでもなく楽しい時間が保証されているということでもある。みなが認めていた——マックスは痛快だ。

　全面ガラスの出口ドアのかたわらに立っている、ぼさぼさのポニーテールのやせた人物に注意を払う者はいなかった。遠慮がちな物腰と安物の服とキャリーバッグを見れば、重要な人物でないことははっきりとしている。それに彼女は誰とも口をきかなかった。一時間前にこのヘリポートに着いたとき、彼女はフェルスナデルの代表人に、地元の人材派遣会社から送られてきた、臨時雇用のルーム係、ヴィオレット・デュロックですと名乗っていた。ホテルの代表人はちらりとクリップボードを見やり、リストにあった彼女の名前を線で消すと、フェルスナデルにはホテルのお客様たちといっしょに飛ぶことになるが、お客様たちと親しくすることは厳禁《フェアボーテン》だと厳しく告げた。

ヴィラネルの姿は同乗の旅行客たちの目には入らなかったとしても、彼らの姿がヴィラネルに見えないわけではなかった。この二週間あまりのあいだに、ヴィラネルは招待客のほとんどについて相当踏みこんだところまで研究していた。今このラウンジにいる客のなかでいちばん地位の高い人物は、たぶんマガリ・ル・メールだろう。最近の選挙で晴れてフランスの新右翼政党の党首になった女性で、汎ヨーロッパ・ナショナリズムの擁護者である彼女は、将来的にフランスを極右寄りに向かわせる希望的人材と目されている。実際に見ると、横幅が広いやせこけた容貌は、フランスのあらゆる廃屋の壁や自動車道路橋にべたべたと貼られているポスターに出ている姿より老けている。自身の政党の一般党員に呼びかけるときには、今着ている何千ユーロもするモンクレールのダウンコートは着ないのだろう、とヴィラネルは考える。あのカルティエのダイヤモンドをちりばめた腕時計もきっとつけない。ベッドではおもしろいだろうか？　そんなはずないか。目つきはイカしてるけど、あの了見の狭そうな薄い口はそうは言ってない。

ル・メールとグラスをふれ合わせているトッド・スタントンは元ＣＩＡの心理作戦担当官で、最近はオンライン上の個人情報を集めてたくみに操作している。スタントンはアメリカの極右の影のフィクサーとして語られることが多い。さらに、共和党が最近の選挙で連続して勝利しているが、その立役者と見られている。今日はウルフスキンのコートを着ているが、彼の肥満体がましに見えることもなく、その赤ら顔をごまかすこともできない。

そのふたりの向こう、バーカウンターのそばでは、三人の男とひとりの女性が警戒しているように輪になっている。レオナルド・ヴェントゥリーは非常に小柄なもじゃもじゃ頭の男で、片眼鏡をもてあそんでいる。イタリアの政治理論家で、〈天から落ちた石《ラプシット・イグジリス》〉の創設者。そのウェブサイトには〝貴族の精神をもつ人々の入門ギルド〟と書かれている。ヴェントゥリーがこのギルドの使命について徹底的に細かく説明している相手はインカ・ヤルヴィ、フィンランドの〈オーディンの娘たち〉のリーダーだ。そのふたりのすぐ横にいながら、会話に参加しているわけではないふたりは英国人だ。太鼓腹を突き出してワニみたいな笑いを浮かべているのはロジャー・バゴット、〈ＵＫ愛国者党〉のリーダー。そして、エンピツのように細いリイラス・オー＝ハドウは生え抜きの保守主義者《トーリー》で、彼の一族はさまざまな世代のファシストのシンパたちを英国に植えつけてきた。

あとの三人はヴィラネルにはわからなかった。フェルスナデルの招待客予想リストに載っていなかったのだ。そうでなければ、覚えている。ひとりは黒髪を直線的なボブにした、尊大な態度のヒョウを思わせる女性で、ちらりとヴィラネルに好奇の目を向けていた。そして彫りの深いハンサム顔の男ふたり。三人とも二十代後半と思われ、明らかに軍服系の黒い制服を着ている。

「あなたがヴィオレット？」すぐ横で声がした。

「はい」

「こんにちは、あたしはヨハンナ。あたしも同じ派遣会社から来てるの」両目の間隔が狭い顔にそばかすが浮き、豊かな胸をピンク色のキルトジャケットに押しこめてジッパーで封じている。ブタのフリューシャ——ヴィラネルが子どものころペルミで見ていたテレビの人形劇のキャラクターに似ている。「あなた、ここのホテルで働いたことってある？」

「いいえ」ヴィラネルは言った。「どんなものなんでしょう？」

「すっごいところだけど、賃金はくそ安いわよ、知ってるだろうけど。それに監督係のビルギットがホンットにくそ女《アルシュフォッツェ》なのよ。奴隷みたいに働かないと、彼女に四六時中いやがらせをされるの」

「お客はどんな感じなんでしょう？」

「すっごくおもしろいわよ。それになかには……」ヨハンナはくすくす笑う。「あたし、去年マックスがパーティーを開いたときにここで働いたの。最後の夜にはゴージャスなドレス・パーティーが開かれたけど、それはまあ、クレージーだったわ」

「それじゃ、今回はどれぐらいの期間、あの山の上で働くんですか？」

「二週間だけよ。あたしはアフリカ人の子の代わりで臨時要員なの。これだけの顔ぶれのお客がそろうときに移民の従業員なんて使えないでしょ、だからホテルが解雇したのよ」

「無給で?」

「もちろん《ナトゥアリッヒ》よ。働いてないのに、どうして払わなきゃならないの?」

「たしかに」

「あのね、ヴィオレット、マックス・リンダーのお客たちって、意外と伝統的なホテルスタッフが好みなのよ。関係する女の子たちもね。なかにはすっごくじゃれついてくるお客もいるのよ」満足げな笑みを浮かべ、ヨハンナは自分の胸を見下ろす。「でもまあ、あなたはそっとしといてもらえるかも」

「ところで、あそこの三人はどういう方たちなんでしょう? ここにいるお客のなかでは若そうですけど」

「バンドよ、〈パンツァーデメルング〉っていうの。去年も来てたわ。ヘンな音楽よ、超暗くて超やかましくってさ、全然あたしの好みじゃないんだけど。でもあの兄弟、クラウスとペーター・ローレンツ。すっごくイケてる《トータル・ガイル》よね」

「あのレザーのコートとブーツの女の人は?」

「ヴォーカルよ、ペトラ・フォクス。たぶん……」ヨハンナは声をひそめる——「レズビアンだと思う」

「そうなんだ!」

出発のアナウンスがかかり、客たちはぞろぞろとガラスドアを抜けてヘリパッドに歩いていった。〈エアバス〉社のヘリコプターが待ち受けていた。ヴィラネルとヨハンナは最後に乗りこみ、ほかの乗客たちの前をじりじりと通って機内最奥部の席まで行かなくてはならなかった。

「きみ、去年もいなかったか？」ロジャー・バゴットが前を通るヨハンナに声をかけ、ヨハンナはにっこり笑ってうなずいた。バゴットの手がのびてヨハンナのお尻を軽くたたく。

「それならルームサービスを頼まなくちゃな」それからバゴットはヴィラネルに目を向けた。

「悪いね、きみ。ぼくはもうちょっと肉づきのいい子が好みなんだ、まあ言ってみればね」

トッド・スタントンがにやにや笑い、サイラス・オー＝ハドウがいやそうな顔をした。ほかの客たちは完全にバゴットを無視している。ヴィラネルはシートベルトを締めながら、つかのま、前に身を乗り出して、英国男のつけているゴルフクラブのネクタイで首を絞めあげる空想を楽しんだ。いつかね、と自分に言い聞かせ、ちらりとヨハンナの、ちょっとすました笑みを浮かべているピンク色の顔に目をやる。

ヘリコプターはうなりをあげ、がたがた揺れながら離陸した。プレキシグラス窓の向こうの空は鋼鉄のような灰色だった。ほどなく、ヘリは雪線を越え、さらに上がっていった。窓の外のトイフェルスカンプ山の山肌や峨々《がが》たる峰々、青白い氷原を見ていると、ヴィラネルはちりちりと肌が粟立つような期待を感じた。ここにいる人々の目には、彼女はみすぼらしい、顧みる価値もない存在――セックスの対象にすらならない女と映っている。だがその内面では、怒れる魔物が活動の準備運動をしているのだ。舌の先で上唇にかすかに青白く盛り上がっている傷痕にふれながら、ヴィラネルは胸のなかに、みぞおちに、股間に、どくどくという高鳴りを感じていた。

ヘリコプターはぐんと上昇し、垂直に切り立った尾根の上で旋回した。ホテルは黒い岩肌に打ちこまれた水晶のように見える。その前の岩棚には、着陸場所を示す照明がつけられていた。乗客は称賛の声をあげ、息を呑んで窓のほうに首をのばした。

「どう？」ヨハンナが訊く。「すごいでしょ？」

「ええ」

ヘリが着地し、ドアが開いた。凍りつく冷気が機内になだれこんでくる。ヨハンナのあとに続いて、ヴィラネルは風に吹かれて渦巻く雪のなかに足を踏み出し、ほかの客たちのあとからキャリーバッグを引いてホテルに入っていった。

エントランスホールはすばらしかった。総ガラス張りの壁から、どんどん暗くなってゆく壮大な山容の息を呑むような眺めが望めるのだ。三十メートル下で、雲が突風に運ばれて流れていく。上のほうには、ぎざぎざと突き出す峰々のシルエットと星のきらめき。

「ヨハンナ、わたしといっしょに来て。あなたはヴィオレットね。急いでちょうだい、ふたりとも」

声の主は厳格そうな服装をした四十がらみの女性だった。自己紹介もせずにふたりを連れて速足で横手のドアを抜け、従業員用通路を通り、ホテルの奥、従業員用の住居部分に入っていく。最初にヴィラネルに向けて、番号のついたドアを開け、天井の低い小部屋に案内した。ベッドがふたつある。片方のベッドに、ジャージの上下を着てウールのニット帽をかぶった青白い若い女性が横になり、眠っていた。

「起きなさい、マリア」

若い女性ははっと飛び起きて立ち、目をしばたたきながらニット帽を取った。

「ヴィオレット、あなたはマリアといっしょにここを使いなさい。あなたたちふたりとも、今夜のディナーの当番よ。マリアがあなたにここの規則と制服のある場所を教えます。明日あなたが当番になっているルームサービスのやり方もマリアが説明します。わかったわね、マリア？」

「はい、ビルギットさん」

「ヴィオレット？」

「はい」

「はい、ビルギットさん、よ」ビルギットは強い口調でヴィラネルに言った。「あなたは問題を起こさないわね？　もし何か——何であっても——わたしに面倒をかけるようなことがあれば、きっと後悔することになりますからね。そうよね、マリア？」

「はい、ビルギットさん」マリアが言う。「彼女は問題を起こしません」

「よろしい。ふたりとも、一時間後に出てきなさい」ビルギットは出ていこうとしかけて、またこちらを向いた。「ヴィオレット、爪を見せなさい」

ヴィラネルは両手を差し出した。ビルギットはしかめ面でじっくりと指を見た。

「歯を見せて」

ヴィラネルはそうした。

「その傷はどうしてついたの？」

「犬にかまれたんです。ビルギットさん」

ビルギットは疑《うたぐ》るような顔でヴィラネルを見つめた。「レストランに出てくる前に顔を洗いなさい」間近に顔を寄せ、鼻にしわを寄せる。「髪もね。くさいわよ」

「はい、ビルギットさん」ヴィラネルとマリアは監督係が部屋から出ていくのを見送った。

そのあとに、まだすました表情のままのヨハンナが続く。

「ようこそ、精神病棟に」マリアがうんざりしたような笑みを浮かべる。

「あの人、いつもああいうふうなの？」

「もっとひどいときもよくある。これ、冗談じゃないから」

「最悪」

「まあね。ま、もうここに閉じこめられたんだから。それがあなたのベッドよ。それから、そこの引き出しの下二段《タ　ー　ク》があなたのよ」

マリアはポーランド人だとヴィラネルに言った。このホテルで働いている従業員は、男女とも、十数か国からやってきてるの。採用条件はドイツ語を話すことだけど、従業員同士は普段、英語でしゃべってる、とも語った。

「ヨハンナには気をつけて。あの子はね、本当の友だちみたいに、あなたの味方のように思えるけど、あなたがあの子に話したことは全部、ビルギットに筒抜けよ。あの子はスパイなの」

「わかった、覚えておく。それで、ここの規則っていうのは？」

マリアは次々と規則の条項をきわめて正確に唱えていった。「髪は常に三つ編みにして、飾りのない黒のヘアピンで留めること。化粧もダメ。マックス・リンダーは化粧した女が大嫌いなの。だからファンデーションも口紅も、全部ダメ。香水もダメよ。つけていいにおいは抗菌せっけんのにおいだけ、だからいつもそれを使わなくちゃならない。ビルギットがチェックするのよ」

「彼女はホテルに雇われてるの？」

「まさか、ちがうわよ。彼女はリンダーに雇われてるのよ、何もかもが彼の好みどおりにおこなわれるように気を配る要員としてね。基本的にはくそナチよ、リンダーと同じでね」

「それじゃ、もし規則を破ったらどうなるの？」

「はじめてのときは、賃金をカットされる。そのあとのことは知らない。知りたくもないわね。マスカラをつけた女の子をムチでシバいたっていううわさもあるわ」

「うわあ。それって、なかなかセクシーな話よね」

マリアはまじまじとヴィラネルを見た。「それ、本気で言ってる？」

「冗談よ。バスルームはどこ？」

「廊下のつきあたりよ。いつもお湯はたいして出ないわ。特にこの時間帯はね。あなたのせっけんはいちばん上の引き出しに入ってる。今夜のことは、戻ってきたら教えるわ。それから、ヴィオレット……」

「何?」

「もめごとは起こさないでね。お願いだから」

ロンドン時間で午後六時すぎ、イヴとランスは小型のキャリーバッグを引きずって、グージ・ストリートのオフィスに入っていった。ヒースロー空港からは地下鉄を使った。地下鉄はのろいが、ラッシュアワー時のタクシーに比べればまだましだ。

ビリーが椅子をまわしてふたりのほうを向く。彼の周りの床には料理の持ち帰り容器が積み重なって小さな塔のようになっていた。だらけたのびをしてあくびをするようすは、運動不足のネコのようだ。「いい旅だった?」

「まあな」ランスはかばんを置き、あたりのにおいをかいだ。「おれたちが留守にしてるあいだに、ここで何か死んだか?」

「そっちはどう、ビリー?」イヴが訊く。

「まあ悪かないよ。お茶淹れようか?」

「ああ、お願いするわ」

「ランスは?」

「ああ、頼む」

イヴは換気窓を開けてちょっと風を通し、オフィスにこもるカレーのにおいを和らげようとした。ビリーにはふたつの仕事を頼んでいた。リナット・イェヴチュフというヴェネツィアで消えたウクライナ人について、わかるかぎりのことを調べることと、ヴィラネルという名前かコードネームを全世界規模で検索をかけ、調べることだ。どちらもきわめて複雑な作業のようだし、これまでの経験から、ビリーの腕を最高に発揮させるには急かさないこと、とわかっていた。

「で、どうだった？」イヴはビリーに訊いた。

「変わりなし」ビリーはあわてず急がず流しに歩いていき、水切り板の上に置いたマグカップふたつにティーバッグを入れた。

「ボスが今訊いたのは、おれたちがいなくて寂しかったかってことだ」ランスが言う。

「正直言って、あんたたちがここにいないことにもあんまり気づいてなかったよ」

ランスはキャリーバッグのジッパーを開け、包みを取り出してビリーに投げた。

「これは何？」

「ヴェネツィアのお土産だよ、お仲間。おれたちが夢の国で過ごしてるあいだも奴隷のごとくあくせく働いていたおまえのことを忘れてなかったってことの証明だ」

「なかなかいいね」

それはゴンドラ《ゴンドリエーレ》の船頭が着ている赤と白のボーダーTシャツだった。イヴは感謝の視線をランスに向けた。ビリーのために何か買って帰るという発想は一度も浮かんでいなかった。

「それで、どうなってる?」お茶がまわされてから、イヴはビリーに訊いた。

「トニー・ケントをずっと追ってる」

「何かわかった?」

「細かなことがちょいちょいね」

「教えて」

ビリーは椅子をまわしてスクリーンのほうを向いた。「いいよ、まず背景から。ケントは今は亡きデニス・クレイドルの仲間だか友人だか何かだ。〈トゥエルヴ〉がクレイドルに払っていた金はケント経由で支払われていた。この情報の出どころは、イヴが上海で中国国家安全部《MSS》のジン・チアンから受け取った文書だ。ここまではOK?」

イヴはうなずいた。

「ケントについての公開情報を見つけるのはむずかしい。基本的に、オンライン上での彼の存在は消されている。ソーシャルメディアでのつぶやきも、わずかな経歴も、何もない。故意に編集された風ではない細かな情報はそこそこあるけど、どこかにつながるようなものはいっさいない」

ポケットのなかで、イヴのスマホが震えた。見なくてもニコからだとわかる。電話に出るのかと、ビリーがいぶかるような目を向けてきたが、イヴは電話を無視した。

「とは言え、そういう点のひとつふたつをつなぎ合わせることはできたよ。ケントは五十一歳。子どもなし、離婚歴二回」

「元妻たちに連絡は取れるの？」

「うん。ひとりは今、スペインのマルベージャに住んでて、もうひとりは南アフリカのステレンボッシュでスタフォードシャー・ブルテリア救護センターを経営してる。両方に電話をかけてみたよ、トニーに連絡を取りたいんですがって言ってね。最初の妻のレティシアはひどく酔っぱらっててろくに話すこともできなかったよ、まだ朝の十一時だったのにさ。ケントにはもう何年も会ってないし、連絡の取り方もわからないって。それから、もしケントに会ったらこう言ってって言ってた――そのまま伝えるよ――『勝手にひとりでよがってやがれ』だって。意味がわかる、ランス？」

「はっきりとな。この前おれの元カノに会ったときに、まったく同じことを言われたよ」

「笑えるね。南アのカイラは完璧に愛想がよかったけど、法に縛られてて元夫のことは誰にも話せないって言ってた。離婚成立の条件として夫のことは口外しないという条項にサインしたって意味だろうね。だからたいして助けにはならなかった。とにかく、ケントの話に戻るとね。ハンプシャーのリミントンで育ち、イートン校で教育を受けた。これはデニス・クレイドルも同じだった」

「そのふたり、イートンでいっしょだったんじゃないの？」

「そう、ケントはクレイドルの下級生でパシリだった。つまり、クレイドルの靴を磨いたり、お茶を淹れたり、冬には便座を温めたりしなきゃならなかったんだ」

「マジで？」

「完全にマジ」

「とんでもないことね。そういう学寮は変だってことは知ってたけど、だとしても……」イヴは目をぱちくりさせた。「そういうことはどうやって見つけ出したの？」

「リチャードに頼んで、秘密情報部の身元調査の記録にこのふたりの名前で検索をかけてもらったんだ。で、どちらも載ってた」

「クレイドルは当然として、ケントはどうして？」

「イートンのあと、クレイドルはオックスフォード大に行って公務員試験を受けた。そしてＭＩ５にヘッドハンティングされた。その四年後、ケントはダーラム大に入り、卒業後、クレイドルのいるテムズハウスに行こうとしたけど、選考で落ちたんだ」

「どうしてだと思う？」イヴが言う。

「こう考えてみて。成績評価担当者のひとりが彼の評価にこういうコメントをつける――『ずるい性格、不正をする恐れあり、信用できない』」

「理想的な候補者に聞こえるがな」ランスが言う。

「ＭＩ５の選考委員会はそういうふうには考えない。翌年、ケントはサンドハースト王立陸軍士官学校に入って、イギリス兵站軍団の陸軍少尉になった。イラクに二度派遣されたあと、二十代後半で退役した。そこからあとは靄のなかだ。それから十年間の彼の行動について、短い新聞記事を二件だけ見つけたよ。ひとつには、彼はロンドンを基盤とするベンチャー・キャピタリストと出てた。もうひとつには、世界的な警備コンサルタントって」

「それはけっこういろんなことの説明になるね」イヴが言う。

「そう、そうなんだよ。ケントはロンドンには住居も商用の物件も所有していないことがわかった。それから、英国会社登記所を調べたら、英国に登記されているどの会社にも、役つきだろうがなかろうがケントという取締役はいなかった。で、〈トゥエルヴ〉関連ってことで、ロシアのほうまで探してみた。ロシア語は堪能じゃないけど、国際的な情報の書き込みの多くは英語だからね――ロシア連邦国家統計庁のデータベースもね。とにかく、モスクワを本拠としてる〈スヴェルドロフスク・フートゥラ・グループ〉、略してSFGっていう民間の警備会社の共同経営者にケントの名前があったよ。それから、SFGの支社で、英領ヴァージン諸島に登記されてるSF12っていう会社の共同経営者にもなってた」

「その会社はどういうとこなの？」

「そう、そこでぼくのロシア語理解能力の欠如が問題になるんだ。MI6のオンライン講座で勉強してるんだけど、堪能っていうにはほど遠くてね。だからリチャードに頼んで、ロンドン市警の経済犯罪課でロシア語のわかる捜査官に連絡を取ってもらったんだ。シム・ヘンダーソンっていうんだけどさ。シムが言うには、その民間の警備会社はロシアでは〈チャストゥニエ・ヴォエニエ〉社、略してChVKとして知られていて、海外でロシアが軍事活動をする際に重宝されている会社なんだって。公式な活動も、非公式の秘密活動も含めてね。ロシア憲法では、ChVKの人材の配備についてはいかなるものでも、議会の上院が承認しなければならないことになってる。でもさ、ここがおもしろいとこなんだけど、海外で登記されている会社なら、ロシアとロシア議会は法的に何の責任も持つことはないんだよ」

「で、その何とかって会社の支社は英領ヴァージン諸島に登記されてるって、さっき言ってたよね？」イヴが言う。

「そのとおり」

「それじゃ、一方には正規の会社があるのね、その売上高は……」

「一億七千万ドル前後だ。ＳＦＧは病院や空港や天然ガスのパイプラインの警備から、軍事顧問契約まで何でもやってるからね」

「すべて公明正大な明朗会計？」

「基本的には、まあ、そうだね。つまりさ、今話してるのはロシアの会社なんだよ。だからほぼ確実に、利益のかなりの割合をクレムリンに上納して事業を続けるための特権を手にしてるはずだ。でもまあ……そうだな」

「そしてその一方で、公式ではない、海外に登記されている支社がある――」

「ＳＦ12」

「そう、そのＳＦ12は独自で楽しくやってる何でも屋……」

「そのとおり。不気味な裏側の汚れ仕事は何でもやってるようだね」

マックス・リンダーの定めた規則では、フェルスナデルの女性の配膳スタッフはブント・ドイチャー・メーデル――ヒトラー・ユーゲントの女性版――の制服を着るべし、とされていた。それに従い、ヴィラネルは青いスカートに半袖の白いブラウスを着て、黒のネッカチーフを巻き、革で編んだ結びひもでそれを留めている。ぬるいシャワーでまだ濡れている髪はブタのしっぽのような短いおさげにしてあった。そして今は、カクテルを載せた円形のトレーを持って歩いていた。

ダイニングホールには細長いテーブルがひとつだけ置かれており、二十人ほどの客がいた。ヴィラネルといっしょにヘリに乗っていた人々以外では、スカンジナビア、セルビア、スロヴェニア、ロシア、各国の極右の著名人がたくさんいた。そのほとんどが特別なパーティーということに気分が高揚しているようだ。ぴかぴかに磨かれたブーツや肩から斜めにかけるベルト、軍用の縞模様ベルトに吊るした短剣がそこここに見られる。マガリ・ル・メールはアップにしたブロンドの髪に略帽をピンで留め、サイラス・オー＝ハドウはサスペンダーつきの革の半ズボン《レーダーホーゼン》に白のニーソックスをはいていた。

「ここには何があるのかな、お嬢さん《フロイライン》？」

ヴィラネルの顔がこわばる。ロジャー・バゴットだった。やたらに派手なツイードのスーツを着ている。

「カクテルです、お客様《サー》。こちらが〈シオニスト〉、こちらが〈スノーフレーク〉、こちらは〈アングリー・フェミニスト〉です」

「これには何が入ってる？」

「主にミントのリキュール《クレーム・ドゥ・マント》と苦味酒《フェルネ・ブランカ》でございます」

「それがどうして怒《アングリー》れるフェミニストになるんだ？」

「おそらくは、すんなりとは飲み下せないからではないでしょうか、お客様《サー》」

バゴットは爆笑した。「ほう、きみはこういう仕事をしてるにしちゃなかなか鋭いな。名前は？」

「ヴィオレットです、お客様《サー》」

「きみはフェミニストじゃないだろうな、ヴィオレット？」

「ちがいます、お客様《サー》」

「そりゃよかった。それじゃどうか、ふつうにおいしいビールはどこにあるか、教えてくれるか。何といっても、ここはくそドイツなんだからな」

「あちらでございます、お客様《サー》。それから公式見解では、お客様《サー》、第四帝国が設立されるまでは、ここはくそオーストリアでございます」

バゴットが当惑したような笑いを浮かべて離れていったとき、盛大な拍手と歓呼に応えながら、マックス・リンダーがダイニングホールにあらわれた。今回のターゲット、その実物をはじめて見る。ヴィラネルはじっくりと見つめた。襟元までボタンを留めるババリア地方の民族衣装ふうジャケットをエレガントに着こなし、プラチナブロンドの髪をうしろにまとめ、ひたいに垂らした巻き毛をスポットライトにきらめかせている姿は、政治家というよりはファシズムに傾倒しているボーイ・バンドのメンバーのようだ。歯科矯正を受けた完璧な歯並びを見せて笑っているが、そこには貪欲さのようなものも感じられる。かすかに歪めた唇が過激なものへの渇望をほのめかせている。

全員がディナーの席に着いた。リンダーがテーブルの上座に座っている。コースの料理が進んでいく——ロブスターのテルミドール風、ローストポークのジュニパーベリー添え、クレープシュゼットのフランベ、ダッハシュタインとアルプスで生産される各種のチーズ。そのあいだ、ヴィラネルはほかの給仕スタッフといっしょにワインや蒸留酒を注いでまわり、食事客たちの会話の端々を聴き取っていく。マックス・リンダーはインカ・ヤルヴィの隣に座っていたが、食事中の会話はもっぱら、彼女をはさんでもうひとつ横のトッド・スタントンと交わしていた。

「結果は保証できるのか?」リンダーがスタントンに訊いている。

アメリカ人は顔を真っ赤にして、エッチングが施されたクリスタルグラスに入ったシュロス・ゴベルスブルクのリースリング・ワインを飲み干し、ヴィラネルにお代わりをくれと身振りで示した。「いいかい、マックス。オーストリアの人口は八百七十五万人だ。そのうち四百七十五万人が同じソーシャルメディア・プラットフォームを使っている。そのデータを集めれば、とんまなくそ野郎どものことを本人たち以上によく知ることができるんだ」

「かかる費用は?」ヴィラネルがスタントンにワインを注いでいる横で、ヤルヴィが口をはさむ。

「ああ、それは……」スタントンが話しはじめたが、ちょうどそのとき、部屋の向こう端からビルギットがヴィラネルを手招きしているのが見えた。

ビルギットは、食事の締めくくりにホテルの前でおこなわれる儀式に参加するようにと、ヴィラネルに言った。

「それはどういう儀式なんでしょう？」

「誰に口をきいているの、ヴィオレット？」

「すみません。それはどういう儀式なんですか、ビルギットさん？」

「そのうちわかるわ。食事がすんだら、エントランスホールで待機しなさい」

「わかりました、ビルギットさん。ところで、従業員用のトイレはどこにあるんでしょう？どうしても――」

「もっと早めに行っておくべきだったわね。今はすぐにお客のところに戻りなさい」

「ビルギットさん、もう一時間半、立ちっぱなしなんです」

「そんなことは知らない。自制ってものを覚えなさい」

ヴィラネルはビルギットを見つめた。それからのろのろと向きを変え、持ち場に戻っていった。スタントンは今や顔を鮮紅色に染め、相変わらずインカ・ヤルヴィごしにリンダーと話している。「さっきも言っただろう、きみ。ぜひとも考えてみてくれ。『シオンの長老の議定書』をミュージカルにするんだ。なぜダメなのか、ぜひとも理由を聞かせてほしいものだね」

家に向かうバスの車内で、濡れた髪とビールのにおいをぷんぷんさせている肥満体男の巨体に押しつけられ、つぶされそうになりながら、イヴは考えをまとめようとしていた。雨がすじになって流れ落ちる窓の向こうで、地下鉄のウォレン・ストリート駅とユーストン・ロードの交差点が照明に照らされてにじみながらうしろに過ぎ去っていく。いつもぼんやりと眺めている見慣れた光景だ。ビリーには、リナット・イェヴチュフについてわかることを何でも見つけることと、サイバー空間の暗黒の最深部まで踏みこんでヴィラネルについて何か言及がないか調べること、という指示を残してきた。わくわくと気分が浮き立つのを感じている。戻ってこられたのがうれしかった。ヴェネツィアはすでに過ぎ去った夢の国となり、今はニコの待つ家に帰るところだ。ニコと、ヤギたちの元に。

片足に整形外科用ブーツをはめて松葉杖をついているニコを見て、イヴはぎょっとした。夫が足首を骨折していたことを、すっかり忘れていたのだ。道路に飛び出した男の子のことも、事故のことも、電話での会話もすっかり忘れていた。そのことに気づいて、イヴはしばしその場に凍りついた。そして、ニコに突進してハグしたときには、危うく突き倒すところだった。「ごめんなさい」両腕をニコの胸にまわして抱きしめる。「本当に、本当にごめんなさい」

「何が？」

「わからない。ヒドい妻だってこと。ここにいなかったことも。何もかも」

「まあとにかく、おかえり。お腹は？」

ニコはシチューをつくってくれていた。ハムホックにポーランド・ソーセージ、ポルチーニ茸とジュニパーベリー。キャセロール皿の横にはよく冷えた〈バルティカ〉ビールのボトルが二本立っている。イヴがヴェネツィアで口にした何よりも、はるかにおいしかった。

「中央警察署に半日いたんだけど、そここそどこへ食べにいけばいいか訊く場所だって思いついたのは、ずっとあとになってからだったのよ。警官はそういうことをよく知ってるものなのに」

「ランスとはどうだった？」

「どうだったって？　それは仕事のこと？」

「彼といっしょにした仕事とか、彼といっしょにぶらついたこととか」

「思ってたよりずいぶんましだったわ。彼は世慣れてはいるけど、社交面では穴だらけなのよ、諜報員の多くがそうなんだけど」イヴはニコに、ノエル・エドモンズの一件を話した。

「しゃれてるじゃないか」

「そうね、ただもうちょっと……」イヴはやれやれというように首を振る。「あなたの足のことを聞かせて」

「足首だよ」

「そういう意味で言ったの。病院では何て言われたの？」

ニコは肩をすくめた。「折れてるって」

「それだけ？」

ニコはうっすらと笑みを浮かべた。「骨の治りを早くするためにはできる範囲で運動しろってさ」

「で、やってみたの？」

「いや、そのためにはきみが必要だ」

「ああ、そっちの運動」イヴは夫の顔に手をふれた。「明日の夜の予定に入れておく？」

「今すぐはじめてもいいぞ」

「わたし、今はくたくたなの。それにあなたも疲れてるように見える。ベッドでテレビを見るのはどう？　あなたが選んでいいわ。わたしは後片づけをする」

「それはぼくがやったほうがいいと思う。きみはあの子たちを寝床に入れてきたらどうだ？」


メエメエと鳴くセルマとルイーズを、イヴはソファから追い出し、彼女たちの小屋へ追いこんだ。寝室でニコが整形外科用ブーツの留め金をはずす音を聞きながら、フォルラーニ家の家紋が刺繍されたベルベットのローファーに包まれた、クラウディオのきれいに日焼けした足を思い出す。クラウディオはきっとヤギなんかには目もくれないだろう、と考える。

バッグからスマホを出し、〝ヴィラネル　香水〟で検索をかけると、パリのフォーブール・サントノレ通りにあるメゾン・ジョリオのウェブサイトに導かれた。その香水店は何世代にもわたって同じ一族で製造・販売をしており、もっとも高額な価格帯の香水には、詩にちなんだ名前がついていた。〈キリエル〉、〈ロンディーン〉、〈トリオレ〉、そして〈ヴィラネル〉。どれも同じ香水瓶に入れられ、最初の三つには瓶の首に白いリボンが巻かれている。

四番目の〈ヴィラネル〉には真紅のリボンが巻かれていた。

スマホの画面を見つめ、イヴは突然、思ってもいなかったあこがれにとらわれた。常々、自分は基本的に感情より理性の人間で、贅沢や浪費を軽蔑していると考えていた。だが、画面の小さな画像を見ていると、その信念が揺らいでくるのを感じていた。ここ最近のできごとから、贅沢や、人生の俗きわまる愉しみに免疫があるわけではないことを学んでいた。夕暮れのヴェネツィア、ラウラ・フラッチのドレスのまるで重さを感じさせない肌触り、手首にふれる六千ユーロのブレスレットの感触。すべてがあまりに魅惑的で、かつ根源的な意味であまりに背徳的であり、残酷だった。サイトの説明によると、〈ヴィラネル〉はデュ・バリー伯爵夫人のお気に入りの香りだった。そして彼女が一七九三年にギロチンにかけられたあと、香水店は瓶の首に赤いリボンをかけるようになった。

「ニコ、スウィーティー」イヴは声をかけた。「あなた、わたしを愛してるって言ってるよね」

「何かのときにそういう意味のことを言ったかもしれないな、うん」

「あのね、わたしが本当に、心から好きなものがあるの。香水なんだけど」

フェルスナデル・ホテルではディナーは最終段階に入っていた。コニャックやサンブーカ、イェーガーマイスター、その他のお酒が配られている。レオナルド・ヴェントゥリーが小さな両手で〈ビスキー・インタールード・レゼルヴ〉のブランデーの入ったバルーングラスを包み、彼個人の哲学をマガリ・ル・メールに滔々《とうとう》と披露していた。「われわれは聖杯の騎士たちの末裔なのだ」片眼鏡ごしにル・メールの胸を凝視しながら、しゃべっている。「新しい男たちなのだ、善悪を超えて」

「そして新しい女たち、でしょ？」

「おれが男と言うときは、女のことも入れてるんだよ、もちろん」

「もちろんそうよね」

エントランスホールで、ビルギットはヴィラネルとほかの給仕係たちに、床まで届く長さの黒いマントと長い持ち手のついたトーチを配った。ヴィラネルは再度トイレに行く許可を求め、再度拒否された。ほかの給仕仲間たちからの同情の目が、彼女たちもこういう過剰な管理下にあることを物語っていた。ビルギットは給仕係たちに、外に出て、ホテルの前の雪の積もった台地に上がるよう指示し、ヘリコプターの着陸パッドの両側に六人ずつ整列させた。着陸パッドは雪が掃いて除かれ、左右にスピーカー・タワーが置かれて、演奏ステージに変えられていた。ステージの前にはマイクスタンドが置かれ、奥には〈パンツァーデメルング〉のロゴの入ったドラムセットが据えられていた。

十二人の女性が位置につくと、ビルギットはひとりひとりのところに順に行き、電子式ガスライターでトーチの灯心に火をつけていった。「お客が出てきたら、トーチをできるだけ高く、前に掲げ持ちなさい」みなに命じる。「少しでも動いたら解雇します」

外は刺し貫くような寒さで、ヴィラネルはマントを身体に巻きつけた。トーチのなかで燃えている油が、パチパチとかすかな音を立てている。氷の粒が風に乗って渦巻いていた。ようやく客たちがぞろぞろとホテルから出てきた。みなぬくぬくとコートや毛皮にくるまっている。ヴィラネルはトーチを前に掲げた。客たちはステージの両側に並び、それから、スポットライトを浴びてリンダーがあらわれ、マイクに向かって歩いていった。

「友人たちよ」リンダーは両手を上げて、拍手を止めた。「フェルスナデルにようこそ。この場所にきみたち全員を迎えることがどんなに霊感を刺激するか、言葉にはあらわせない。もうすぐバンドが演奏をはじめるが、その前にこれだけは言っておきたい。運動《ムーヴメント》として、われわれはどんどんスピードを増しつつある。ヨーロッパの暗黒の魂が目覚めようとしているのだ。われわれは新しい現実をつくっている。そしてその多くの部分がきみたち全員の貢献にかかっている。われわれは日に日に支持者を勝ちとっている、それはなぜか？　それは、われわれがくそセクシーだからだッ」

　言葉を切り、リンダーは客たちの歓呼の声を受け止めた。

「どんな女も、どんな分別ある男も、反逆児ナショナリストにあこがれを抱かないことがあるだろうか？　みんなわれわれになりたいのだ、たいていのやつらにはその勇気がないだけなのだ。そしてそういう悲しきリベラルなサヨクのガキ《スノーフレーク》どもみんなに、おれはこう言ってやる。『気をつけろよ、めめしい腰抜けども』と。われわれと共に主賓席に着いて栄光を味わうほうになれ、でなけりゃメニューに載るほうになるぞ、とな」

　歓声やはやす声が耳を聾《ろう》せんばかりになった。それが完全におさまると、リンダーはステージのわきに寄り、反対側から〈パンツァーデメルング〉の三人が出てきた。クラウス・ローレンツがベースギターのストラップに腕を通し、ペーター・ローレンツはドラムのうしろに座る。ペトラ・フォスがマイクの前に歩いていく。白いブラウスにミディアム丈のスカートとブーツをはき、真っ赤なフェンダー・ストラトキャスター・ギターをアサルトライフルのように肩掛けしている。

静かに弦をつまびきながら、フォスは歌いはじめた。喪失について、忘れられた礼儀作法について、踏みにじられ消された炎について、伝統の死について。声とギター演奏はしだいに高まり、今やクラウス・ローレンツのベースに支えられて硬質な響きをもたらしていた。フォスは身体を揺らすことすらせずマイクの前に立ち、指を動かす以外は直立不動を貫いていた。かなりのあいだ、彼女は無表情に、まっすぐヴィラネルを見つめていた。

ヴィラネルはそれを見つめ返していたが、それから客たちのようすに注意を移した。みな、ゆらめくトーチの明かりに照らされて立ち、恍惚としていた。マックス・リンダーも彼らを見つめていた。彼の視線は冷静に集団を見渡し、自分が用意した演出に対する反応を見極めようとしていた。

ペーター・ローレンツのドラムはずっと正確な拍を刻んでいたが、今やぐいぐいピッチを上げてきた。やかましくがなるばかりで意味不明な政治演説の録音が流れ、ペトラ・フォスの徐々に入りこんでくるとげとげしいギター音を際立たせる。ドラムは高まりつづけ、ついにはほかのすべての音を殲滅した。それは真夜中に行進する軍隊の音、踏み荒らされる大地の音だった。それが絶頂まで高まり、ぴたりとやんだ。一斉についたスポットライトの輝きが闇を貫き、周囲の険しい山々を照らし出した。沈黙のなか、荒涼とそびえたつ峰々のおぼろげなシルエット——息を呑む光景だった。轟《とどろ》くような拍手が起きた。ヴィラネルはその騒ぎにまぎれて、長々と大量に尿を放った。

ベッドに入ってテレビ番組を見ているあいだ、イヴもニコもほとんどまどろんでいた。ふと目を開けると、エンドロールが流れている。イヴはリモコンに手をのばした。そのまま数分間、真っ暗に近い闇のなか、とりとめのない思考をめぐらせた。かたわらでときおりニコが身動きする。そのたびに、ニコは骨折した足首の痛みで目を覚ましそうになるが、最終的に疲労とコデインの鎮静作用が勝って眠りに落ちる。

クラウディオ。彼にキスをさせていたら。そこからどうなっていただろう？

キス自体は短く、彼の意思とイヴの黙諾を効果的に伝えたはずだ。それから、彼はイヴを宮殿のどこかに連れていっただろう——彼がいつも鍵を持っている、どこか人の来ない部屋に。言葉もなく、時間もむだにしなかっただろう。女たらしの常習犯で、手順もやり尽くしているはずだ。大勢を——ことによると何百人もを相手にしてきた経験から、流れもむだのないものになっている。流れるような動き、紋切り型の話で金持ちぶりをひけらかし、イヴが息を呑んで信じられないほどの感謝を示すと思っていただろう。そしてほんの数分後、彼は手縫いのローファーから脱ぎ捨てたときのぬくもりがまだ冷めもしないうちにふたたび服を着ただろう。そしてイヴはくしゃくしゃになったドレスと、彼のムスクの残り香と汗ばんだおっぱいと共に取り残されたのだろう。

　そうわかってはいても。ニコの息づかいが落ち着いた寝息になったとき、イヴはそっと自身の下腹部に手をのばしてみる。そして完全に準備ができていることに驚く。だが、閉じたまぶたの裏で待っているのはクラウディオではない。実を言うとニコでもない、ひどく漠然とした人物――あらゆる矛盾を秘めた存在だ。くっきりと浮き出した筋肉を包むやわらかな肌、殺し屋の指、ざらついた舌、薄明のグレーの目。

　いつか、こっちが夜中に忍びこんで、あんたの寝顔を見てやる。

　イヴはうつ伏せになり、濡れた指を動かした。恐れと欲望が重なりあって次々と波のように押し寄せ、ついには肩と首がびくんと上がってひたいがシーツに押しつけられた。長い吐息が肉体から押し出される。

　しばらくしてから、寝返りを打って横向きになった。ニコがじっと見つめていた。まばたきもしない目で、じっと。

6

キリング・イヴ　2
ノー・トゥモロー

イヴはニコが目を覚ます前にベッドからそっと出た。グージ・ストリート駅から出たとき、歩道はまだ夜に降った雨の名残りでかすかに光っていたが、空には薄日が射していた。驚いたことに、オフィスのドアに鍵がかかっていなかった。イヴはおそるおそる入っていった。

「おはよう、ビリー。まだ八時前よ。どれだけここにいるの?」

「ああ、ひと晩じゅうかな」

「まったくもう。それは仕事熱心っていうのを超えてるわよ」

ビリーは目をぱちくりさせて黒く染めた髪に手をすべらせた。「ああ、うん。例のイェヴチュフって男のことを調べてたら、次から次へとつながっちゃって」

「何か役に立ちそうなことは出た?」

「うん、そう言っていいと思う」

「いいわね。ちょっと待ってて。下のカフェに行ってくるから」

「インスタントのがあるよ。ティーバッグも」

「あのケトル、べとべとなのよ。何がほしい？」

「ああ、おごってくれるんなら、アーモンド・クロワッサンとラテかな。それと、ショートブレッドフィンガー」

五分後に戻ってきたとき、ビリーが寝落ちしかけているのは明白だった。ロピアスすら輝きが鈍っているように見える。「食べて」イヴは彼の分を前に置いた。

ビリーは大口を開けてクロワッサンにかぶりつき、キーボードに盛大に食べかすを降らせた。それからカフェラテをぐいと飲んで流しこんだ。「よし、イェヴチュフだったね。そいつは基本的に、典型的な旧ソ連圏内のギャング団のボスのようだ。ていうか、ボスだった。よくある〈ゴールデン・ブラザーフッド〉というオデーサを拠点にする組織を率いていた。シノギ。売春、人身売買に麻薬密売。ウクライナ警察も少なくとも十二件の殺人容疑でずっと彼を追ってるけど、彼に不利な証言をする証人がひとりも得られずに終わってる」

「それはもうわかってる」

「うん、でもたぶん、今年のはじめに起きたことは知らないと思う。欧州刑事警察機構《ユーロポール》のデータベースに送られたファイルによると、フォンタンカっていう、オデーサから十五キロぐらいのとこにあるイェヴチュフ所有の豪邸で、派手な銃撃戦があったんだ。地元の警察が駆けつけたときには、屋敷は相当破壊されてて、六人が死んでたって。見るからにギャングの抗争だったから、その時点で捜査はウクライナ刑事警察に引き渡された。凶悪犯罪や暴力犯罪をあつかうとこにね」

「イェヴチュフは関わってたの？」

「直接に関わってたわけじゃない。そのとき彼はキーウにいて、家族と会っていた。フォンタンカで死んだのは彼の兵隊」

「で、その襲撃を実行したのは誰か、わかった？」

「そこがどうもおかしなとこなんだ。屋敷で死んでた人間のひとりはイェヴチュフと無関係の、誘拐されていた男だった。ひどく痛めつけられたうえ、撃たれていた。警察はこの男の身許をすぐには解明できなかった。そこで写真と指紋とDNAサンプルをキーウの内務保安部に送ったら、すぐに誰なのか判明した。コンスタンティン・オルロフ、モスクワのディレクトレイトSの元長官だ」

「それってすごく変よね。そのディレクトレイトSってどういうところか知ってる？」

「今はね。ロシア対外情報庁《SVR》の諜報及び工作活動を担っている部門だよね」

「そのとおり。そしてその作戦実行部門はうちのE部隊みたいなところよ。海外での非公式の極秘作戦の実行を専門に行う特殊部隊なの」

「たとえば暗殺とか」

「たとえばね」

アーモンドクリームがはみだしているクロワッサンを手にしたまま、ビリーは中空を見つめている。

「そのユーロポールの報告に、ほかに何かある？」

ビリーはかぶりを振った。「残念ながら、なし。ロシアの元スパイ使いがどうしてオデーサのウクライナギャングの屋敷に監禁されていたのか、誰にもわからなかったみたいだね。まったくわけがわかんないや。ていうか、何も見えてこない。リチャードに訊いてみるべきじゃないかな。彼ならきっと、このオルロフってやつを知ってると思う」

ドアが開き、ふたりはくるりとそちらを向いた。ランスだった。火のついていない手巻き煙草をくわえている。

「おはよう、イヴ、ビリー。ちょっとばかりくたびれて見えるぞ、ダンナ——まあ、そう言って許してもらえるんならな」

ビリーはカフェラテをがぶりと飲み、ショートブレッドフィンガーを突き立てて〝くたばりやがれ〟のジェスチャーをしてみせた。

「ビリーは徹夜してたのよ」イヴが言う。「そしてちょっとすごいものを見つけてくれた。まあ、聞いてよ」手短にランスに教える。

「そのオルロフがSVRの人間だったんなら、どうしてイェヴチュフみたいなくず野郎が彼に近づこうなんて思うんだ？　ましてや監禁して拷問するなんてさ？　ロシアの国家諜報部を敵にまわすようなことをするはずがないと思うがな」

「元SVRだ」ビリーが言う。「十年前に辞めてる」

「何をしてたかわかるか？」ランスが訊く。

「ストップ」イヴが言った。「ふたりとも黙って。悪いけど、わたしたちはこの件に間違った側からつっこもうとしてると思う」

「それ、いやらしい意味で言ってるんじゃないよな?」

「ランス、黙りなさい。ビリー、それはわたしのコーヒーよ。ふたりとも、とにかく……ちょっと黙って」イヴは微動だにせず、立っていた。「よろしい。ちょっとのあいだ、オルロフがオデーサのイェヴチュフの屋敷で何をしてたとかしてなかったとかいうことは忘れて、わたしたちの殺し屋のことを考えてみて。彼女とおそらく彼女の恋人と思われる女がヴェネツィアでのイェヴチュフの失踪に関わっているのかどうか。彼女は、もしくは彼女たちはなぜ、それをやったのか?」

「殺しの契約を請け負ったってことか?」ランスが言う。

「ほぼ確実にそうね。でもなぜ? その動機は?」

ランスもビリーも首を振る。

「動機は復讐だと考えてみて」

「復讐って何の?」ビリーが訊く。

「オルロフが殺されたことへの」

心臓の鼓動一拍分の沈黙。「おおっとぉ」ランスがつぶやく。「あんたが考えてることが見えてきたぜ」

「もうちょっとゆっくりやってくれないと」ビリーが目をこすりながら言う。「ぼくには見えてこないんだから」

「最初から考えてみて」イヴは言った。「オルロフはディレクトレイトS——その存在は国家当局からは否定されてるけど、それでもなお現実に存在する部局——の長官を務めていた。ロシア軍の秘密部隊から引き抜かれ、極秘のスパイや殺しの訓練を受けた工作員たちの全世界規模の組織網を運営していた。そういう地位に上りつめたオルロフという男がいったいどういうタイプの人間だったか、想像してみて。いったいどういう経験を積んできた男なのか。そのうえで、それだけの知識と経験という武器を蓄えた男が、十年前のオルロフのようにSVRを辞めたらいったいどういうことが起きるか」

「民間の事業に参入するかな」とランス。

「それがわたしの推測よ。オルロフは彼の特殊でおそらく唯一無二の技能を必要とする組織にリクルートされた」

「たとえば〈トゥエルヴ〉とか?」

イヴは肩をすくめる。「それで、オルロフとわれらが女殺し屋とのつながりの説明がつくよね」

「本当にそれで間違いないのかね?」ランスが言う。「思いこみで点をつなげてこっちの都合のいいように考えてるんじゃないか?」

「そうは思わない」イヴは言った。「でもリチャードの話を聞いてみないと。オルロフのような人物について何か知ってる人がいるとすれば、リチャードだよね。それからひとつ、どんどん明確になってきてることがあるよね。何もかもがロシアに行きつくってこと。そのうち実際にロシアに行かなきゃならなくなるかも」

ランスがにやにやする。「そうこなくちゃな。由緒正しき諜報活動の基本だな」

「でも今の季節、寒いよ」ビリーが言う。「ぼくは雪を見ると喘息が起きるんだ」

「おまえはモスクワが大好きになるよ、相棒。すぐになじむさ」

「どういう意味？」

「あそこは見渡すかぎり、オタクとヘヴィメタ狂ばっかりだからさ」

「実を言うと、外国に行ったことがないんだ。ママがいやがるから」

「一度もないの？」イヴが訊く。

「うん、いつだったかアメリカの刑務所に入れられそうになったけど、実現はしなかった」

「それって、本当はどういうことだったの？　ファイルを読んだけど、どうも……」

ビリーはTシャツの袖をひっぱりあげた。生っちろい二の腕にタトゥーがあった。格子模様《グリッド》のなかに五つの黒い点。

「いったいそりゃ何だ？」ランスが訊く。

「〈ライフゲーム〉のグライダーのパターンだよ」

イヴはちらりと目を向けた。「何のことを言ってるのか、皆目見当もつかないわ」

「ハッカーのしるし《エンブレム》だよ。十七歳のとき、この集団に入ってたんだ。実際に顔を合わせることはなかったけど、オンラインでつながってた。かなり進んだツールを使ってて、ハッキングできるところはどこでも、特にアメリカ企業や政府のサイトとかをやりまくってた。それはまあ、アナーキストとかだったからじゃなく、ただ楽しかったから。ところが、その集団には非公式なリーダーみたいなやつがいた。レイ＝Ｚ＝ボイっていうんだけど、そいつがぼくらをいろんなサイトに誘導してたんだ。特に外国の政府のサイトに。正直言って、今でも本当にわからないんだけど、ぼくらはどうしてか、それをヤバいとは思わなかった。あんなにはっきりしてたのに。でもレイ＝Ｚ＝ボイはＦＢＩのために働いてて、ぼくらは道連れになったんだ。ぼく以外の全員、刑務所に入れられた」

「おまえはどうして免れたんだ？」ランスが訊く。

「未成年だったから」

「で、どうなった？」

「保釈された。ママといっしょに自宅で暮らさなきゃならなかった。ま、もともとそうしてたんだけど。でも自宅謹慎を命じられて、インターネットへのアクセスも禁じられた」

「で、そこへＭＩ６が訪ねてきたのね？」とイヴ。

「うん、まあそういうこと」

イヴはうなずいた。「リチャードに連絡して、会議を開こう。オルロフについてもっとよく知らなきゃ」

目的を実行するための手段にすぎないとはいえ、ホテルの仕事をヴィラネルは少しも楽しめなかった。ヴィラネルもほかの客室スタッフも、朝六時半に起床を命じられ、厨房でチーズとパンとコーヒーを急いでつめこみ、共用部分の清掃をはじめる。それが終了すると、各室の清掃業務がはじまる。

フェルスナデルには客室が二十四室あり、そのうち八室がヴィラネルの担当だった。どの部屋も、清掃はドアからいちばん遠い端からはじめることになっている。そうすれば何も見落とす心配がないからだ。あらゆる表面——化粧台、デスク、テレビ、ベッドの頭板、クロゼットの扉——の埃を払い、拭く。すべてのくずかごを空にし、デスクやベッドサイド・テーブルの上にあるものはすべてきちんと整理する。ベッドからシーツをはがし、新しいシーツと枕カバーをつけてきっちりと整える。バスルーム内ではスタッフはずっとゴム手袋をはめていなくてはならない。清掃は鏡からはじめ、上から下に向かっておこなう。浴槽、シャワーブース、便器はきれいに掃除して殺菌し、タオルとアメニティーを補充する。スイートとカーペットはそのあとに掃除機をかける。

ほかの部屋よりもよけいに作業が必要な部屋もある。それはすべて、宿泊客のせいだ。マガリ・ル・メールの部屋はぐちゃぐちゃだ。タオルやベッドカバー、使用済みの下着がいたるところにまき散らされている。化粧台にはメンソール煙草のカートンと、〈ピーチ・アモーレ・シュナップス〉の半分空になったボトルが載っていた。バスルームの床はびしょ濡れで、トイレは詰まっていた。

それとは対照的に、サイラス・オー＝ハドウの部屋はほとんど何もふれられていないように見えた。彼は自分でベッドメイクをし、服はすべてたたんでしまっている。バスルームは最初に見たときとまったく同じようにしてあった。デスクの上は本も紙も鉛筆もすべてきっちりとまっすぐに並べてある。ベッドサイド・テーブルには、明らかにオー＝ハドウとわかる不安そうな顔つきの眼鏡をかけた男の子が、制服を着た乳母の手を握っている写真が置かれており、その横によれよれになったハードカバー本が二冊あった。『くまのプーさん』と『我が闘争』だ。

八番目にして最後、ロジャー・バゴットの部屋に来るころには、ヴィラネルは報復してやりたいという気分になっていた。この部屋にはコロンのにおいがぷんぷんしており、ベッドカバーをはがすと女ものの しわくちゃのTバック——おそらくヨハンナのものだろう——と、使用済みの縛ったコンドームが出てきた。ようやく部屋がきちんと整うと、ヴィラネルは仔牛革が張られた椅子のひとつに座りこむ。客室清掃の作業は不愉快で、基本的に大嫌いなのだが、今自分に必要なものを与えてもくれる。ひとりきりの時間だ。マリアはじゅうぶんに友好的なルームメイトではあるが、いびきだけでなく、彼女の暗い性格がヴィラネルをいらだたせるのだ。

ビルギットの朝礼で、重要な事実も判明した。リンダーの部屋の場所だ。彼は二階の、ホテルの正面を見渡せる広大なスイートにいる。ヴィラネルの担当に二階の部屋はひとつもない。ターゲットを殺すには、慎重にタイミングを計る必要がある。

リンダーの客人たちにとって、フェルスナデルですごす時間はのんびりしたものだった。ダイニングルームでは十一時まで朝食が出て、そのあとは外のテラスで、赤外線ヒーターで温められたリクライニングチェアに座り、チロル高地を一望しながらドリンクを楽しめる。空はくっきりと青く、それを背景にグラナトシュピッツェ山の雪稜が剣のようにきらめいている。

屋内では、あちこちで非公式の会話が交わされている。ヴィラネルがフロントに入って、担当の部屋の清掃はすべて終わりましたとビルギットに報告しているあいだも、ひどく小柄なイタリア人ファシスト、レオナルド・ヴェントゥリーが六人の崇拝者の前で滔々と演説をぶっていた。

「そしてついに古い秩序は失墜するのだ」ヴェントゥリーは熱弁を振るっている。「そして新しい黄金時代が到来するのだ。だがそれには必ず痛みが伴う。生まれくる新たな帝国のために、古い根はすべて、容赦《ピティ》なく切り取らねばならないのだ」

「何なくだって、きみ？」オー＝ハドウが口をはさむ。

「容赦《ピティ》なく、だ。慈悲もなく」

「悪いな、一瞬、ＰＴって言ったのかと思ってさ」

「ＰＴとは何だ？」

「体育《フィジカル・トレーニング》だよ。私立小学校時代に毎日やらされたものだ。教師が元憲兵で、腕立て伏せをちゃんとやらないと、冷水シャワーを浴びせられるんだ。しかもその教師、まるまる五分間きっちりシャワーを浴びるようにじっと見張ってた。まったく、とんでもないやつだった。すまん、何の話をしてたんだっけ？」

だが、ヴェントゥリーはすっかり話のすじを見失っていた。この短い切れ間に、ヴィラネルはフロントを突っ切ってデスクに向かおうとした。

ビルギットが顔を上げた。相変わらず氷のような表情だ。「七号室。苦情が出ました。すぐに行って対処しなさい」

「はい、ビルギットさん」

七号室はペトラ・フォスの部屋だ。ヴィラネルがドアをノックし、マスターキーを使って開けると、ペトラはベッドに寝そべって煙草を吸っていた。ジーンズをはき、アイロンのかかった白シャツを着ている。

「こっちに来なさい、ヴィオレット。その名前でよかったよね？」

「はい」

ペトラはじっとヴィラネルを見つめた。「その制服姿、なかなかイケてるよね。アーリア人のかわい子ちゃんだ」

「そうおっしゃるんでしたら」

「そうおっしゃってるんだよ。何か灰皿になるものを持ってきて」

それに応えて、ヴィラネルは前に進み出ると、ペトラの口から煙草を取った。窓まで歩いていき、窓を開けて冷たい空気を吹きこませ、煙草を雪のなかに投げ捨てた。

「ふうん。あたしにケチをつけるんだね」

「ご招待されているお客様にはルールに従っていただきます」

ペトラはにやりとした。「実のところはさ、あたしはご招待されたくそ客じゃないんだよ。お金をもらってここに来てるんだ。それもたんまりとね」

「そうですか」

「メイドのくせにそんな態度」ペトラは物憂げにベッドから両足を下ろし、立ち上がってヴィラネルと同じ目の高さで向き合った。ひどくゆっくりと、わざとらしく、ヴィラネルの黒いネッカチーフを編んだ革ひもから引き抜く。「でもさ、あたしはあんたのタイプだ、そうだよね？」

ヴィラネルは考えた。ホテルの予定表では、今日の午後のもてなしイベントはリンダー主催の、チロルとカリンシアの高い山々のあいだを一時間ほどヘリコプターで飛ぶ観光だ。午後二時に発着場から飛び立つ予定だから、一時間ぐらいはある。

「そうかも」とヴィラネルは言った。


「コンスタンティン・オルロフか」リチャードは言った。「これだけの歳月を経てその名前を聞くのは妙な気分だ」

彼とイヴはデパートのカフェで、窓際のテーブルに座っていた。カフェは五階にあり、オックスフォード・ストリートを見晴らせる。イヴは紅茶を飲み、リチャードは温め直したシェパードパイが載った皿をうれしくもなさそうに見つめている。

イヴは笑みを浮かべる。「そんなもの、注文しなきゃよかったって思ってるんじゃない？」

「少し混乱したんだ。どう考えていいかわからない《アンバラ・デュ・ショア》。オルロフは死んだ、そう言ったね」

「どうやらそうみたい。説明のつかない状況で殺されたみたいよ、オデーサの近くで」

「悲しいことだが彼らしいよ。彼の人生は説明のつかない状況の連続だった」リチャードはしばらく周囲の屋根を見渡していたが、それからフォークを取り上げて、決然と料理を食べはじめた。「それで、彼の死がわれわれの捜査とどう関わるんだ？」

「彼はリナット・イェヴチュフというウクライナ人ギャングの屋敷で殺されたの。それもひどい状態で」

「そういうこともよくあるが、それで？」

「先月、イェヴチュフはヴェネツィアで休日をすごしていたときにきれいさっぱり消え去ったのよ、誰も知らない、すごい美人だったと報告されている若い女性といっしょにモーターボートに乗って出ていったきりね。そして今、わたしたちが追ってる女殺し屋も、ちょうどその時期にヴェネツィアにいたことがわかってる。そしてわたしは、彼女がオルロフの死に対する報復のようなことでイェヴチュフを殺したんじゃないかと考えてる」

「それは彼女とオルロフにつながりがあるという前提に立つ考えだな。そういうつながりが存在すると考える理由が何かあるのか？」

イヴはお茶を飲み、カップを受け皿に置いた。「まだないけど、もうちょっと我慢して聞いてちょうだい。このわれらが女殺し屋――それはそうと、わたしたちは彼女をヴィラネルと呼んでるのよ、理由はあとから話すわね――がヴェネツィアにいたことがわかってる。それから、彼女が〈トゥエルヴ〉というクレイドルが言っていた組織に雇われていることもわかってる」

「どういうものかはわからんが」

「ええ。それで、まあ議論のために、オルロフも彼らのために働いていたと考えてみて」

「ああ、そう考えれば復讐という動機が成り立つのはわかる。だがその女とオルロフがそれぞれ、ええと……」

「イェヴチュフ」

「そう、イェヴチュフとつながりがあるからと言って、たがいに知り合っていたということにはならないぞ。同じように、その女がイェヴチュフと同じ時期にヴェネツィアにいたからと言って、必ずしも……」

ふたりは押し黙った。ショッピングカートを押した老婦人がひどくゆっくりとテーブルのすぐわきを通っていく。「カリフラワーチーズを食べたのよ」老婦人はイヴに打ち明けた。

「何の味もしなかったわ」

「あらまあ。わたしの友人はシェパードパイを楽しんでますよ」

「そりゃよかったね」老婦人はリチャードをちらりと見る。「ちょっと浅はかじゃないかね、その人?」

ふたりは老婦人が去ってゆくのを見守った。イヴは残ったお茶を飲み、前に乗り出した。

「もちろん彼女が殺したのよ、リチャード。イェヴチュフは彼女といっしょに出かけて、帰ってこなかった。どこをどう見ても彼女の名前がでかでかと書いてある事件よ」

「で、その女の名前は何と言った？」

「ヴィラネル。彼女が仕事で使ってるか、コードネームとして使ってる名前」

「どうやってそこに行きついたんだね？」

イヴは説明した。

リチャードはフォークを置いた。「またやってるじゃないか」

「え？」

「その女がきみに、香水を振りかけてVとサインしたカードを残した。きみは彼女が使っている香水の名前がヴィラネルだと知った、だから彼女がそれと同じ名前を名乗っていると結論した。それはただの当て推量だ、確実に判明している事実を積み重ねた論理的な帰結とはちがう。それと同じことが、その女――」

「ヴィラネル」

「よろしい、きみがそう言うんなら、そういうことにしよう、同じことがヴィラネルとオルロフとのつながりについても言える。きみはそうであってほしいと思うから、そういうように考えているんだ。わたし個人の意見としては、きみが報告にあげていた〈スヴェルドロフスク・フートゥラ〉の線で捜査を進めるべきだと思う。言い換えれば、金の流れを追うんだ」

「もちろんよ。それはやるべきだわ。でもね、あなたのおっしゃることはごもっともだけど、これについてはわたしを信じてほしいの。その理由は、この殺し屋と、彼女の行動原則がだんだん理解できてきたからよ。彼女は無謀だっていう印象がある、たとえばわたしにあのブレスレットをくれたこととかね。でも実はとてもよく計算したうえでリスクを取ってるのよ。彼女はわたしが遅かれ早かれ彼女を追ってヴェネツィアに来ることも、彼女がイェヴチュフを殺したと知ることも、計算してた。すべて、彼女の計画に入ってたのよ。わたしがわずか二、三歩遅れてヴェネツィアに来ることがわかってたから、ゲームをおもしろくしたのよ。忘れないで、彼女はサイコパスなの。感情面では、彼女の人生はまったく起伏のない空白なの。彼女が何よりも求めているのは感じることなのよ。人を殺すと感情が迸《ほとばし》るけど、それは一時的なものにすぎない。彼女は殺しが得意で簡単にできてしまう、だからスリルはやるたびに減じていく。だから興奮を高める必要があるのよ。自分の機知と芸術的手腕と、自分がやっていることの真の恐ろしさが高く評価されていることを知りたいの。だから彼女はわたしを引きこんだのよ。それが、香水を使ってわたしに名前を教えた理由よ。一筋縄ではいかないちょっとした謎かけをわたしに仕掛けるのが気に入ってるの。それは親密で煽情的で、超絶攻撃的なことなのよ」

「それがそのとおりだとして、どうしてきみなんだね？」

「それはわたしが彼女を追っている人間だからよ。わたしは彼女にとって最大の危険の源で、それが彼女を興奮させてるの。だから挑発してくるのよ。ああいうエロティックなおとり広告商法みたいなことをするの」

「まあ、それは明らかによく効いてるな」

「どういう意味？」

「すべては彼女が牛耳っているという意味だ」

「それは認めるわ。たしかに、わたしの頭脳は彼女にもてあそばれている。今わたしが言いたいのは、このゲームにこっちが先手を打てるってこと。わたしをロシアに行かせて。ヴィラネルとオルロフには何のつながりも接点もないっていう可能性があることは認めます。でもどうか、何が見つかるか見に行かせて。どうかお願い。これに関してはわたしを信じて」

リチャードは無表情のまま、三十秒ほど窓から眼下のせわしない通りを見ていた。「われわれは誕生日が同じなんだ。同じだった、と言うべきかな」

「あなたとコンスタンティン・オルロフですか？」

「そうだ」

「彼とは同い年なんですか？」

「いや、彼が二歳年上だった。彼はアフガニスタン紛争で徴集兵として戦っていた。ヴォストロティンの下で戦って、ホーストでひどい傷を負った。そして勲章を受けた。それもかなりいいやつを。それが上のほうの誰かの目に留まったんだろうな、二年後に彼はアンドロポフ・アカデミーに入ったからな。モスクワ郊外にあるスパイ養成学校だ。もとはＫＧＢが運営していたが、オルロフが学校を出たころにはＫＧＢはロシア対外情報庁《SVR》になっていた」

「そういう話はみんな……いつのことです？」

「ホーストにいたのは一九八八年、オルロフがアカデミーを卒業したのは、まあ、一九九二年のはずだ。誰の話を聞いても、オルロフはエフゲニー・プリマコフの才気煥発で優秀な部下だった。一期目にカラチに駐留し、次の一期はカブールに配属になった。そこでわたしは彼と出会ったんだ。非常に賢くて非常に魅力的な男だった。そして完璧に無慈悲だったんだろう」

「彼は表立った存在だったんですか？」

「ああ、外交官を装って、各地を周遊していた。だが全身に、出世街道驀進《ばくしん》中のＳＶＲだと書いてあったよ。そして彼のほうも、わたしが何者か正確に知っていた」

『アニエスカ』という名札をつけたスタッフが、ふたりのテーブルにやってきた。「おさげしましょうか？」リチャードの食べかけのシェパードパイに目をやりながら、尋ねる。

「ありがとう、お願いするよ」

「お口に合いませんでしたか？」

「いや。まあ、ちょっと……腹がへってなくてね」

「ご意見カードをお渡ししましょうか？」

「いや、いいよ、ありがとう」

「どのみちお渡しします。どうぞ書いてお出しください」

「自由な世界にいるのに、どうしてわざわざ舌ピアスなんかつけるんだろうな?」アニエスカが立ち去ると、リチャードは言った。

「わからないわ」

「性的な意味とかあるのかな?」

「本当に、わたしにはわからないのよ。ビリーに訊いてみるわ。オルロフの話を続けて」

「彼についての話をひとつしよう。ロシア大使館のレセプションで彼と会ったことがあってね――これはカブールでの話だ――彼はわたしに最高級ウォッカがある場所を教えてくれた。そのあと、ひとりの同僚を紹介してくれた。彼は秘書だと言っていたが、わたしたちのどちらも、彼女がそうではないことを知っていた。ともあれ、彼女は魅力的で、見るからに頭がよく、わたしの達者とは言い難いロシア語でのジョークにも笑ってくれた。そして去り際に、ちょっとだけ長めの思わせぶりな視線をわたしに向けていった。すべては非常にあっさりと行われた。そしてわたしはコンスタンティンに、もう一度彼女に会いたいのはやまやまだが、書類仕事をしなきゃならないのでね、と言い、彼は笑って、〈アドミラルスカヤ〉ウォッカをもう一杯、渡してくれた。

　そしてわたしはこの出会いをいつものように報告した。その翌日、コンスタンティンからメッセージが送られてきた。彼はわたしがバードウォッチングが好きだと言ったことを覚えていて、いっしょにちょっと市外に出るドライブに行かないかと訊いてきたんだ。そこでわたしはこの接近を日誌に記録し、二日後、大使館の前のダルラマン通りでコンスタンティンと落ち合うと、アフガニスタン人の運転手とAK自動小銃で武装した荒くれ者顔の現地人六人が乗った自動車が二台あらわれた。バグラム通りを走って市外に出て、空港も通りすぎ、半時間後にはまわりに何もないところに入っていった。低い丘をまわりこむと、車が何台も止まっていて、たくさんのテントがあり、焚火から煙があがっていた。そこには三十から四十人ほどがいた——アラブ人、アフガン人、部族民と、重武装したボディガードの一隊だ。それでわたしはコンスタンティンに、かなりびくびくしながら尋ねた。これはいったいどういう場所なんだ？　すると、彼は言った。心配するな、大丈夫だよ、よく見てみろ。

そのとき、たくさんの止まり木が並んでいるのが見えた。そしてそこに止まっているたくさんの美しい猛禽たちも。セイカーハヤブサ、ラナーハヤブサ、ハヤブサ。そこはタカ狩りキャンプだったんだ。わたしはコンスタンティンについてテントに入った。そこには、頭巾をかぶり飛ぶ用意をした六羽のシロハヤブサがいた——世界一美しく高価な狩猟鳥だ。白い顎ひげの男もいた。とんでもなく獰猛な顔つきの男で、当地の部族長だとコンスタンティンは言った。コンスタンティンはわたしと彼を引き合わせ、誰かがランチを持ってきてくれた——コカ・コーラと、何かの肉の串焼きだったな。それから、砂漠のただなかに車で出ていき、タカ匠たちが鳥を飛ばして野雁《ノガン》や砂鶏《サケイ》を狩った。まさしく見ものだったよ」

「あなたがバードウォッチャーだったなんて初耳だわ」

「秘密情報部に入るまでは、そうじゃなかった。だがそれから、ロシアの上層部の何人もがバードウォッチャーだと知ったんだ。それにプーシキンやアフマートワの詩を知ってるだけじゃじゅうぶんじゃないと気づいたんでね。レンジャクとセキレイの見分けもできるようじゃなきゃいけない。だからその勉強をはじめたんだ、そしてのめりこんだ」

「それじゃ、オルロフとすごしたその日は楽しかったのね？」

「すばらしい一日だったよ。それに正直言って、武器商人やアヘン売人はおろか、タリバンの最高幹部と過ごしたとしても、気にはしなかったよ。ウサマ・ビン・ラディンと顔を合わせていたとしても驚かなかっただろう。彼がたくさんのシロハヤブサの所有者だということは最近知ったんだがね」

「オルロフは接近を図ろうとしなかったの？」

「まさか、とんでもない。彼はそんなバカじゃない。われわれが話したのはほとんど、鳥と自然とその地の奇妙さのことだった。彼は明らかに職業上の理由でわたしに近づいてきていたんだが、わたしが楽しんでいるのを見て本当に喜んでいるのが感じとれた。わたしは彼がたいそう気に入り、いつかこの招待のお返しをしようと考えていた。彼に借りをつくらないようにしようと思ったんだ。だが結局その機会はなかった。そのあとじきに、彼はモスクワに呼び戻された。ディレクトレイトSの長官に指名されたのだと、のちにわかった」

「その後、彼と再会は？」

「一度だけ、つかの間だったがね。モスクワで、ユーリ・モディンのために開かれたパーティーだった。モディンは五十年前にキム・フィルビー、バージェス、マクレイン、ブラントたち、ケンブリッジ・スパイをコントロールしていたKGBのハンドラーだ。モディンはそのときはもうすでにかなりの年寄りだったが、その活動の暴露本を出したばかりで、コンスタンティンはモディンの弟子のようなものだったんだ。おそらくアンドロポフ・アカデミーで出会ったんだろうな。モディンはそこの客員講師をしていたからな。彼はそこで〝積極的対策〟という名称の講義をしていたが、実際は破壊工作や情報工作、暗殺を教えていた。コンスタンティンがディレクトレイトＳを運営していたときのやり方から、彼がモディンのやり方を肝に銘じていたことは明白だ」

「そして二〇〇八年にオルロフは完全にＳＶＲを辞めた。辞めたのかしら、それとも辞めさせられた？」

「こういうことだろうと思う。ＳＶＲでディレクトレイトを運営していると、アップ・オア・アウト〔一定年限内に昇進しなければその組織を去らなければならない〕ルールが適用される。そしてコンスタンティンは昇進しなかった」

「それじゃ彼は昔の上司たちを恨んでる？」

「わたしが彼について知っていることはわずかだが、そういうのは彼らしくない。コンスタンティンはすべてを宿命として受け入れる、昔ながらのロシアの運命論者だ。彼はそれを宿命として受け入れ、私物をまとめ、先に進んだはずだ」

「その後のことはわかっているんですか？」

「いや。そのときから今まで——オデーサで死んだと知るまで——所在も何をしているかも、まったくわからなかった。彼は消えていたんだ」

「それは妙だと思わなかったんですか？」

「思っていたさ、たしかに妙だ。だが、だからと言って彼とわれらが殺し屋が結びつくわけじゃない」

「それじゃ、彼はこの十年間、何をしていたんだと思います？」

「菜園《ダーチャ》で野菜作りとか？　ナイトクラブ経営とか？　カムチャツカでサーモン釣りとか？　誰にわかる？」

「どうして生涯をかけた諜報活動の経験を〈トゥエルヴ〉の汚れ仕事に捧げるようになったのかしら？」

「イヴ、彼がそうしたと考える論理的な根拠はいっさいないんだぞ。まったくないんだ」

「リチャード、わたしを雇ったのは論理的思考の能力を当てこんだからじゃないでしょ。わたしを雇ったのは、この捜査に必要とされる想像力豊かな思考の飛躍がわたしにはできるからよね。ヴィラネルは、わたしたちを――わたしを誘導してからかって楽しんでるのかもしれないけど、本当に重要なのは、彼女がプロの手腕で痕跡を隠してるってことよ。最高の師から訓練を受けたプロみたいな手腕で。コンスタンティン・オルロフみたいな男の訓練を受けたみたいに」

リチャードは苦い顔をし、両手の指を突き合わせ、口を開いて何かを言おうとした。

「真剣に言ってるのよ、リチャード。わたしたちには突き進む以外の道はないの。金の流れとトニー・ケントの人脈を洗えというあなたの意見には同意するけど、いつになったら解決できると思う？　何か月か先？　何年か先？　グージ・ストリートのわたしたち三人にはそれほどの資金はないのよ。それに経験も」

「イヴ――」

「いいえ、わたしの言うことを聞いて。オルロフと〈トゥエルヴ〉がつながっていない可能性があることはわかってる。でも、もしつながってる可能性があるなら、どんなに小さな可能性でも、それをたどってみなくちゃならない。そうでしょ？」

「イヴ、返事はノーだ。ここからオルロフについて調査をするのはいい。だがきみをロシアに送るわけにはいかん」

「リチャード、お願いよ」

「いいか、もしきみが間違っていて、ふたりに何のつながりもなければ、きみの時間とわたしの資金が無駄になる。また、きみが正しい場合、その場合は、きみを危険な場所に送るのは、どう考えても無責任な所業ということになる。きみがロシアに行って、政治的暗殺やオルロフのような男の経歴についてあれこれ尋ねてまわる……その先どんなことが起きるか、考えたくもないね。いや、それを言うなら、きみに何か起きたときに、きみの夫にわたしは何と言えばいいんだ。今話しているのはひどい闇を抱えた国のことだぞ。為政者たちに虐げられ、支配層に収奪されてほとんど機能していない国のことだ。モスクワに敵をつくれば、iPhoneを買う金がほしいだけのティーンエイジャーに顔を撃たれるぞ。あの国にはもはやルールなどないんだ。憐憫《れんびん》の心もない。ただ荒廃があるだけだ」

「それはそうかもしれない――それからあなたが夫について言ったことは聞かなかったことにします――でも、答えがあるのもその国なのよ」

「おそらくはな。だが、きみが自分で言ったことだが、われわれは誰を信じればいいんだ？クレイドルの言うことを信じるなら、そして彼を信じる以外にわれわれに選択肢はないことを考えれば、〈トゥエルヴ〉は正確に、われわれが助力を求めたい人々を買収している」

「あなたに訊きたいのはそこよ。向こうにはあなたの知り合いが――潔白な知り合いがいるはずよね。絶対に買収されるはずのない信条の持ち主が。男性でも女性でも」

「あきらめる気はないんだな？」

「ええ、ないわ。わたしが男だったら、あなたは行けって言うはずよ。そうでしょ」

リチャードはうなずいた。「悪いね、頼むよ。きみの気がすむまで話をしたいところだが、あちらのカップルがずっとわれわれをにらんでる。このテーブルに座りたいんだと思うよ。それにわたしもオフィスに戻らなくてはならない」

ペトラ・フォスはあくびをしてのびをした。「ああ、よかったわ。あんたを呼んでよかった」

「お役に立てて光栄です」ヴィラネルはむきだしの太腿をペトラの脚のあいだから引き抜いた。「ただ、ここで本当に力を持ってるのは誰か忘れちゃだめですよ」

「思い出させてよ」

「またですか？」

「あたしはものすごく物覚えが悪いのよ」ペトラはヴィラネルの手を取り、自分の股間に引き寄せる。

「マックス・リンダーのことを教えて」ヴィラネルは言う。

「それ、本気で言ってる？」

「興味があるんです」

ペトラはヴィラネルの指の動きにあらがう。「あいつ、変人よ」

「どういうふうに？」

「あいつはあの……」ペトラはあえぎ声を漏らし、ヴィラネルの指をさらに深く押しこんだ。

「あいつはあの、何？」

「あの、あれ……ああぁ、そう。そこよ」

「あれって？」

「エヴァ・ブラウン、だっけ。お願い、やめないで」

「エヴァ・ブラウン？」ヴィラネルは片ひじをついて身を起こした。「それって、ヒトラーの――」

「そうよ、その女のことよ。あああああぁッ！」

「どういうことなの？」

「自分は彼女の生まれ変わりだって信じてる、みたいな。あんた、もう一回あたしとヤれる？　どう？」

「そうしたいのはやまやまですが」ヴィラネルは手をひっこめた。「仕事に戻らなきゃなりませんので」

「本気？」

「はい。シャワーを貸りますね」

「それじゃ、シャワーを浴びる時間はあるんだ？」

「浴びないと、ビルギットに最低な目に遭わされます。そうなるのはいやなんです」

「ビルギットって誰よ？」

「マックスのイカれたくそ女マネージャーです。あたしたちのにおいをかいで、清潔だってことを確認するんです。万一プッシーのにおいをさせて彼女の前に出ていったら、クビになります」

「まあ、あたしもあんたもそれは望まないよね？　あんたといっしょにシャワーを浴びようかな」

「よろしければどうぞ」

「とっくによろしくやってるよね」

　従業員居住エリアに戻ると、いつものようにホテルのほかの部分よりはるかに気温が低い。部屋に戻ると、ルームメイトのマリアがベッドに腰掛けていた。毛布にくるまってポーランド語のペーパーバックを読んでいる。

「ランチはもう終わったよ」マリアは言った。「どこにいたの？」

ヴィラネルはチェストの引き出しからリュックサックを出し、マリアに背中を向けて見られないようにしながらなかに手を入れ、鍵束を出した。「お客がまた、部屋を整えてほしいって言ってきたの」

「くそだね。どの客？」

「あのヴォーカルだよ。ペトラ・フォス」

「つりあわないよね、昼休みがふいになったなんてさ。あんたの分、厨房から取っておいたよ」

マリアはリンゴ一個とエメンタールチーズと、紅茶の受け皿に載せたザッハトルテをヴィラネルに渡した。「あたしたちはケーキはもらえなかったんだけど、ルームサービス用の冷蔵庫から失敬したの」

「ありがと、マリア。あなた、親切ね」

「お客にはこのつらさ、わかんないよね。あたしたちがどれだけのくそ仕事をやらなきゃならないか」

「うん」ヴィラネルはザッハトルテを頬ばって、もぐもぐと言う。「本当にわかってもらえないよね」

「それじゃ、結局おれたちはモスクワへは行けないんだな」ランスが言った。「残念だな。本当に楽しみにしてたのに」

「リチャードはわたしを行かせるのは危険すぎるって考えたのよ。女だからとか何とかで」

「まあ妥当だろうな、あんたは現場活動の訓練を受けちゃいないからな。それにあんたはちょいちょいコースからはずれる傾向がある」

「そうなの？」

「たとえばヴェネツィアでの最後の晩だ。例のジュエリーデザイナーのパーティーがあることをおれに知らせるべきだった」

「あのパーティーがジュエリーデザイナーのだったって、どうして知ってるの？」

「おれもあそこにいたからな」

「冗談でしょ。あんたなんて見なかったわ」

「ああ、そうだろうな」

イヴはまじまじとランスを見た。「わたしをつけてたの？　あんた、マジでわたしを尾行してたの？」

ランスは肩をすくめた。「まあな」

「うっわ……何て言えばいいか、言葉もないわ」

「おれは自分の仕事をしただけだ。あんたが大丈夫だってことを確認してたんだ」

「わたしは子守をしてもらう必要はないわ、ランス。れっきとした成人女性なんだから。今はそこのところが問題になってるみたいだけど」

「あんたは現場活動の訓練をいっさい受けてないんだ、イヴ。そこが問題なんだ。そしてそれが、おれがここにいる理由だ」ランスはちらりとイヴを見た。「いいか、あんたはちゃんと有能だ、いいな？　あんたはちゃんと賢い。あんたがいなかったら、おれたちは誰もここにいないだろう。だがスパイ活動に必要な技術とか手続きってことになると、あんたは……まあ、とにかくおれを信頼してもらわないとな。勝手に単独行動をするのはやめてくれ。おれたちはたがいの背中を守ってるんだ」

清掃用のゴム手袋をはめ、ヴィラネルはマスターキーを使ってリンダーの部屋に入った。ここはすでにマリアが掃除をしていた。ヴィラネルの動きはすばやかった。バスルームの小物入れ棚には、アンチエイジング系のフェイスクリームが各種そろっていること以外は、特に興味を惹かれるものはなかった。クロゼットに掛かっている服は高品質だが、労働階級の支持者たちの反感を買いそうな派手で高価なものはない。清貧なライフスタイルを送っているといううそを暴かれないようにするためだ。

クロゼットのいちばん下に、ロックつきのアルミニウム製のスーツケースがあった。ヴィラネルの鍵束には、いろんな規格のドアを開けられる鍵——空港のスキャナーではごくふつうの鍵に見える——があるが、錠前屋が使うジグラーやバンプキーも入っている。小さめのジグラーのひとつを繊細な手つきで細かく動かすと、ロックがパチンと開いた。なかにはアップルのノートパソコンと簡素なボックスに入ったタイトルなしのＤＶＤが数枚、それから革を編んだ牛追い鞭、オーデマ ピゲの〈ロイヤル オーク〉モデルの腕時計、クーガーの頭を模したカレライカレラの箱入りカフスボタン、武装親衛隊《ヴァッフェンSS》の儀式用短剣、ＳＳ隊員用の髑髏のついたデスヘッドリング、ずっしりと重いスチール製のバイブレーター（商品名はなんと〈親衛隊大将〉）をおさめたケース、さらに帯封つきの未使用の千ユーロ札が大量に入っていた。

　スーツケースを開けたまま、ヴィラネルは部屋のほかの部分をすばやく見てまわった。ベッドサイド・テーブルにはミニチュア投映機《プロジェクター》とiPadのタブレット、ユリウス・エヴォラの『トラに乗ろう』のハードカバー本、モンブランの万年筆が置かれている。その下の床には、機内持ち込みサイズのスーツケースがあった。五桁の数字合わせ錠がついている。腕時計をちらりと見て、それを開けるのは断念する。そのかわりに、慎重にスーツケースを持ち上げて揺すってみた。何が入っているにせよ、それは軽かった。かすかな音から、衣服だろうと思えた。元どおりの場所に戻し、それから壁ぎわに立ててある黄褐色の革製の大型スーツケースのジッパーを開けてみる。空っぽだった。

　ベッドに腰を下ろし、ヴィラネルは目を閉じた。心臓の鼓動六拍分を数え、にんまりと笑う。マックス・リンダーをどう殺すか、はっきりと定まった。

　椅子に座ったまままくるりとまわり、ビリーはヘッドホンをはずした。「アルマンド・トレヴィサンから動画ファイルが来てる。件名：ノエル・エドモンズ様へ。誰かのいたずらかな？」

イヴは〈スヴェルドロフスク・フートゥラ・グループ〉のウェブサイトから目を上げた。

「ちがうわ、見せてちょうだい。できるかぎり最高の画質でお願い」

「ちょっと待ってて」

混み合う歩道の画像だった。頭より一メートルほど高い地点から撮影されている。十数人の歩行者がフレーム内に入っては出ていくなか、ひと組のカップルがアパレルショップのショーウインドウの前にとどまっている。解像度が低い画面は灰色の濃淡でしかない。画像は七秒半続いて、切れた。

「メッセージはついてるか？」ランスが訊く。

ビリーはかぶりを振った。「動画だけ」

「そこはヴェネツィアのヴァン・ディーストの店よ」イヴが言う。「スピードを半分に落としてもう一回流して。わたしがストップと言うまで流してちょうだい」

ビリーがその動画を二回流したところで、イヴがストップをかけた。「今度はもっと遅くして。その帽子をかぶった女性のふたり連れを見て」

フレームに入ってきたそのふたりの女性はぴったりくっついているように見えた。ふたりのうち、手前のほうはエレガントなプリント模様のワンピースを着ている。顔はつばの広い帽子で隠れていた。奥の女性はもっと背が高く肩幅も広く、ジーンズにTシャツという格好で、麦わらのカウボーイハットのようなものをかぶっている。ふたりとカメラのあいだに大柄な男が割って入った。

「じゃまをするな、太っちょ」ランスがつぶやく。

男はたっぷり五秒間そこにいて、それからカメラのほうを向いてうしろを振り向いた。男がそうしたときに、第二の女性の頭からカウボーイハットがうしろにすべり落ち、一瞬、顔がさらされた。

「例のロシア人の恋人か？」ランスが訊く。

「そうかも。まあ、彼女たちが店を訪れたときとタイミングが合うならだけど。トレヴィサンがこれを送ってきた理由はそれだと思う。ひとコマずつゆっくり見てみましょう、彼女の顔が見えるかもしれない」

その瞬間が、究極の遅さで再生される。「これが精いっぱいだ」コマとコマのあいだを前後に動かしながら、とうとうビリーが言った。「出せるのは、ぼやけた横顔全体か、彼女の手が邪魔になって部分的にしか見えない顔だね」

「両方印刷して。それからその前後のコマも」

「了解……ちょっと待って、ヴェネツィアからもう一通メールが来てる」

「読み上げて」

「親愛なるミズ・ポラストリ、このヴァラレッソ通りの防犯カメラ画像が役に立つことを願っている。この画像の撮影時刻はあなた自身が言っていた、ふたりの女がヴァン・ディーストの店を訪れた時刻と一致する。店員のジョヴァンナ・ビアンキによる確認も取れている。また、この防犯カメラ画像の撮影日の二日後に、リドのホテル・エクセルシオールでロシア語を話す女性ふたりが一泊している。宿帳にはユリア・ピンチュークとアリョーナ・ピンチュークと書いてあった。ホテルのスタッフも、この画像に出ているふたりはピンチューク姉妹だと断言した。謹呈——アルマンド・トレヴィサンより」

「その名前をチェックして、ビリー。ユリアと何とかピンチュークよ」プリンターがぜいぜいいいながら吐き出した最初のプリントアウトを、イヴはつかんだ。「ワンピースを着てるのがヴィラネルよ。帽子の角度を見て。防犯カメラから完璧に顔が隠れる角度だわ」

「ただの偶然かもしれないぞ」

「そうは思わないわ。彼女は完璧に監視を意識してる。それからもうひとりが恋人よ、そっちも賭けてもいい。宝石店でジョヴァンナが言ったことを思い出して。同じ年頃だけど、ちょっと背が高かったって言ってたよね。ブロンドのショートヘア。水泳かテニスの選手みたいな鍛えた身体」

ランスがうなずく。「この女はその特徴にぴったり合う。肩幅が広い、そのとおりだ。ブロンドかどうかはよくわからんが、髪はたしかにとても短い。顔がここまでぼやけてなかったらよかったんだがな」

イヴはふたりの女のプリントアウトを食い入るように見つめた。ブロンドのショートヘアの女の容貌はぼやけて曖昧だったが、主要な特徴ははっきりと出ていた。「あんたを見たらちゃんとわかるよ、カウガール」低い声でささやく。「今に見てなさい」

「よし。ユリア・ピンチュークとアリョーナだな」ビリーが言った。「ふたりはウクライナのキーウを拠点とする〈マイシュガーベイビー・ドットコム〉っていうオンラインのデート斡旋会社を共同で所有・経営しているみたいだ。連絡先はキーウ市のオブロンスキー地区の郵便私書箱になってる」

「もうちょっと深く掘ってみてくれる？　写真とか個人的な記録とかが見つかるかどうか、探してみて。絶対身分を偽ってると思うけど、確認してみましょう」

ビリーはうなずいた。疲労でぼうっとしている彼を見て、イヴは罪悪感がちくりと刺すのを感じた。「明日でいいわ。もう家に帰って」

「いいの？」ビリーが言う。

「もちろんよ。あんたはもう、一日分にはじゅうぶんすぎるほど働いた。ランス、あんたの今夜の予定は？」

「ちょっと人と会うんだ。ハンプシャーの交通警察隊のやつだよ、ほら、あんたの彼女にバイクに傷をつけられた……」

「彼女はわたしの何でもないわよ、ランス。ヴィラネルと呼びなさい」

「わかった。ヴィラネルに傷をつけられた」

「その人がロンドンに来るの？」

「いや、おれがウォータールーから列車に乗ってホイットチャーチまで行くんだ。そこに彼の隊の拠点があるからな。〈ベル〉って店でうまいビールが出るらしいんだ」

「ちゃんと戻ってこられるの？」

「ああ、問題ない。終電は十一時すぎだ」

イヴは顔をしかめた。「ふたりとも、ありがとう。本当に」


ディナー当番がはじまる一時間前、ヴィラネルはヨハンナの部屋のドアをノックした。ほかの臨時雇いのスタッフとはちがい、ヨハンナは個室をもらっている。そのうえ、十二人のなかでひとりだけ、ディナーの給仕をしろと言われていなかった。ビルギットの腰ぎんちゃくでいることへの褒美だ。

ドアがゆっくりと開く。ヨハンナはジャージのズボンによれよれのセーターを着て、半分寝ているような顔をしていた。「ああ《ヤー》。何か用？」

「今夜のディナー当番を替わってほしいの」

ヨハンナは目をぱちくりさせて、目をこすった。「悪いけど、あたしは夜の当番はしないのよ、上の階のベッドの毛布をめくっておくサービス以外はね。ビルギットに確認してみるといいわ」

ヴィラネルはロジャー・バゴットのベッドで拾った汚れたTバックが入ったビニール袋を持ち上げてみせた。「よく聞いて、ダーリン《シャッツ》。あたしのディナー当番を替わってもらえなかったら、これを見つけたことをビルギットに報告しなきゃならない。あんたがお客とファックしてたことを知ったら、ビルギットは喜びはしないだろうね」

「そんなこと、否定するわよ。それがあたしのだっていう証拠はないでしょ」

「いいよ、じゃ、今からビルギットに話しにいこうよ。彼女がどっちを信じるか見てみよう」

一瞬、ヴィラネルははったりが効かなかったかと思った。が、ゆっくりと、ヨハンナはうなずいた。

「わかった。替わるよ」ヨハンナは言った。「でも、そこまでしてやることなの？」

ヴィラネルは肩をすくめる。「リンダーの客たちにはもううんざりなの。これ以上もうひと晩もあの人たちのバカげた会話を聞きたくない、耐えられないのよ」

「ビルギットには何て言えばいい？　あたしがやらなくていい当番仕事をやってたら、きっと変だと思うわよ」

「彼女には好きなように言ってちょうだい。あたしが部屋にこもってゲロ吐いてるとか、なんかおかしくなってるとか。何とでも」

ヨハンナはむすっとした顔でうなずいた。「じゃ、あたしのタンガを返してもらえる？」

「あとでね」

「くそ《シャイッセ》、ヴィオレット。あんたはいい人だって思ってたのに。でもくそ女だった。本当にくそなくそ女だよ」

「どういたしまして。とにかくディナーに出てよ、いいね？」

ヴィラネルは自室に戻った。シャワーの弱々しい水音が聞こえた。ふつうより小さいタオルを巻いて震えながらマリアが部屋に入ってくると、ヴィラネルは具合が悪いことと、ディナー当番はヨハンナに替わってもらったことを告げた。突然のことに驚いたとしても、マリアは何も言わなかった。

バスルームに入って鍵をかけると、ヴィラネルは青みの強いメイクアップベースを薄く塗り、その上にコーンスターチを薄くはたいた。両目の下にアイシャドウをかすかににじませると、絵に描いたような病人に見えた。口に手をあててえずきながらマリアのわきを通り、ビルギットを探しにいく。

厨房で、スーシェフのひとりを脅しつけているビルギットを見つけた。ヴィラネルはたどたどしくつかえながら、吐き気がひどいことと当番はヨハンナに替わってもらったことを告げた。ヴィラネルがレストランの給仕に出ないことを聞いてビルギットはかんかんになり、まったくもって信頼を裏切る無責任だと責め、給料から差し引くよと言った。

部屋に戻ると、マリアが給仕の制服を着て、レストランに向かおうとしているところだった。「あなた、本当に具合が悪そうよ」マリアはヴィラネルに言った。「ちゃんと暖かくしてね。よかったらあたしのベッドの毛布も使ってちょうだい」

マリアが出ていくと、ヴィラネルはさらに十分間待った。そろそろみんな食前酒を楽しむためにホテルの母屋に集まっているころだ。従業員用通路のドアを開け、用心深くのぞく。何も聞こえない。自分のほかには誰もいない。

室内に戻ると、チェストの引き出しからスマホとスチール製のボールペンを取り出し、バスルームに入って鍵をかけた。タイル床に膝をついて、スマホの裏板をはずし、バッテリーをはずして、小さなホイルの包みを取り出す。中身は銅製のマイクロ起爆装置だ。それから、洗面用具入れのバッグからスミレの香りの楕円形の小さなせっけんを取り出し、慎重に計算した力で陶製の洗面台にぶつける。せっけんが割れ、Ｆｏｘ‐７爆薬がおさまった二十五グラムのプラスチック被覆のディスクが出てくる。それをヴィラネルは洗面用具バッグに戻した。そこにはマイクロ起爆装置とボールペン、マニキュアセットの爪切りと甘皮取りとハサミが入っている。

アントンは嫌いだったが、頼んだものをすべてそろえてくれたことは評価せざるを得なかった。起爆装置とＦｏｘ‐７爆薬は最新鋭の製品、マニキュアセットはスチール製で、プロ仕様のＤＩＹ工具の性能も備えている。ボールペンはごくわずかに調節すれば、ミニチュアの百十ボルトのはんだごてに変わる。

これで、必要なものはあとひとつだけになった。

地下鉄グージ・ストリート駅は混み合っていた。退勤のラッシュアワー時にはいつもこうだ。イヴがバス通勤を好む理由のひとつがこれだった。イヴは閉所恐怖症というわけではないが、地下トンネルを驀進する車両内でたくさんの身体にもまれることには何か奥深い不安を感じずにはいられない。いつ照明がチカチカまたたいて真っ暗になるともしれず、また列車が何の説明もなく、まるでその機能が唐突に停止したかのように止まるかもしれないのだ。死に似ているものはあまりにたくさんある。

最初にやってきたのはエッジウェア経由のノーザンラインの列車で、すでに満杯だというのにホームに並んでいる何列もの通勤者たちがぐいぐい前に押し進んで無理やり乗りこもうとしている。イヴはたじたじとベンチまで引き下がった。

「正気の沙汰じゃないよな？」すぐ横で抑揚のない声がした。

その男は二十代後半、どんなに上に見ても四十歳というところだ。もう何か月も日の目を見ていないような肌の色をしている。イヴは凍りついたようにじっと前方を見つめる。

「あんたに渡すものがある」男は茶色い業務用封筒をよこしてきた。「読んでくれ」

手書きの手紙が入っていた。

『きみの勝ちだ。そいつはオレグだ。彼の言うとおりにしろ。R』

顔をしかめて心が浮き立つのを隠しながら、イヴは封筒と手紙をバッグに入れた。「わかったわ、オレグ。話して」

「よし。明日の朝、非常に重要なことだが、八時にあんたはこの駅のホームでおれと会い、おれにパスポートを渡す。明日の夕方六時にもう一度ここでおれに会い、おれがパスポートを返す。水曜にあんたはヒースローからモスクワのシェレメーチェヴォ国際空港に飛び、コスモス・ホテルに滞在する。ロシア語は話せるよな？　ちょっとぐらいは？」

「たいして話せないわ。学校で習ったぐらいよ。初級程度」

「初級程度のロシア語。そりゃすばらしい《エタ・ハラショー》。ロシアに行ったことは？」

「一度だけ。十年ぐらい前に」

「よし、問題ない」オレグはブリーフケースを開け、ぺらぺらの紙を二枚出した。世界じゅうのビザ申請用紙に共通の細かい不鮮明な書式が印刷されている。「署名をしてくれ。心配はいらない、あとはおれが書く」

イヴは書類を彼に返した。

「それから、モスクワは今、とても寒い。氷雨が降ってる。強力な防寒コートと帽子を買え。ブーツもだ」

「行くのはわたしひとりだけ？」

「いや、あんたの同僚《カリエガ》のレンスもだ」

ランスのことを言っているのだと気づくまでに、何秒かかかった。

「ありがとう、オレグ。また明日《ダ・ザフトラ》」

「ダ・ザフトラ」

このときになってようやく、ニコに何と言おうとイヴは考えはじめた。


ヴィラネルは五十五分かけて冷静着実に手を動かし、リンダーを殺すのに使う爆破装置を用意した。装置ができあがると、ブント・ドイチャー・メーデルの制服に着替え、装置とマスターキーをポケットに入れて、部屋を出た。宿泊客棟に着くと、動きを止める。廊下は静まりかえっている。客たちはまだディナーに出ているのだ。急ぎもせずに歩いてロジャー・バゴットの部屋に行き、静かにドアをノックする。応答はない。ヴィラネルは部屋に入った。清掃用ゴム手袋をはめ、ポケットから封筒を取り出す。なかには爪切り用のはさみとFox-7爆薬を包んだラップフィルムが入っている。バスルームでバゴットの洗面用具バッグを見つけ、爪切り用のはさみで裏地に小さい切れ目を入れて、ラップフィルムをなかに押し込む。封筒は洗面台の横の小さなペダル式ゴミ容器に入れる。はさみはバスルームのキャビネットに入れた。

バゴットの部屋を出て二階に上がり、リンダーの部屋に向かう。またもやドアを静かにノックするが、なかから応答はない。なかに入り、呼吸を平静に保ちながら、準備した装置を慎重に仕込む。それから部屋の中央にしばらくたたずみ、爆発と衝撃波のベクトルを計算する。そのとき、身体が警報を発した。階段を上ってくるかすかな足音が聞こえているのだと気づく。リンダーではないかもしれないが、そうかもしれない。

ベッドリネンを折り返す仕事を終えたという顔をして部屋から出ていこうかと、冷静に考える。だがリネンは折り返されていないし、今からそれをする時間もない。それにほかの人間だったとしても、ヴィラネルが出ていくのを見れば、それが記憶に残るだろう。そこで、以前頭のなかでリハーサルしたとおりに、大急ぎで黄褐色の大型スーツケースのところに行き、ツインのジッパーを開けた。なかに入ってかがみ、肩をななめにして小さく縮め、首をひっこめる。それから上に手をのばしてジッパーを閉めた。息をする空間として十センチだけ残し、そこからのぞく。ぎちぎちに詰まって狭く、定期的に身体をのばすこともできなかったが、背中と脚がつりそうになるのを無視して、正常に呼吸することに意識を集中する。スーツケースはかびた豚革のにおいがした。自分の心臓の着実な鼓動が感じられた。

部屋のドアが開き、マックス・リンダーが入ってきた。外側のドアハンドルに『就寝中』の札を掛け、内側からドアに鍵をかけた。ベッドの横にまわりこみ、機内サイズのスーツケースを取り上げてベッドに置き、数字合わせ錠を開けた。なかからショウガ色をした何かの衣裳を取り出し、ベッドに置く。

リンダーは部屋を横切った。ヴィラネルにはベッドが邪魔になってクロゼットは見えないが、両開きの扉がきしむ音が聞こえ、ブリーフケースのロックが開くカチッという音が聞こえた。ジッパーの狭い隙間に片目を押しつけながら、ヴィラネルは腋の下から冷たい汗がわき腹に流れるのを感じた。一瞬後、リンダーがノートパソコンとCDを持って視界に入ってきた。彼はベッドサイド・テーブルのミニチュア・プロジェクターの横にパソコンとCDを置いた。接続する時間がちょっとあり、ほどなく部屋の壁に薄暗い映像が投射され、二秒ほど流れて止まった。ヴィラネルにはかなり横の角度から見えるだけだが、古いモノクロフィルムのカウントダウン・タイマーのように見えた。

リンダーは壁の照明スイッチにふれて、頭上の明かりを消した。残された明かりはベッドサイド・テーブルの電気スタンドとプロジェクターの光だけになった。それからリンダーはゆっくりと服を脱いで裸になり、ベッドから服を取ってそれを着た。それはダーンドルという伝統的なアルプスのチロル農民のドレスで、ひもで締めあげるボディスと白いパフスリーブのブラウスに、フリルのついたエプロンがついている。それに白いニーソックスをはいて、コスプレは完成された。ヴィラネルにはリンダーの姿をはっきりと見ることはできなかったが、その衣裳が彼には似合っていないことはわかる。リンダーは身をかがめてスーツケースから女もののウィッグを出し、頭に載せた。ウィッグはきれいに整えられ、ウェーブがかかった、二十世紀半ばのかっちりしたスタイルのものだ。

今や背中とふくらはぎの筋肉が悲鳴をあげていたが、ヴィラネルはごく小さな隙間から見つめながら、ペトラ・フォスが言っていたことを思い出していた。

こいつはエヴァ・くそブラウンになろうとしてる。

クロゼットのブリーフケースのところに戻り、リンダーは〈親衛隊大将〉バイブレーターが入っている長方形の箱を取り出した。一時間足らず前に〈親衛隊大将〉に軍用レベルの起爆装置と強力なFox-7爆薬を仕込んだことを考えると、これはいい知らせとは言えない。一瞬、スーツケースから飛び出して素手でリンダーを殺し、死体は窓から外へ、雪に埋もれた闇に放り出そうかと考える。だが、即座にその案は却下した。すぐに発見されることはないだろうが、いずれ見つかることは間違いない。それに奇妙なことに、まったく根拠はないものの、このままスーツケースのなかで丸まっているほうが安全だという気がして、ヴィラネルはケース内にとどまることにした。

リンダーがプロジェクターのスイッチを入れ、壁にちらちらと白黒の映像があらわれた。

リンダーはインイヤ式のイヤフォンをつけ、ベッドの上に寝ころがった。かなり斜めからの角度でゆがんではいても、ヒトラーの演説シーンだと見てとれた。おそらくニュルンベルクの決起集会だろう、見渡すかぎりの群衆を前に、芝居がかったがなりたてるような演説をしている。ヴィラネルに聞こえるのは、イヤフォンから漏れるかすかなささやき声にすぎなかったが、ダーンドルのフリルつきエプロンがほどなく、強風を受けてはためくテントのようにびくびくと震えはじめた。「おお、わがセクシーなオオカミ《マイン・ゼクシー・ヴォルフ》」リンダーは自身のものを握りしめ、つぶやく。「おお、わが総統《マイン・フューラー》。その偉大なるオオカミの男根《シュヴァンツ》でわたしを犯してくれ。併合《アンシュルス》が必要なのだ」

　ヴィラネルはぎゅっと目をつぶってひたいを両ひざに押しつけ、両手で耳をふさいで口を開けた。首と肩の筋肉がぶるぶると震え、心臓がバクバクと激しく打つ。

「わたしに攻め入れ、マイン・フューラー！」

　空気がはじけ、布のように裂けた。すさまじい轟音が壁にぶつかって反響し、ヴィラネルを包みこむ。あまりの衝撃に、ヴィラネルは呼吸をすることもできず、ぐわんと持ち上げられ、さかさまになった。長く長く思えた一瞬、無重力の感覚があり、それから激しい衝撃と共にスーツケースがはじけるように開いた。肺が波打ち、衝撃のあまり気が遠くなりながら、ヴィラネルは凍りつくような、がんがんと鳴り響く沈黙のなかにころがり出た。部屋は薄い闇に包まれていた。もはや全面ガラスの窓はなく、うつろな真っ黒い空間があるだけだ。あたり一面に羽毛が舞い散り、猛烈に吹きこんでくる山風に乗って、吹雪のように渦巻いている。羽毛の一部は赤く染まり、床に落ちてきた。そのひとつがヴィラネルの頬に静かに舞い落ちた。

ヴィラネルはひどく苦労して片肘をつき、半身を起こした。マックス・リンダーはそこらじゅうに飛び散っていた。頭と上半身はまだダーンドルのレースアップのボディスを着けたまま、ベッドの頭板に叩きつけられている。両脚はずたずたに裂け、ベッドの足側の端からだらりとぶら下がっている。破裂した羽毛布団の上に、大量の血と内臓と、破裂した頭上の照明器具のガラスがぎらぎらと光っている。ヴィラネルの頭上で、天井から何かがはがれて飛び散り、髪に振りかかった。ヴィラネルはぼんやりとそれを払いのけた。それは肝臓のような手ざわりだった。天井も壁も血しぶきでぬらぬらと光り、糞便や腸の切れ端がこびりついている。リンダーのちぎれた右手がうつぶせに、ホテルサービスのフルーツ鉢のなかに落ちていた。

のろのろと、ヴィラネルは立ち上がり、数歩、震える足を踏み出した。ぼんやりと空腹を意識し、バナナに手をのばしたが、皮が血でべとべとしていたので、カーペットの上に落とした。目は疲労でずきずきと痛み、猛烈に、死にそうなほど寒かった。そこでふたたび横になり、ベッドの足元で子どものように丸くなった。自分が殺した男の体液がぼたぼたと滴り、まわりにたまっていくなかで。ドアが蹴り開けられる音も、叫び声も、それに続く悲鳴も、彼女の耳には聞こえていなかった。彼女は夢を見ていた――アンナ・レオノヴァの膝に頭を載せて寝ている夢を。どこか安全で平穏な場所で、アンナに髪をなでてもらっている夢を。

7

滑走路に向かって動きはじめた〈エアバス〉機の窓に、みぞれが散っている。髪を過剰に脱色した客室乗務員が覇気のないようすで救命具の説明をしている。録音された音楽のボリュームが上下している。

「そのホテル、知ってるぜ」ランスが言った。「地下鉄のプロスペクト・ミーラ駅のそばにあって、とんでもなくバカでかいとこだ。ロシア最大じゃないかな」

「このフライトでドリンクのサービスはあると思う?」

「イヴ、これはアエロフロートだぞ。気楽にしろ」

「ごめんなさい、ランス。この二日間、本当にくそ大変だったのよ。わたし、ニコに捨てられるかもしれない」

「そこまでひどいのか?」

「そこまでひどいの。ヴェネツィア行きだけでもじゅうぶん危なかったのよ。今回は、行き先をニコに言うこともできなかった。もし知られたら、とんでもないことになるわ。それにあんたとわたしがまったく、その、何ともないって知ってるとしても……」

「セックスしてないってことか？」

「そうよ、たとえニコがわかってくれてるとしても、わたしはやっぱり、ほかの男の人といっしょにどこへでも行くんだし」

「おれも行くって言ったのか？」

「言わないほうがいいってことはわかってたのよ。でも何も言わないとかうそをつくとかするよりましでしょ。そのうち彼に自力で気づかれるよりましだと思う」

ランスは左側に座っている客に目を向け――ＦＣスパルタク・モスクワの黒と赤の分厚いジャケットを着た弾丸頭の男だ――肩をすくめた。「ま、答えはないな。おれの元妻はおれが仕事の話を絶対にしないのを怒ってたが、何ができるって言うんだ？　元妻は同僚とうわさ話をするのが大好きで、酒を二杯も流しこめばなんでもべらべらしゃべってた。ほかよりはうまくやってる夫婦も、まあいるにはいるが、それにも限度があるしな」

イヴはうなずき、やっぱりニコに話さなければよかったと思った。二日酔いのうえ睡眠不足で、感情的に非常に弱っていた。ニコとは午前三時近くまで起きていて、どちらも飲みたくもないのにワインを飲み、言わずにはいられないことを言いあった。そして結局イヴがベッドに入ると宣言し、ニコは傷ついた心を抱えて、頑なな態度でソファで寝たのだった。

「どこからだか知らないが帰ってきたときにぼくがいなくても驚くなよ」松葉杖にすがりな

がら、ニコは言っていた。

「どこへ行くつもりなの?」

「なぜ訊くんだ? どこへ行こうと関係ないだろ?」

「ちょっと訊いただけよ」

「やめろよ。ぼくにきみの行動を知る権利がないんなら、そっちにだってぼくの行動を知る権利はない、そうだろ?」

「そうね、わかった」

イヴは彼に毛布を持っていった。ソファに座って頭を垂れ、松葉杖をわきに置いた彼は、自分の家にいながら、行き場のない難民のように見えた。そうして傷ついて打ちひしがれている夫を見ると胸が詰まった。けれど、イヴのなかのどこか冷たく、明晰な思考を司る部分は、この戦いで絶対に負けてはならないと知っていた。譲歩するなど、絶対に考えられなかった。

「着くまでどれぐらいかかる?」ランスに訊く。

「三時間半ぐらいだな」

「二日酔いにはウォッカが効くんだっけ?」

「請け合うぜ」

「シートベルト着用サインが消えたらすぐ、あそこの乗務員に合図して」

ホテルは、ランスが言ったとおり、バカでかかった。ロビーは鉄道駅ほどの広さがあり、柱が並ぶ広大な空間で、ソビエト臭がぷんぷんする機能本位の豪華な美しさを見せていた。ふたりが泊まる二十二階の客室はくすんだ色合いで家具もすりきれていたが、眺めはすばらしかった。イヴの部屋の窓の向かい側、プロスペクト・ミーラ駅の向こう端に、凝った装飾のパビリオンや歩道、庭園や噴水が集まっているのが見える。そこは以前、全ロシア博覧センターだったところだ。遠目からでもいまだに、色あせながらも壮麗に見える――とりわけエナメルブルーの十月の空の下では。

「で、何をする？」ホテルのレストラン、〈カリンカ〉で二杯目のコーヒーを飲みながら、ランスが訊いた。

イヴは考えた。ひと晩ぐっすり寝て元気になり、思いがけず楽観的な気分になっていた。ニコとのけんかもその周辺の諸問題も遠いざわめきのように感じられ、遠くのほうのゆらめきにすぎないように思える。この日、この都市がもたらすものが何であろうと、受け止める準備はできていた。「ちょっと散歩に出たいな。ロシアの空気を肺に入れたいの。向かい側のあの公園に行きたいかも。あのロケットの彫刻を間近で見てみたいわ」

「オレグとはこのホテルで十一時に会うんだよな」

「それまでに二時間半あるよね。わたしひとりで行ってもいいのよ」

「あんたが行くんなら、おれもついていくさ」

「ほんとにわたしの身が危険だと思ってるの？　というか、わたしたちの身が？」

「ここはモスクワだぞ。おれたちは本名でここに来てる。その名前が外国の諜報組織のリストに載ってると考えていい。おれたちがやってきたことが気づかれてないはずがない、それはたしかだ。おれたちの協力者も明らかに、おれたちがここに来てることを知ってるぞ」

「それは誰なの？　何か知ってる？」

「名前はわからん。リチャードがここにいたころからの知り合いだってぐらいだな。ロシア連邦保安庁《FSB》の職員じゃないかってのがおれの推測だ。おそらくかなり高位にいる人物だろう」

「リチャードはここの支局の長だったんでしょ？」

「ああ」

「そういうことってよくあるのかしら？　高位の人たちがおおっぴらに連絡を取り続けることって？」

「そうそうはないだろうな。だがリチャードはいつも、いろんな相手とうまくやる道を見つけてたよ、外交レベルで冷え切ってるようなときでもな」

「ジン・チアンも上海でまったく同じことを言ってた」

「リチャードはそういうコネを一種の二重安全装置《フェイルセーフ》だと見ていたんだと思う。万一向こうのリーダーの誰かか、こっちのリーダーの誰かが完全に道を踏み外しそうになったときに……」

「より賢いほうが勝つ？」

「ま、そういうようなことだ」

十五分後、ふたりは〈宇宙征服者のオベリスク〉の根元に立っていた。これはきらめくチタンでつくられた高さ百メートルの建築物で、排煙を引きながら昇っていくロケットをあらわしている。ふたりの横で、ケバブ売りが屋台の準備をしていた。

「あの宇宙に送られた犬、ライカのこと、ずっとかわいそうだと思ってたわ」フードつきジャケットのポケットに両手を深くつっこみ、イヴは言った。「子どものころ本で読んで、よく夢に見たわ。たったひとりでカプセルに入れられて、はるか遠い宇宙に送られたのよ、二度と地球には戻れないことも知らずに。宇宙飛行で死んだ人たちがいることは知ってるけど、胸がつぶれそうになったのはライカだけ。そう思わない？」

「おれはずっと犬を飼いたいと思ってた。おれにはデイヴっておじがいて、レディッチの郊外で廃棄物処理場を営んでた。しょっちゅうおれたち子どもを招いてた。おれらはおじのテリアたちにネズミを追わせてた。テリアたちは一回やるたびに百匹ぐらい殺したもんだ。すさまじい血まみれの阿鼻叫喚だったよ、においものすごかった」

「すてきな子ども時代の思い出ね」

「ああ、そうだ。おれの父はいつも、デイヴはあの場所でひと財産築いたと言ってた。その財産のほとんどは、野郎どもがカーペットで巻いたでこぼこした物体を夜中に運びこんできても見て見ぬふりをすることで築かれた」

「マジで？」

「そういうものさ。デイヴおじは四十歳で引退してキプロスに引っ越した。それ以来、ゴルフをやる以外は指一本動かさなかった」ランスはコートのなかで背を丸めた。「歩きつづけたほうがいい」

「何か理由があるの？」

「誰かに監視されている可能性があるとしても、じっとしてちゃ何も知ることはできないからな」

「そうね。歩きましょ」

　この公園は二十世紀なかごろにソビエト連邦の経済的成長達成を祝ってつくられたもので、広大で憂鬱だった。凱旋門の柱はあちこちはげて雨のすじがつき、あたりには何もない。新古典主義様式《ネオクラシカル》のパビリオンはどれも閉鎖され、廃れた雰囲気でひっそりと立っている。来訪者たちがそこここのベンチで身を丸め、祖国の近代史を理解しようとするのをあきらめたかのように、ぼんやりと中空を見つめている。そしてそのすべての上にほとんど人工的に見える青さの空が広がり、白い雲が流れていく。

「で、ランス、あんたが前にここに来たとき……」

「うん？」

「本当は何をしてたの？」

　ランスは肩をすくめた。ローラースケートをしている若者がふたりの前を通りすぎる。

「基本的な仕事だよ、ほとんどは。見張っていなきゃならない人間を見張る仕事だ。誰が来て誰が出ていくか、観察する仕事」

「工作員のハンドリングは？」

「おれはどっちかって言うと才能を見つける役だった。出先の国で工作員の才能がありそうなやつがいて、われわれにあんまり抵抗がないと感じたら、それが報告されて、アプローチが行われる。おれはじかに接触することで、明らかにおかしいとわかるやつらを排除するフィルターの役目をしていた」

ふたりは湖のまわりを歩いていた。風で水面が波立っている。「振り向くな」ランスが言った。「百メートル後方。グレーのオーバーコート、フェルトのソフト帽の男ひとり、地図を見てる」

「わたしたちをつけてるの？」

「確実におれたちを見張ってる」

「いつから気づいてたの？」

「おれたちがロケット像の前を離れたときに、やつが張りついてきた」

「どうすればいい？」

「どのみち、やろうとしていたことをするんだ。ごくふつうの観光客みたいに地下鉄駅を見て、ホテルに戻る。ま、振り返ってわれらがＦＳＢのお仲間を見たいっていう誘惑に抵抗できるならだが」

「ランス、わたしはそこまでド素人じゃない」

「わかってる。言ってみただけだ」

地下鉄駅には、柱が並ぶ円形のアトリウムを通って入っていった。なかは人で混み合っていたが、広々としている。ふたりは切符を買い、エスカレーターで宮殿のような地下コンコースに下りていった。そこの光景を見るなり、イヴはぴたりと足を止めた。すぐうしろにいた女性のショッピングカートがイヴの膝のうしろにぶつかり、ぶっきらぼうに押しのけられる。イヴは完全に魅了されていた。中央ホールは広大で、装飾つきのシャンデリアで照らされている。壁も円天井は白い大理石だ。地下鉄ホームに通じるアーチには緑色のモザイクが施されている。列車の乗降客が急ぎ足で対流をつくって流れていくなかで、若い男性がひとり、使い古したギターで曲を演奏しながら歌っているのが、おぼろげに耳に入る。従軍の勲章をこれ見よがしにいっぱいつけた物乞いが頭を垂れ、両手を差し出している。

ランスとイヴは人込みに巻かれてコンコースを歩いていく。「あの曲は何だっけ？」イヴは言った。「絶対知ってる曲なんだけど」

「そりゃ誰もが知ってるだろうさ。史上最悪にうっとうしい曲だ。『ポスレドニイ・ラーズ』っていう曲だ。『恋のマカレナ』みたいなものだよ」

「あんたってホントに何でも知ってるのね、ランス、まったく……」イヴは足を止めた。

「うわあ、まあ。見て」

ひとりの老人が石のベンチに座っている。その足元に段ボール箱があり、生まれたばかりの仔ネコが何匹か入っていた。老人は歯のない口でイヴに笑いかけた。老人の目は水彩のように淡いブルーをしていた。

ありえないほどやわらかそうな仔ネコの頭に指でふれようとして、イヴは片膝をついた。そのとき、ヒュッという風がイヴの髪をかすめ、ビシッという音が続いた。ベンチの老人の顔が、笑みを張りつけたまま内向きに折りたたまれたように見えた。うしろの大理石の壁に、老人の頭蓋の中身が血にまみれて張りついていた。

イヴは目を見開いて凍りついた。仔ネコたちのミャアミャアというか細い声が遠くの悲鳴のように聞こえた。それから、引きずるように立たされた。ランスがイヴの腕をひっつかみ、出口のほうに引きずっていく。ほかのみんなも同じことを考えたようで、ふたりのまわりに群衆が押し寄せ、無数の肩や肘が激しくぶつかりあい、押しのけあい、イヴの両足が地面から浮き上がった。靴が片方脱げたのを感じて、下を探そうとしたが、そのまま前に押し流されていく。大勢の身体に肋骨のあたりを押しつぶされ、ほとんど息もできなかった。締めつけはどんどんきつくなり、目の前で星がチカチカと飛びはじめた。子どもを呼ぶ必死の声が耳に突き刺さる。「セリョージャ、セリョージャ」暗黒に呑まれる前の最後の記憶は、どういうわけかずっと、あの頭を狂わせそうな歌がどこかから聞こえていたことだった。

ランスがイヴを受け止めて抱き上げ、ぐったりしたイヴの頭を自分の肩に載せて、エスカレーターに乗る。どの段も人でぎゅう詰めだったが、ようやくアトリウムにつき、ランスはイヴを柱に寄りかからせて座らせた。イヴは目をしばたたきながら開け、空気を吸おうとあえいだ。めまいの波が押し寄せては引いていく。

「歩けるか?」ランスはすばやくあたりに目を走らせる。「ガチで、マジでここから離れなきゃならないからな」

ランスにひっぱって立たせてもらいながら、イヴは胸をぜいぜいと上下させつつ、残った靴を蹴り捨てた。素足にふれる床は冷たく、しばらくふらつきながら、イヴは自分に考えろと命じた。ついさっき、誰かが自分の後頭部をねらって撃った。あの仔ネコを連れた老人が頭を吹っ飛ばされた。撃ったやつはすぐにも追いついてくるだろう。

てきぱきと動かなくてはならないとわかってはいたが、頭がくらくらして吐き気がひどく、なかなか動くことができない。ショック症状だ、と小さな声がささやく。だが、自分がショック症状に陥っているとわかっていても、弾丸が肉を貫く音や折りたたまれていく顔、頭蓋から飛び散るサマープディングのような脳みそが脳裡から消え去るわけではなかった。『ポスレドニイ・ラーズ』。仔ネコたち、とぼんやりと考える。あの仔ネコたちの面倒は誰が見るの？　素足の上に音を立ててゲロを吐いた。


地下鉄駅のすぐ外で、がっしりした体躯の男が四人、待ち受けていた。その背後に、FSBのマークがついた黒いバンが停めてある。五人目の男――フェルトのソフト帽をかぶっている――は四人からちょっと離れたところに立ち、駅から出てくる人々をじっと見ていることを隠そうともしていない。

ゲロを吐いてえずいているイヴは、周囲の通行人によけられているせいで、男の注意を惹いた。イヴが涙目で震えながら背をのばすと、男たちははっきりとイヴのほうに進んできた。

「来なさい」男のひとりがイヴの肘に手を置いて、英語で言った。男は革の平たい縁なし帽《フラットキャップ》をかぶり、冬物の中綿ジャケットを着こんで、友好的とも非友好的とも言えない顔をしている。そして三人の同僚と同様、大型拳銃をベルトのホルスターに入れている。

「コゴト・ザストレリリ」ランスが地下鉄のなかを指して、男に言った。「誰かが撃たれたぞ」

革の帽子をかぶった男はランスの言葉に耳を貸さなかった。「どうか」男は言い、黒いバンのほうを指さした。「乗って」

イヴはみじめな気持ちで男を見つめた。足が凍りついていた。

「こっちに選択の余地がたいしてあるとは思えないね」ぞろぞろと人が流れていくなかで、ランスが言う。「おそらくほかのどこよりもそっちが安全だろう」

バンは無言のうちにハイスピードで運転され、ぐいぐいと車線を変更しながら進んでいく。ミーラ大通り《プロスペクト》をどんどん南下していく。車のなかで、イヴは考えに集中しようとしたが、バンの揺れと強烈なガソリン臭、体臭とコロンと自分のゲロのにおいのせいでむかむかと吐き気がして、ふたたび吐かないようにするのが精いっぱいだった。フロントガラスから前方の道路をじっと見つめ、髪に手をすべらせる。ひたいが汗でべたついていた。

「気分はどうだ？」ランスが言う。

「くそよ」イヴは顔を向けずに答えた。

「心配するな」

「心配するなですって？」イヴの声はやすりのようだった。「ランス、たった今、誰かがわたしを撃とうとしたのよ。まだむかむかして落ち着かないわ。それにわたしたち、誘拐されたのよ」

「まあ、理想的じゃないことはわかってる。だが街頭にいるよりはこの男たちのほうがまだ安全だと思うぞ」

「そう願うわ。本当にそう願いたいものだわ、くそ」

バンが飛びこんだのは大きな広場で、黄土色のレンガ造りの陰気で巨大な建物がどっしりとそびえていた。「ルビャンカだ」ランスが言う。「かつてＫＧＢの本部だったところだ」

「すばらしいわ」

「今はＦＳＢが入ってる。基本的に拷問用のちょっとましな歯科を備えたＫＧＢみたいなものだ」

運転手は建物のわきの道に入っていき、向きを変えて駐車した。ルビャンカの裏手はゴミが散乱する空き地で、金網格子で覆われた窓が陰鬱さを醸し出している。革帽子の男が前の助手席から降り、バンのスライドドアを開けた。

「来なさい」男はイヴに言った。

イヴは目を見開いて不安げな表情でランスを見た。ランスは立ち上がろうとしたが、がっちりと座席に押さえつけられた。

「彼女が行く、おまえは残る」

イヴはバンのドアのほうに押し出されるのを感じた。革帽子の男はまったくの無表情で、外で待っている。

「これがおれたちがここに来た理由かもしれない」ランスが言う。「幸運を祈る」

イヴは空疎な気分だった。恐怖すら感じていなかった。「ありがとう」そうつぶやき、すべり止めにまかれた冷たい砂利の上に足を踏み出す。波形鉄板に覆われた入り口を急ぎ足で通り、戸口に向かう。戸口の上に渡された石板には旧ソ連国旗のハンマーと鎌が彫られていた。革帽子がボタンを押し、ドアからごくかすかな、消え入りそうなカチリという音が聞こえた。革帽子がドアを押して開ける。なかには暗闇しか見えなかった。

オクサナ・ヴォロンツォヴァはペルミであってペルミでない街の道路のわきを歩いていた。夕暮れで、雪が降っている。道路と平行に、のっぺりした表面をした高い建物が並び、それらとのあいだに川の黒い表面が見える。板状の流氷が雪で白く染められている。歩いているうちに、オクサナの前方の景色が一九九〇年代のコンピューター・ゲームのようになってきた。次々と壁が立ち上がり、道路がのびていく。何もかもがさまざまな濃さの黒と白とグレーの点——蛾の鱗粉のような——でできていた。

今いるのはひとつのシミュレーションのなかなのだと、オクサナにはわかっていた。すなわち、常々疑っていたとおり、何ひとつ現実ではないのだ。自分の行動に脈絡はなく、やりたいことをすることができる。だが、だからと言ってすべての疑問に答えが出るわけではなかった。なぜ自分はこの絶え間ない探索に駆られているのか？　なぜこの夕暮れの道をこうして果てしなく歩きつづけているのか？　両側に次々と立ち上がってくる舞台背景のような建物の向こう側には何があるのか？　奥行きもなければ音もないのはなぜなのか？　この恐ろしい、押しつぶされるような悲しみを感じているのはなぜなのか？

はるか前方で、はっきりとは見えない人影が待ち受けている。オクサナは彼女に向かい、決然とした足取りで歩いていく。その女性はまっすぐ前を、雪が舞い散る無限の闇を見つめている。オクサナが近づいてくるのに気がついているようすはないが、最後の瞬間にこちらを向く。その視線は氷の槍のようだ。

ヴィラネルははっと目覚めた。目を見開き、心臓はバクバクいっている。何もかもが陽射しを浴びて白かった。シングルサイズのベッドに寝ていて、頭の下には枕があった。顔の大半に包帯が巻かれ、ネット・カーテンを透かして入ってくる明かりが見える。鋳鉄製のヒーター、椅子、ミネラルウォーターのボトルと鎮痛剤の錠剤の箱が載ったベッドサイド・テーブル。四十八時間前にはじめてここで目覚めたときは、ひどくみじめな気分だった。耳ががんがんと痛み、つばを飲みこむたびに胆汁が喉にこみあげてきて、少しでも動こうものなら、首と肩に激痛が走っていた。今は、かすかな耳鳴りが残っているぐらいで、それを除くと激しい消耗のあまり空っぽになったような気分がするだけだ。

視界にアントンが入ってきた。いつも食事を運んでくる、ほとんど口をきかない若い男を除けば、ヴィラネルがここに来てからはじめて見る人物だった。アントンはダウンジャケットを着て、ジッパー式の機内持ち込みサイズのかばんを持っていた。

「やあ、ヴィラネル。どんな具合だ？」

「疲れた」

アントンはうなずいた。「大爆発の衝撃波による脳震盪と鞭打ち症だ。強力な鎮静剤を投与されている」

「ここはどこ？」

「インスブルックの近くのライヒェナウにある私設クリニックだ」アントンは窓のほうに歩いていき、ネット・カーテンを開けて外を眺めた。「何が起きたか覚えてるか？」

「ちょっとは」

「マックス・リンダーは？　フェルスナデル・ホテルは？」

「うん。覚えてる」

「では話せ。いったい何があったんだ？　どうして爆発から逃げなかった？」

ヴィラネルは顔をしかめた。「リ……リンダーの部屋に行って、装置の準備をしてたら、やつが入ってきた。だから隠れたと思う。次に何が起きたかは思い出せない」

「全然か？」

「うん」

「その装置のことを話せ」

「何に仕掛けるかいろいろ考えた。電話、デジタル目覚まし時計、ノートパソコン……」

「はっきりと話せ。ろれつがあやしいぞ」

「いろんな方法を考えたけど、どれも満足できなかった。そのとき、リンダーのバイブレーターを見つけた」

「それにマイクロ起爆装置とＦｏｘ－７を仕掛けたのか？」

「うん、その前に客のひとりに法廷で用いられる証拠ってやつを仕掛けて、そのあとで」

「どの客だ？　どういう証拠だ？」

「英国人のバゴット。洗面用具バッグの裏地のなかにちっちゃい爆薬の包みを隠した」

「よし。やつはまぬけだ。続けろ」

ヴィラネルはためらった。「あたしはどうやって助け出されたの？」アントンに訊く。「それって爆発のあとだよね？」

「マリアからメッセージが来た。リンダーが死んで、きみが現場で意識不明で発見された。速やかに脱出させる必要がある、とね」

「マリア？」ヴィラネルは枕から頭を浮かせた。「マリアがあんたの部下？　どうしてあたしに――」

「きみが知る必要はないからだ。あの夜は高高度で猛吹雪が起きていて、緊急用ヘリは上がっていけなかった。だから爆発があった夜は、客たちはホテルで過ごさざるを得なかった。どうやらそれが相当に大きなパニックと心痛をもたらしたようだ。少なくとも、リンダーの死体は適切に冷蔵されていた。きみがガラス窓を吹っ飛ばしたから、あの部屋の温度はマイナス二十度まで落ちたからね」

「あたしは？」

「マリアが夜通しきみを見守っていた。翌朝の夜明けと同時にヘリコプターをチャーターして、警察が到着する前にきみを拾わせた」

「それは妙だって誰も思わなかった？」

「客たちは眠っていた。ホテルの従業員は正規の救命ヘリだと思いこんでたよ。きみの状態を考えると、きみを送り出せて、おそらく喜んでいただろう。向こうからすれば、自分たちの手の内でもうひとつ死体が増えることは何よりも避けたかっただろうからね」

「全然記憶にない」

「だろうな」

「で、今はどうなってるの？」

「フェルスナデルか？　それについては心配する必要はない。きみの役目は終わった」

「ちがう、あたしの身は？　警察が来たりする？」

「いや。ここへはぼくがきみを運びいれ、入院させた。このクリニックの全員、きみのことを交通事故に遭って回復途上にあるフランス人観光客と思っている。ここの従業員はみな、非常に口がかたい。まあ、給料を考えれば当然なんだが。どうやらここには美容整形手術後の患者がたくさんいるようだ。顔を雪でパックする療法みたいなものがあるらしい」

ヴィラネルは顔に巻いてある包帯に手をふれた。かさぶた傷がチクチクとかゆくなってきていた。「リンダーは死んだよ、あんたの要求どおりに。あたしは報酬をもらうとか、それ以上のことをしてもらう価値があるよね」

アントンはベッドわきの椅子に腰掛け、身を乗り出した。「きみの言うとおり、リンダーは死んだ。そのことは、われわれも評価している。だがもうそろそろ、きみのまいたくその始末をきっちりつけなくちゃならない、それも早急に。なぜならきみがヴェネツィアでララ・ファルマニャンツといっしょにやったおふざけと、あの捜査官にした挨拶のせいで、われわれは重大な問題に直面しているんだ。もっとはっきり言おう。イヴ・ポラストリは現在モスクワにいて、コンスタンティン・オルロフの話をFSBとしている」

「ああ、そう」

「ああ、そう？　言うことはそれだけか？　くそ、ヴィラネル。せっかく腕がよくて有能なのに、どうしてこんな子どもじみた、自己陶酔的なまねをしなきゃいられないんだ？　まるでポラストリにつかまえて殺してほしがっているみたいだ」

「そのとおり」ヴィラネルは鎮痛剤に手をのばしたが、アントンがそれを遠ざけた。

「ああいうことはもうたくさんだ。痛い思いをすれば、自業自得の重みがちょっとは身に浸むだろう。この騒ぎはすべてきみがつくりだしたものだ。モーターボートだの、貴族のまねごとだの、バイブレーターを爆発させるだの……まったく、きみはくそみたいなテレビドラマのなかで生きてるわけじゃないんだぞ、ヴィラネル」

「そうなの？　あたしはそう思ってたけど」

アントンはかばんをベッドの上に放り投げた。「新しい服とパスポートと、書類一式だ。ロンドンに行って、週末までに仕事ができるよう準備しろ」

「今度は何をやるの？」

「このくその嵐を終わらせる。完全に、永久に」

「それってつまり？」

「イヴを殺す」

ＦＳＢのバンに乗っていた男たちにエスコートされ、イヴは建物に入っていった。なかは真っ暗ではなかった。外から光が入っているようだ。片方の端にあちこちへこんだスチール製デスクがあり、デスクスタンドの明かりの向こうに制服の士官が座って、ミートボール・サンドウィッチを食べている。イヴたちが入っていくと、士官は顔を上げ、サンドウィッチを下に置いた。

「英国のスパイだ《アングリイスキイ・スピオン》」革帽子の男が言い、しわくちゃの書類をデスクに乱暴に置いた。

士官はイヴを見て、ゆっくりとゴム印に手をのばし、ブリキ缶に入ったスミレ色のインクパッドでインクをつけ、書類に捺した。「それじゃ《ターク》」男は言った。「ドーブロ・パジャールヴァット・ナ・ルビャンカ」

「彼はこう言ってる、『ようこそ、ルビャンカへ』」革帽子が教えてくれた。

「ずっと来てみたかったのよと彼に言って」

どちらの男も笑わなかった。士官は年代物の卓上電話機の受話器を持ち上げ、三つの数字をダイヤルした。一分後、戦闘用ズボンとTシャツを着た、がっちりした体格の男がふたりやってきて、イヴの頭からつま先までをじろりと見ると、ついてくるように手招きした。

「靴がないの」イヴは革帽子に言い、汚れた素足を指さして見せたが、革帽子は肩をすくめただけだった。士官はすでにサンドウィッチに注意を戻している。イヴはふたりの男に伴われてすっぱいにおいのする長い廊下を歩いていき、両開きの扉を抜けて、煙草の吸殻が散乱する中庭に出た。どの側を見ても、高い建物――黄色いレンガ造りのものもあれば、風雪を経てしみだらけのセメント壁のものもある――がそびえ、制服を着た職員や私服の職員が壁に寄りかかって煙草を吸いながら、通っていくイヴを無表情に見ている。ふたりの男はイヴを低いドアの前に連れていった。

ドアの向こうはタイル張りのホールで、三脚に板を載せたテーブルの向こうにふたりの男性士官がいた。どちらもつるつるに剃った頭に軍帽を小粋な角度に傾けて載せている。ひとりはちらりと顔を上げたが、すぐにまたボディービル雑誌の熟読に戻った。もうひとりはゆっくりと立ち上がってイヴのほうに進み、持ち物をテーブルの上のプラスチック・トレーに全部出すようにジェスチャーで命じた。イヴは言われるとおりにして、腕時計、スマホ、パスポート、ホテルのルームキー、財布をトレーに出した。それからフードつきコートを脱ぎ、ハンディタイプの金属探知機でボディチェックを受けた。イヴはコートを返してほしいと頼んだが拒否され、薄手のセーターとベストとジーンズという姿でぶるぶる震えながら放置された。

そのホールからイヴは階段に案内され、小さな踊り場に上がった。そこからコンクリート壁にはさまれた薄暗い照明の廊下を歩き、建物の内部に入った。男たちは意図的に速足で歩き、徹底して無言だった。ふたりとも首が太く、後頭部の毛が逆立っている。ブタ男ども、とイヴは思った。右足のかかとのずきずきする痛みがどんどんひどくなってくる。きっと何かとがったものを踏んだのだろう。ブタ男どもはイヴが足を引きずっているのに気づいてないはずはないのだが、スピードを落としはしない。

「パジャルスタ」イヴは言った。「お願い」

ブタ男ふたりに完全に無視され、この状況はもったいぶった過剰演出で、最後にはリチャードの協力者の元に連れていってもらえるのではないかというイヴの希望は薄れはじめた。廊下は何度も直角に折れたが、何度方角が変わっても、見えるのは裸電球とコンクリート壁というまったく同じ眺めだった。それからようやく広いところに出た。大きな業務用エレベーターがあった。生ゴミと腐敗のにおいがこもっていた。悪臭がイヴの喉を締めつける。あらゆることが非常によくないメッセージを送っている。わたしは逮捕されたのだろうか？彼らは本当にわたしをスピオン——スパイだと考えているのだろうか？

おまえはスパイだ、と内なる声がささやく。おまえはずっとそれになりたがっていたじゃないか。おまえがここにいるのは、自分で選んだからだ。大先輩の助言に逆らって、強硬に言い張ったからだ。こうなったのはおまえが望んだからなのだ。

「お願い」イヴはもう一度、たどたどしいロシア語で懇願した。「どこに行くの?」

またもや、ブタ男どもはそれを無視した。かかとの痛みは本当にひどくなっていて、痛みが剣のように上に向かって突き上げてくる。だが、その痛みも恐怖に比べればいかほどのものでもない。ひとりがエレベーターのボタンを押し、遠くのほうで機械がガチャンと動く音が聞こえた。イヴはがたがた震えていた。この状況を機転で乗り切れる可能性はもう消え失せていた。心の底から、口もきけないほどの無力感を味わっていた。

金属的な高い音をたてて、業務用エレベーターの扉が開き、イヴは乗りこまされた。扉が閉まり、エレベーターはゆっくりと下降をはじめた。ブタ男どもはまったくの無表情で腕組みをして、あちこちへこんでいる壁に寄りかかっている。この建物のどこかで機械が脈動しているのがイヴには感じられた。最初はかすかだったが、エレベーターが下りていくにつれ、どんどん大きくなってくる。その音はやがて轟音となり、エレベーターを震わせた。イヴは手を握りしめた。爪が肉に食いこむ。今は二十一世紀よ、と自分に言い聞かせる。わたしは英国人女性で、夫もいるし、〈デベナムズ〉デパートのカードも持ってるし、冷凍庫には生タリアテッレが一キロ入っている。何もかも、きっと大丈夫。

いいや、と内なる声がささやく。大丈夫なものか。おまえは悲惨なアマチュアレベルのスパイで、絶望的に力不足だ。そして今、勝手な空想の代償を支払っているのだ。この悪夢は現実だ。これは現実に起きていることなんだ。

とうとう、扉が開き、つい数分前に通ったのとまったく同じに見える広間に出た。照明はマスタード色の蛍光灯、周囲全体に容赦のない恐ろしい騒音が響いている。ブタ男どもはまたもやイヴに似たような廊下を歩かせ、イヴも出せる力を振り絞ってついていった。陰気な旅だったが、ついた先にはいっそうひどいことが待ち受けていると、ほぼ確信できていた。

十分もすると、完全に方向感覚が失われていた。地下にいるという感覚はあったが、それだけだった。やかましい機械音は、まだ聞こえてはいるもののかなり静かになっており、このあたりにはほかにも人がいるようだった。ドアを開け閉めするガタガタという音やきしみ音、どなり声のようなものがかすかに聞こえる。三人は角を曲がった。足元のタイル張りの床とはげた壁が、恐ろしいマスタード色の光に照らされていた。その廊下の奥のドアが開いていて、ふたりの男は、イヴがなかをのぞきこむあいだだけ、足を止めた。室内はぱっと見、シャワー室のようだった。ななめに傾斜したコンクリート床、排水溝、丸めて置かれたホース。だが壁の三面は防音用と思われるパッドで覆われ、四つ目の壁は傷だらけの木材で組まれていた。

この部屋の意味するところを推測する暇もなく、イヴは小部屋が並ぶ通路に足を踏み入れていた。どの部屋も扉が強化され、観察窓が設けられている。ブタ男どもは最初の小部屋の前で止まり、ドアを引いて開けた。なかには炻器《ストーンウェア》製の洗面台とバケツと、壁にくっつけた低いベンチがあり、ベンチの上には汚れたわら布団があった。照明はワイヤー・グリルで保護されたワット数の低い電球だ。信じられないという思いで口をあんぐりと開けていると、手荒くなかに突き飛ばされた。背後で、扉がバタンと閉まった。

パリのアパートに入ってドアに鍵と閂《かんぬき》を掛けてから、ヴィラネルはバッグを放り投げ、クロム製のフレームにグレーの革を張った安楽椅子のなかで、ネコのように丸くなった。半ば閉じかけた目で周囲を見まわす。安らぎを感じさせる海緑色《シーグリーン》の壁、作者の知れぬ絵画、使い古されているがかつては高価だった家具。いつの間にか、それらが大好きになっていた。どっしりしたシルクのカーテンに縁どられた全面ガラスの窓の向こうには、薄明のなかで静まりかえった市街地が横たわっている。エッフェル塔の照明のかすかな瞬きをしばらく見つめ、それからバッグのなかを手探りしてスマホを出す。SMSのメッセージは、当然ながら、まだそこにあった。一回かぎりの認証コードをキーストローク一回で片づける。

ララがヴィラネルに自分のスマホを見せたのは、ヴェネツィアでいっしょにベッドに入っているときだった。「もしあんたがこのメールを受け取ったら、あたしはつかまった、一巻の終わりってこと」

「そんなことは起きないよ」とヴィラネルは答えた。

だが、それが起きていた。ここにそのメールがあった。「愛してるよ」

ララは本気でヴィラネルを愛していた。それがヴィラネルにはわかっていた。ララは今もヴィラネルを愛しているはずだ――もし生きていれば。しばしの間、ヴィラネルはララのその能力をうらやましいと思った。他人の幸福を感じて共に喜ぶ能力、他人の痛みを感じて共に苦しむ能力、本物の感情という翼で羽ばたいて飛ぶ能力――永遠に行動しつづける能力よりずっといい。だが、どんなに危険だろうが、どんなにコントロール不能であろうが、そして結局はどんなに平凡であろうが——たったひとりで極寒の要塞にこもってるよりはずっとましだ。

だが、ララがつかまったのはよろしくない。非常によろしくない。グレーの革張り椅子から立ち上がってキッチンに歩いていき、冷蔵庫からピンクの〈メルシエ〉シャンパンのボトルと冷たく冷やしたチューリップ・グラスを出した。三十六時間後には、ロンドンに飛ぶ。いろいろと計画を練らなくてはならない。複雑な計画を。

イヴの独房の電球がチカチカとまたたき、切れた。今が何時なのかはおろか、夜なのかすらわからなかった。誰も食事を持ってきてもくれず、痛みを覚えるほど空腹だったが、腹の中身をバケツに排出する恥辱だけは何としても避けたかった。喉の渇きのあまり、洗面台の蛇口から水を飲まずにはいられなかった。水は茶色がかっていて錆の味がしたが、気にするどころではなかった。

もう何時間もかたいベンチの上に横になっている気がしていた。頭のなかで思考がすさまじい勢いで駆けめぐり、かと思うと、胸が悪くなるような絶望の霧のなかに沈みこんでしまう。それが繰り返され、ときおりがたがた震える発作に襲われるが、それは寒さからではなく——本当に寒いうえに、セーターは痛ましいほど薄いのだが——地下鉄構内でのできごとの記憶が際限なくよみがえってくるせいだ。生まれてこのかた、弾丸が自分の髪の毛をかすめることがあるなど考えたこともなかった。折りたたまれてゆく顔や飛び散る脳みそを見るなどということも。あれは誰だったのだろう、あの淡いブルーの目の老人は？　人生最後の行動が見も知らぬ人間に笑いかけることだった、あの老人は？　わたしが殺したも同然のあの老人は？　だって本当にわたしが彼を殺したんだから、と自分に向かってつぶやく。わたしが彼を殺したのだ、自分の愚かな、場違いな自信によって。それはわたしが自分で彼を撃ったのと同じだ。

暗闇のなかで立ち上がり、新たな震えの発作に耐えて、足を引きずりながら独房内を歩きまわる。おそらく炎症を起こしているかかとのことは考えないようにする。眠ることはできなかった。胃は空腹のあまりよじれそうで、ベンチはかたく、わら布団は吐瀉物と糞尿のにおいがした。扉のほうに向かう。前は遠くに聞こえていたわめき声が、今は近くなっているように思える。意味はわからないが、同じ文句を男の声が何度も何度も繰り返している。いくつもの声が怒ったように応えている。低いうめき声が聞こえ、突然とだえた。

用心しながら、イヴは扉についている小さな木の板——食事の容器が通るだけの幅がある——を持ち上げ、のぞいた。廊下の端——先ほどイヴが連れてこられたほう——から、チカチカとちらつく薄暗い光がさしている。またどなり声がはじまった。怒りに満ち、せっぱつまったざらざら声で、意味不明の同じ文句を繰り返している。それにまったく同じ応答があり、同じ低いうめき声が聞こえる。今聞いているのは録音なのではないかという考えが浮かんだ。録音テープが何度も再生されているような。でも、もしそうだとしたら、なぜ？　何の意味があるのだろう？　わたしをおびえさせるため？　そんな必要はないだろうに。

そのとき、視野の端に人影が入ってきた。こちらに向かって廊下を歩いてくる。その男を見て、またもや震えがはじまった。茶色の髪が薄くなりつつある四十がらみの男で、つなぎの作業着を着て、長い革のエプロンをつけ、ゴム長をはいている。

イヴのドアの前を男が通るとき、イヴは板を下ろして隙間をふさいだ。だが見るのをやめることはできなかったし、震えを止めることもできなかった。病院を巡回する医師のような、悠然とした歩きぶりで、男はホースと排水溝がある傾斜した床の部屋に入っていった。一分ほどがたったとき、廊下の反対側の端からあのふたりのブタ男がやってきて、ある独房の扉の鍵を開けた。なかに入っていき、スーツとシャツ姿の、うつろに宙を見つめているやせた男を支えて歩かせながら、イヴの扉の前を通り、ホースの部屋に入っていった。

数秒後、ふたりが男なしで出てくるのを見て、イヴは独房の床にへたりこんだ。目をできるかぎりかたくつぶり、両手でぴたりと耳をふさぐ。それでも銃声は聞こえた。二発。二発目まで数秒あった。イヴは恐怖のあまり、もはや考えることも息をすることもできなかった。自分の肉体のどの部分もコントロールできなくなり、ただ、闇のなかでその場に横たわり、がたがたと震えていた。

いつの間にか――おそらく純然たる疲労のためだろう――イヴは眠っていた。そして、独房の扉をドンドンと激しくたたく音で目覚めた。照明がついていて、調理された肉のにおいがかすかに漂っていた。その瞬間、イヴがはっきりと意識した唯一のことは、空腹だった。よろよろと木板の窓のところに行く。口がからからに乾き、空腹のあまりはらわたがよじれそうだった。

「はい《ダー》？」

「ザーフトラク！」低い声がうなった。「朝食だ」

窓が開き、大きな毛むくじゃらの手が赤い箱を押しこんだ。マクドナルドのハッピーセットの箱だ。しかもまだ温かい。それとロシアン・パワーというエナジードリンクの缶も入れられる。イヴは信じられないという思いでこの贅沢な朝食を見つめ、それからマクドナルドの箱を開けて震える指で中身をつかみ、貪《むさぼ》るように食べた。箱には、ハンバーガーとフライドポテトと共に、セロファンで包まれたおもちゃが入っていた。ちっちゃなプラスチックのティーポットで、ハローキティの顔がついていた。

イヴは脂と塩でべたつく指をジーンズでふいてから、ロシアン・パワーのプルタブを開け、飲めるだけ飲んでから、ベンチにどすんと座りこみ、あえいだ。もはや恥も外聞もない。バケツをドアのわきに持っていき、のぞき穴から見えないようにしてそのなかに放尿し、それを洗面台に捨てて、茶色い水道水で手とバケツを洗った。腸がぐるぐると危険な音をたてたが、バケツに便をする覚悟はまだできていなかった。とはいえ、遠からずそのときがやってくるだろう。フライドポテトの袋を裏返してそこについている塩をなめ、ロシアン・パワーをちょっと飲んだ。これが最後の食事なのだろうか——あのホースと排水溝のある、床が傾斜した部屋に連れていかれる前の？　ごめんなさい、愛するニコ。本当に、本当にごめんなさい。

唐突に扉が開いた。あのふたりのブタ男だ。ふたりに手招きされ、イヴは足を引きずりながらそちらに向かう。ポケットに入れた小さなティーポットを、しっかりと握りしめていた。ふたりに連れられてあの殺人部屋の前を通るとき、イヴの心臓は痛いほど激しく打っていた。ふたりは廊下をそのまま進むことはせず、個室のドアを開けた。そこにエレベーターがあった。ここに下りてきたときに乗った汚い業務用のものではなく、ホテルの客用エレベーターのようなつややかなスチールのケージだ。それは音もなくなめらかに上昇して踊り場に着き、そこから短い階段を上がるとタイル張りの広間に出た。そこには昨日と同じふたりの士官がやけに大きい帽子をかぶり、三脚に板を渡したテーブルの向こうに座っている。そのテーブルには、イヴのコートと、持ち物を入れたトレーがあった。

イヴの存在をほとんど無視している体《てい》の士官たちをちらちら見ながら、イヴはコートを着て、その暖かさと汚れたセーターを隠せることに感謝した。それから急いで、パスポートと腕時計、スマホや鍵束、現金をポケットに入れる。

「ブーツ《オーブフィ》」ブタ男の片方が言い、足元にある冬物のショートブーツを指さした。ウサギの毛皮の縁取りがついている。

イヴはありがたくそれをはいた。サイズは完璧だった。

「ＯＫ」もう片方のブタ男が言い、エレベーターへの階段のほうに戻っていく。「来てくれ」

エレベーターは数階分上がった。出ると、寄木張りの床に生の肝臓の色をしたすりきれたカーペットが敷かれている。廊下の突き当たり、黒い木のドアが少し開いていた。そのなかは影に沈んだ執務室だった。縦長の窓は何の変哲もないカーテンで覆われている。マホガニー製のデスクの向こうで、肩幅の広い銀髪の人物がノートパソコンの上にかがみこんでいた。

「きみはキム・カーダシアンを信じられるかね？」男は手を振って、ブタ男をさがらせた。「あんな体形でいられるなんてありえないだろう？」

イヴは男を見つめた。おそらく五十代半ばで、クルーカットの頭をして、ちょっと口の端をゆがめた都会的な笑みを浮かべている。スーツは手縫いのようだ。

男はノートパソコンを閉じた。「座りなさい、ミセス・ポラストリ。わたしはヴァディム・ティホミロフだ。コーヒーを注文させてくれ」

イヴは勧められた椅子に腰を下ろし、おずおずと礼を言った。

「カフェラテかな？　アメリカンかな？」

「何でもけっこうです」

男は電話の内線ボタンを押した。「マーシャ、ミルク入りコーヒーふたつ《ドヴァ・カフェ・ス・モロコム》……バラはお好きかな、ミセス・ポラストリ？」立ち上がって部屋を突っ切り、真紅のバラを活けた花瓶が載っているサイドテーブルへ行き、一輪を選んでイヴに手渡す。「これはウスローチカというバラだ。ウラジオストクでつくられているんだ。きみはグージ・ストリートのオフィスに切り花を飾ったりしているかね？」

　イヴはバラの馥郁《ふくいく》たる豊かな香りを吸いこんだ。「そうするべきかもしれませんね。提案してみます」

「ぜひともそうするべきだ。リチャード・エドワーズもきっと予算を承認するはずだ。だが、まずはひとつ訊かせてくれ。昨夜はどうだったね？」

「どう……だった？」

「あれは今わたしが開発している実地体験型プロジェクトでね。〈ルビャンカ体験ツアー〉だよ。スターリンの大粛清の最中に実刑判決を受けた政治犯としてひと晩過ごしてもらうんだ」口もきけないでいるイヴの視線に気づき、彼は両手を広げてみせた。「まあ、誰かが前もってきみにコンセプトを説明するべきだったかもしれないが、貴重なご意見ご感想が得られるまたとない機会だと思ったのでね。で……どう思ったね？」

「あれは、きわめて簡単に言うと、人生でいちばん恐ろしい夜でした」

「それはよくなかったという意味かね？」

「正気を失うかと思ったという意味です。というか、銃殺されるって思いました」

「ああ、きみが体験したのは人民内務委員会《NKVD》の処刑フルコースだったからな。で、微調整は必要だと思うかね？　あまりに怖すぎたかね？」

「ちょっと調整したほうがいいかも」

　男はうなずく。「なかなか微妙なんだよ。ここは実際に稼働している秘密警察本部なんだが、同時にこういう驚くべき歴史的資産も有している。ああいう地下の拷問室や処刑室は、二度と使いたくないものだがね。それに俳優陣もちゃんといるんだ。この組織は制服を着て人を脅すのが好きという人材に事欠かないんだ」

「でしょうね」

「少なくとも、きみは朝にちゃんと目覚めた」男はくっくっと笑う。「あの当時だったら、きみの灰は肥料として使われていたところだ」

イヴはバラの茎をいじくった。「ええ、心の底から恐ろしかったわ。何といっても昨日、本当に誰かに殺されそうになったところでしたから、あなたもご存じのとおりにね」

男はうなずく。「知っているよ、すぐにその話をすることになるだろう。教えてくれ、リチャードは元気かね?」

「元気ですよ。よろしくと言ってました」

「すばらしい。ロシア支局で忙しくしていてほしかったんだが」

「じゅうぶん忙しくしていますよ。わたしがなぜここに来たがったのか、リチャードから説明がありましたよね?」

「ああ。ほかの何よりもきみが訊きたいのはコンスタンティン・オルロフのことだろう」

「ええ。特に彼の最近の仕事について」

「ああ、最善を尽くしてみよう」ティホミロフは立ち上がり、窓のところに歩いていく。イヴに背を向けて立つ姿は、斜めに射しこむ淡い光を受けて黒っぽく見えた。ドアにノックがあり、軍用ズボンに筋肉を際立たせるタイトなTシャツを着た若い男がトレーを持って入ってきた。そのトレーをサイドテーブルに置く。

「ありがとう《スパシーバ》、ディマ」ティホミロフが言った。

コーヒーはとんでもなく濃く、それがイヴの全身を駆け巡るにつれ、楽観的な気分が芽生えてきて、かすかに身体が震えた。この二十四時間の間に包みこまれていた無力さと恥辱の霧が少しずつ晴れていく。

「教えてください」イヴは言った。

ティホミロフはイヴの気分が晴れてきたのを察したようにうなずいた。今はデスクの向こうに戻っており、ちょっとだらけた姿勢をとっているが、目は鋭かった。「〈ドゥヴィナッツァーチ〉のことを聞いたことはあるかね。〈トゥエルヴ〉だ」

「ええ、聞いたことはあります。たいしたことは知りませんが」

「彼らは後期ソビエト時代にレオニード・ブレジネフの元で生まれた秘密結社のひとつだ、とわれわれは考えている。共産主義の終焉を予見し、古い堕落したイデオロギーから解放された新しいロシアをつくりたいと考えた、表舞台には出ない有力者たちの秘密結社だ。彼らは自分たちのことをそう考えている」

「もっともらしく聞こえます」

ティホミロフは肩をすくめた。「そうかね。だが歴史は理念どおりには動かないことがしばしばだ。一九九〇年代はじめにボリス・エリツィンがとった政策ではひと握りのオリガルヒ〔ロシアの新興財閥〕どもが富を得たが、国全体は弱体化して困窮した。その当時に、〈トゥエルヴ〉は地下にもぐり、まったく新たなタイプの組織に変わったようだ。独自のルールをつくり、独自の正義を執行し、独自の目標を追求する組織に」

「それは？」

「組織論というものを知ってるかね？」

イヴは首を振った。

「設立理念がどのようなものであれ、いかなる組織でもいずれは、自らが確実に生きのびられるか否かが最大の関心事になる、と考える学派がある。生存のために、組織は攻撃的な拡張主義を採用し、最終的にそういう性格のものになっていく」

イヴは笑みを浮かべた。「たとえば……」

「そう、それを言うなら、ロシアそのもののように。敵に囲まれていると自覚している企業なり国家のように。そして、コンスタンティン・オルロフが〈トゥエルヴ〉にヘッドハンティングされたことの要点はここにある。そのこと自体はまったくすじが通っている。その当時には〈トゥエルヴ〉は独自のディレクトレイトS、というかそれに匹敵するものをつくっていて、それを運営するためにオルロフのような高度な専門技術を持つ人材を必要としていたからね」

「あなたが言ってるのは、〈トゥエルヴ〉は影のロシア国家のようなもの、ということですか？」

「そういうわけじゃない。あれは新しいタイプの国境を持たない秘密国家のようなものだとわたしは考えている。独自の経済と戦略と政策を備えている、隠された国家だ」

「その目的は？」

ティホミロフは肩をすくめた。「自身の利益を守り、促進することだ」

「それじゃ、どうすれば参加できるんですか？　どうすればその仲間に入れるんですか？」

「供与するんだ、何でも出せるものを出して。現金でも、影響力でも、地位でも……」

「なかなか奇妙な考え方ですね」

「今は奇妙な時代なんだよ、ミセス・ポラストリ。今年のはじめにオルロフと会ったときにそれを痛感したよ」

「オルロフと会ったんですか？　どこで？」

「フォンタンカだよ、オデーサの近くだ。ＳＶＲ——わが国の諜報組織だが——が彼への監視活動をしていた。その活動は、残念ながら彼の死で終わりを告げたがね」

「リナット・イェヴチュフの屋敷ですか？」

「そのとおり。その作戦にはＦＳＢが情報と人材を提供した。そのお返しにわたしがオルロフの尋問に招かれたんだ。むろん彼は何も話さなかったよ。わたしも彼が話すとは思っていなかった。彼は昔かたぎの男だ。雇い主や自分が訓練した殺し屋たちのことを話すことなく生命を絶たれただろう。むろん、彼らに殺されたというのは皮肉なことだがね」

「あなたはそう確信してるんですか？」

「はっきりとね。オルロフが地元のギャングたちに身代金目的で誘拐されたのではないと〈トゥエルヴ〉はすぐに気づいただろう。この事件のいたるところに、彼らはＳＶＲの指紋がべたべたとついているのを見てとったはずだ。そして万にひとつもオルロフがしゃべることのないように、彼を消したんだろう」

「それじゃ、イェヴチュフはなぜ殺されたんでしょう？」

「彼が殺されたのなら、それは彼が、自ら進んでなのかどうかは知らないが、ＳＶＲとつるんでいたからだろうね」

「それじゃ、あなたはイェヴチュフの一件に興味をお持ちなんですね？　彼を殺したのが誰かということにも？」

「たしかに、われわれは進展を追っている」

「その犯人について、われわれが見当をつけている人物がいることは、リチャードから聞いていますか？」

「いや、彼はそんなことは言わなかった」ティホミロフは考えこむような表情になった。「ひとつ訊かせてもらおう、ミセス・ポラストリ。きみは〝炭鉱のカナリア〟という言い回しを知っているかね？」

「漠然とでしたら」

「昔、このロシアでは、炭鉱の新しい炭層を掘りに降りていくときに、鉱夫たちはカナリアを連れて昇降ケージに乗ったんだ。カナリアはメタンガスと一酸化炭素に鋭敏でね、カナリアが元気に鳴く声が聞こえているあいだは無事だとわかったんだ。だがカナリアが黙りこんだら、その坑から立ち退かなければならない」

「なかなかおもしろい話ですね、ミスター・ティホミロフ。でもどうしてこの話をわたしに？」

「きみは疑問に思ったことはないかね、ミセス・ポラストリ。ＭＩ６はなぜ、こんな大々的な国際的陰謀の捜査にきみを指名したのかと？　こんな言い方をするのは許してほしいのだが、きみにはこの方面の経験はほとんどないだろう」

「わたしはある殺し屋の捜査を頼まれたんです。女性の殺し屋です。そしてわたしは彼女の正体に迫る捜査の筋をいくつも持っています。ほかの誰よりも、彼女に迫ってるんです」

「そして昨日、生命を奪われかけた」

「かもしれません」

「あれについては〝かもしれない〟などということはないよ、ミセス・ポラストリ。幸い、われわれがきみを見張らせていた」

「ええ、彼らを見ました」

「きみが見たのは、われわれがきみに見せることを意図した者たちだ。だがほかにも人員がいたのだ。彼らがあの出来事を阻止して、きみを殺そうとした女をつかまえた」

「彼女をつかまえたとおっしゃいました？」

「ああ、われわれは彼女を拘束した」

「ここに？　このルビャンカに？」

「いや、ブティルカという、ここから三キロほど離れた収容所だ」

「うわ、すごい。彼女に会わせてもらえます？　尋問させてもらえます？」

「残念ながらそれは無理だ。彼女が起訴されるかどうかも怪しいね」ティホミロフは短剣の形をしたペーパーナイフを取り上げ、指先でくるりとまわした。「それに、彼女がつかまったからといって、きみが危険でなくなったというわけではない。だから昨日、きみをここに連れてこさせたのだ。われわれのゲストとしてひと晩過ごしてもらうために」

「その女の名前はわかりますか？」

ティホミロフはデスクの上のファイルを開いた。「ラリッサ・ファルマニャンツだ。われわれが魚雷《トルピード》と呼んでいる、プロの狙撃屋だ。ブティルカ収容所への収容時に新しい写真が撮られたはずだが、まだここに送られてきてはいない。だからきみのために昔の新聞写真をプリントアウトしておいた」

野外のスポーツ・スタジアムの表彰台に三人の若い女性が立っていた。三人ともトラックスーツを着て、顎までジッパーを上げて花束を抱え、首にリボンつきのメダルをかけている。タス通信のニュース見出しによると、三人は六年前のピストル射撃の大学対抗戦でのメダリストということだった。ラリッサ・ファルマニャンツはカザン軍事教練学校の代表選手で、銅メダルをかけていた。ブロンドの髪、幅が広く頬骨の高い顔立ち。彼女は無表情に中空を見ていた。

イヴは茫然と彼女を見つめた。この人物、会ったこともないこの若い女性がわたしを殺そうとしたのだ。後頭部めがけて弾丸を放ったのだ。

「どうして？」イヴはつぶやいた。「どうしてここで？　どうして今？　どうしてわたしを？」

ティホミロフはまったく動じることなくイヴを見つめた。「きみは一線を越えたんだ。きみは、きみにできる、もしくはきみがやろうとするとは誰も思わなかったことをやってのけた。〈トゥエルヴ〉にあまりに迫りすぎたんだ」

イヴはタス通信のプリントアウトを取り上げた。「このララという女は、ヴェネツィアでイェヴチュフを殺した二人組のひとりかもしれません。監視カメラの画像があるんです」

それに応じるように、ティホミロフはファイルから二枚目の紙を出し、イヴに渡した。それはグージ・ストリートのオフィスでビリーがプリントアウトしたのと同じものだった。

「その画像は全部見た。われわれも同意見だ」

「それで、もう片方の女性は？」

「われわれは知らない。知りたくてたまらないがね」

「助けになるようなことが言えたらいいんですが」

「ミセス・ポラストリ、きみは自分で思っているよりはるかにわれわれの助けになっているよ。われわれは感謝している」

「それで、これからはどうすれば？」

「まずは、きみを別の名前で飛行機に乗せて送り返す。昨日きみの同僚にしたようにね」ティホミロフはファイルをイヴに手渡した。「これを進呈しよう。機内で読んで、降りる前に客室乗務員に渡してくれ」

イヴはタス通信のプリントアウトをつかみ、ファイルに入れようとした。そのとき、何かがその手を止めた。十五秒ほどのあいだ、イヴはメダル受賞者たちの顔を見つめた。信じられなかった。

「この金メダルを獲った子」写真についた説明を見ながら、イヴは言った。「ペルミ大学の学生、オクサナ・ヴォロンツォヴァ。彼女について何かご存じですか？」

ティホミロフは眉をひそめ、ノートパソコンを開いた。キーボードをたたく。「彼女は死んでいる」そう言った。

「それはたしかなんでしょうか？」イヴは不意に息切れがしてきた。「それは絶対、百パーセントたしかなんでしょうか？」

ティホミロフは語り口と同様に、親切だった。ルビャンカの食堂でイヴにランチをおごってくれ、それから、フルカソフスキー通りのＦＳＢビルの入り口で待ち受けていたスモークガラスのベンツにイヴが乗りこむのを見送ってくれた。後部座席には、ホテルから回収されたイヴのスーツケースがあった。一時間もしないうちにオスタフィエヴォ国際空港に着き、運転手に伴われて税関と保安検査をすばやく通り抜けた。運転手はビジネススーツを着た若者で、空港の職員はみな、彼を見るなり慇懃《いんぎん》になった。彼はイヴをファーストクラスのラウンジに連れていき、謙虚ながらも油断のない態度で、搭乗アナウンスがあるまで、横に座っていた。十数人のガスプロム社の重役陣と共にイヴが乗りこもうとするとき、彼は封筒を手渡した。「ミスター・ティホミロフからです」彼は言った。

〈ダッソーファルコン〉ビジネスジェットの内部は驚くほど豪華で、イヴは幸せな思いで席に着いた。飛行機が定刻遅れで離陸して、眼下に広がるきらめくモスクワ市街の上で左に旋回し、ロンドンに向かったときには宵闇が降りていた。ぐったりと疲れていたイヴは一時間ほど眠りこんだ。かたわらに客室乗務員の男性が立ち、霜のついた〈ブラック・セーブル〉ウォッカのショットグラスを差し出している気配にはっと気づいて、目が覚めた。

ウォッカをぐいとあおり、氷のように冷たいアルコールが血管をめぐりはじめるのを感じながら、頭を窓に寄せ、その向こうの闇を見つめた。ちょうど四十八時間前には逆向きに飛んでいた、と考える。あのときのわたしは、今とは別人だ。サイレンサーつきの銃から放たれた弾丸がかすめる音を聞いたことのない人間。老人の顔が折りたたまれてゆくのを見たことのない人間。

もうこんなことはできない。自分の人生を取り戻す必要がある。夫を取り戻さなくてはならない。ふつうの毎日が、よくなじんだものごとや家が、寒い歩道を歩きながら握る手が、夜すぐ横にいてくれる温かい身体が必要なのだ。これからちゃんと埋め合わせをするわ、ニコ。約束する。毎晩のようにノートパソコンのスクリーンを見つめながら電話でささやくだけで過ごしていた時間の埋め合わせを。胸に抱いていたたくさんの秘密の、たくさんついたうその、口に出さなかったたくさんの愛の埋め合わせを。

ニコにメールを送ろうと決意し、スマホを探してバッグに入れた手に、ヴァディム・ティホミロフからの封筒がふれた。すっかり忘れていて、開けてもいなかった封筒だ。なかには紙が一枚だけ入っていた。メッセージはない。ただ白い紙に黒い描線で描かれた、鳥かごに入っているカナリアのイラストだ。

ティホミロフはどういう意図でこれをよこしたのだろう？　イヴに言わなかった何かを告げようとしているのだろうか、それはなぜ？　このカナリアは誰――それとも何？

そしてあの写真のあの女。ラリッサ・ファルマニャンツではなく、ペルミ大学の金メダリスト、オクサナ・ヴォロンツォヴァのほう。今は死んでいる――ＦＳＢの記録では。だが、上海でサイモン・モーティマーが殺された夜、イヴはうりふたつの女を見ている。それともそれはイヴの気のせいで、勝手に同じ人物だと思いこんでいるのだろうか？　一瞬ちらりと見ただけなのだ。イヴはもどかしさに顔をしかめた。何ひとつ、整合性がない。これまでほとんど情報がなかったのに、今はあまりにも多くの情報が入ってきていた。

だが、そんなことはもう問題ではないのだ。月曜の朝にはリチャード・エドワーズとの会議の予定が入っている。そこで彼に打ち明けることになるだろう、自分ではとうてい力が及ばないということを。グージ・ストリートのオフィスを、ＭＩ６を辞め、こういう有害で恐ろしい魔界から離れて、生活を一新しようと決めたことを。

ロンドン・シティ空港から、帰国したことと、地下鉄で帰宅することを暗号化メールでリチャードに伝えた。スマホのバッテリーが切れかけていて、ひもじくて、死ぬほどニコに家にいてほしかった。願わくば、料理があって、ワインも開けていてほしい。フィンチリー・ロード駅で、スーツケースを抱えて出口までの階段を上がる。外に出ると、舗装路面は雨に濡れて光っており、イヴは頭を下げて街灯に照らされた夜の闇のなかを小走りに家に向かった。スーツケースをうしろに引きずりながら、自分のアパートのある通りに曲がると、アパートから数台分離れたところに目立たないバンが停まっているのが見えた。はじめて、見張りがいることを心からうれしいと思えた。だがそれから、自分の家に明かりがついていないのを見て、足どりが鈍った。

室内は、空気がよどんで冷たかった。まるで長いあいだ誰もいないとでもいうように。キッチン・テーブルの上に手紙があった。枯れかけた白バラの花瓶の下に敷かれ、落ちた花びらが文字を覆い隠していた。

『出張がうまくいったことを願ってるけど、くわしいことを聞かせてもらえるとは思ってないよ。ヤギたちを連れて、ズビグとレイラのところに身を寄せる。いつまでそうするかはわからない。きみがぼくとの結婚生活を続けたいのかどうか、決めるまでかな。

イヴ、ぼくはこんな暮らしはもう続けることができない。お互い、何が問題かはよくわかっているはずだ。きみがぼくの世界で生きることを選ぶかどうかだ。ぼくの世界では、みんなごくふつうの職に就き、結婚している夫婦はいっしょに寝ていっしょに食事をして、いっしょに友だちに会う。そう、もしかしたらときにはちょっと退屈かもしれないが、少なくとも誰も喉をかっ切られたりはしない。だがきみが今までどおりの暮らしを続けることを選ぶなら、そしてぼくには何も話さず、夜も昼もなく何かだか誰かだかを――どっちかは知らない、すまない――追う仕事を続けるなら、ぼくはもう抜ける。きみには悪いが、単純な話だ。きみが決めてくれ。N』

イヴはちょっとのあいだ、その書き置きを見つめ、それから戸口に戻って玄関ドアのふたつの鍵をかけた。キッチンをすばやく探しまわり、トマトスープの缶と、油じみのついた紙袋に入った、ふやけたサモサ三個と、賞味期限の過ぎたブルーベリー・ヨーグルトをひとつ見つけた。スープをこんろで温めるあいだに、サモサとヨーグルトをがつがつと食べる。イヴのいつもの怠惰さを非難するかのように、ニコはアパート全体を几帳面に整理整頓していた。寝室では、ベッドがきれいに整えられ、ブラインドは下ろされていた。お風呂にお湯を張って入ろうかとちょっと考えたが、やめることにした。あまりに疲れていて何も考えられない。雨で濡れた身体は自然に乾くにまかせよう。スマホを充電器につないだあと、ベッドサイドの引き出しからグロックのオートマティック拳銃を出して枕の下に入れる。それから服を脱いで床にそのまま残し、ベッドに身を横たえると、瞬時に眠りに落ちた。

九時半すぎ、ファックスのカタカタいう音で、イヴは目を覚ました。ファックスは暗号化したeメールより安全なはずだからと、リチャードが強く主張したから、設置したものだ。

それは急いだ字で書かれたもので、ロンドン西部のチズウィックにある画廊でプライベートで会いたいという誘いだった。そこでリチャードの妻のアマンダが絵画と素描画の展示会をしているというのだ。『予定がなければ来てほしい、話をしよう』リチャードの署名があった。

チズウィックまでは少なくとも一時間はかかるし、あまり旅をしたい気分ではなかった。だが、これは冷静な環境でリチャードに決意を伝えるチャンスだ。「では画廊でお会いしましょう」そう返事のファックスを送り、またベッドにもぐりこんでさらに一時間シーツにくるまって眠った。恐怖は永遠に続くものではないという発見があった。恐怖は襲ってきては去っていく。ときおり、ぎょっとするほど唐突に襲ってきては潮のように引いていき、ほとんど意識にのぼらないところまで引き下がる。ベッドに入っているときには、妙な気の昂ぶりをもたらして、イヴを眠らせてくれなかった。

朝食をとりたいという欲求がついに勝り、イヴはジャージの上下を着こんでグロックの拳銃をバッグに入れ、フィンチリー・ロードの〈カフェ・トリノ〉に向かった。リチャードの見張りたちはちゃんと仕事してくれてるよね？　もしそうでなくて、殺し屋《トルピード》に襲われるとしても、そのときにはもうカプチーノの大《ラージ》とコルネ・ア・ラ・ヌテラがお腹におさまっているはずだ。

食欲が満たされ、イヴはニコの番号に電話をかけた。応答はなかった。イヴはいらだたしく思うと同時に、ほっとしてもいた。ふたりの関係は何もかも大丈夫とニコに告げたかったが、それに続くと予想される苛烈な会話に直面する元気はまだなかった。カフェを出て、ゆっくりした足取りで地下鉄駅に向かう。土曜日としては申し分ない天気で、空気は冷たく澄んでいる。自分には見えない見張りたちが背後で階段を下りてきているのを想像する。乗客が半分ほどの地下鉄車両に乗り、捨てられていた〈ガーディアン〉紙を拾って、けっして買うことはない本の書評を読む。

チズウィックの画廊は見つけるのがむずかしかった。ドアに小さな銀色の札が掛かっているだけだったからだ。ジョージ王朝ふうの邸宅の一階部分を占めており、レンガづくりの正面は陽射しを浴びて、大きな弓形の張り出し窓がテムズ川を見下ろしている。足を踏み入れた瞬間、場違いだと痛感した。リチャードの友人たちはさりげなく特権階級らしい雰囲気をまとっていて、それが静かながら間違いなく部外者を締め出している。数分間、誰も話しかけてはこず、イヴはこむずかしい顔をして、展示されている作品に熱心に見入るふりをした。水彩画と素描画は熟達した、誰の目にも快いものだ。コッツウォルズの風景画、オールドバラのもやい舟、休日のフランスで麦わら帽子をかぶっている少女。なかなかよくできている肖像画もあった。リチャードの肖像画だ。鑑賞していると、波に洗われたシーグラスのような薄青い目をした、見事に鼻筋の通った顔の女性がかたわらに立った。

「どう思います？」女性が訊いた。

「すごく彼らしいです」イヴは言った。「温和だけど、表情を読みづらい。あなたがアマンダですね？」

「ええ。そしてきっと、あなたがイヴね。話題にできない人」

「すみませんが？」

「あなたのことはよくリチャードから聞いてるわ。本当にしょっちゅうなんだけど、本人は気づいてないいんじゃないかしら。それにほら、国家機密やら何やらで、わたしからあなたのことを尋ねるわけにはいかないのよ。でもずっとどんな人だろうって思ってたの」

「あら、わたしは謎の女タイプなんかじゃないでしょう」

アマンダは淡い笑みをイヴに向けた。「飲み物を取ってくるわね」そして、ナプキンに包んだプロセッコのボトルを手に巡回しているリチャードを手招きした。ふだんの清貧を思わせる格好を考えると驚くが、リチャードはピンクのリネンシャツのボタンをおしゃれにはずして着こなし、チノパンを合わせていた。

「おや」リチャードは言った。「ふたりとも、もう会ったんだな。すばらしい。イヴのグラスを持ってくるよ」

リチャードが離れていき、アマンダは絵の額をまっすぐ直すような動きをした。ほとんど額にふれてはいなかったが、プラチナの結婚指輪ときらきら光る四角形カット《バゲット》のダイヤモンドの指輪がイヴの目に入った。

「わたしはあなたのご主人と寝たりはしてませんよ」イヴは言った。「万が一、疑ってらしたときのために言っておきますけど」

アマンダは片方の眉を上げげた。「それを聞けてうれしいわ。あなたは彼のタイプとはほど遠いけど、男ってだらしないってあなたも知ってるでしょ。手近にあれば何だっていいんだから」

イヴはにっこりした。「ここの絵、よく売れてるようですね」と言う。「赤いシールがたくさんついてる」

「売れてるのはほとんどが素描画なの。安いからよ。リチャードがみんなの喉にワインをじゃぶじゃぶ入れてくれるのをあてにしてるんだけど。そしたら水彩画のほうも動くかもしれないでしょ」

「売れちゃうのは寂しくありません？　みんな思い入れがあるんでしょ」

「絵っていうのは子どもみたいなものなの。家に置いておくのもいいけど、いつまでも必要ってわけじゃないのよ」

リチャードが洗ったばかりのグラスを持って戻ってくると、スパークリングワインを注いでイヴに渡した。「ちょっと話せるかな？　五分ほどしたら？」

イヴはうなずいた。ふたたびアマンダのほうを向こうとしたが、彼女はすでに離れていた。

「うちの娘に紹介させてくれ」リチャードが言った。

クロエ・エドワーズはまつ毛が長く、母親と同じようにくっきりと鼻筋が通っていた。

「あなた、パパといっしょに働いてるんでしょ？」リチャードが離れていくと、クロエは言った。「それってすっごくカッコいいよね。ママもあたしもパパのお仲間のスパイには会ったことがないの。だからちょっとミーハーっぽくなっちゃうけど、許してね。ね、そのバッグには銃が入ってるんでしょ」

「もちろんよ」イヴは微笑んだ。

「実はさ、考えてみたら、前にひとり会ったことがあるんだ。別のスパイってことだけど」

「わたしの知ってる人かしら?」

「もし知ってたら、あなた、ラッキーだよ。サン＝レミ＝ド＝プロヴァンスの別荘にいたときなんだけど。ママはスケッチだかショッピングだか何だかで出かけてて、パパはランチを買いに行ってってね、そのときにロシア人のけっこう歳のいった男が来たの。すっごい凄みのある顔をしててさ。ホント、すっごくイカしてた」

「あなた、何歳なの?」

「十五歳、かな。その人の名前は覚えてない。どうせ偽名なんだよね、そうでしょ?」

「必ずしもそうってわけじゃないけど。あの絵はあなたよね? 麦わら帽子をかぶってるやつ」

「残念ながらそう。誰かに買われてよそに行くことを願ってる」

「ほんとに?」

「あれってホラ、まさしく休日の白人少女って感じでしょ?」

「でもプロヴァンスに別荘があるって、すてきよね」

「まあね。暑さとかラヴェンダー畑のにおいとか。ま、そんなものよ。でもあたしはヴィルブレクインの水泳パンツをはいてる金持ちのパリジャン坊やには魅かれないんだ」

「凄みのある顔のロシア人のほうが好みってわけ？」

「そうよ、いつだってね」

「ぜひともパパにくっついて情報局にいらっしゃい。たくさんのスパイに会えるわよ」

「パパが言うにはね、あたしはゴージャスすぎるからスパイには向かないんだって。スパイっていうのは、ほら、本当にごくふつうに見える人じゃなきゃならないって。街ですれちがっても誰も振り向かないような」

イヴはにっこりした。「わたしみたいな？」

「あ、ちがうちがう。ちがうの。そんなつもりで言ったんじゃ――」

「心配はいらないわ、ちょっとからかったのよ。でもお父さんの言ってることは本当よ。あなたはすっごくきれいだから、それを満喫するべきだわ」

クロエは歯を見せて笑った。「あなた、いい人ね。これからもあたしと連絡をとってもらえるかな？　パパにはいつも、筋のいい人たちとつきあえって言われてるの」イヴにカードをくれた。そこにはクロエの名前と電話番号があり、エンボス加工で頭蓋骨と交差した大腿骨が浮き出ていた。

「まあ、わたしが筋のいい人と言えるかは疑問だけど、ありがとう。あなた、大学に進学するつもりなの？」

「演劇学校に行きたいの。〈ニューイヤー〉のオーディションを受けたんだよ」

「あら、幸運を祈るわ」

リチャードが客たちのあいだを縫ってこちらにやってきて、娘の腰を軽くたたいた。「さあ行け、ダーリン。ちょっとのあいだイヴを借りるよ」

クロエは目の玉をぐるりとまわして見せ、イヴは彼について外に出た。

調剤薬や医療品をそろえている〈ホイットロック・アンド・ジョーンズ〉はロンドン中心部にあるウェルベック・ストリートでも長い歴史を誇る商店のひとつだ。売り場に立つ店員は白衣を着ており、外聞をはばかることも珍しくない顧客の注文にもちゃんと応える臨機応変さで知られている。ここの店員のコリン・ダイにとって、今日はぱっとしない一日だった。この店の顧客の多くは、ハーリー街やウィンポール・ストリートの近くにずらりと並ぶ人気のクリニックを経営する開業医たちで、ここに勤めて二年になるダイは補給が必要な医療品を取りにくるナースたちとも多く知り合いになって、そのうちの六人ほどとは軽口をたたきあう仲だった。染める《Dye》という名字が死ぬ《die》と同音なのがいつもいいきっかけになってくれるのだ。

そういうわけで、今、ヘルニアバンドや腰椎保持《ランバーサポート》クッションを装着しているファイバーグラス製のマネキンたちに目を奪われながらカウンターに近づいてくる若い女性ははじめて見る相手だったが、どういうタイプかはわかっていた。保守的なメイク、センスのいい靴、目を釘付けにするほどではないがそこそこきれいで、全体的にきびきびした有能そうな雰囲気を醸し出している。

「で、何がお入り用でしょう?」ダイが訊くと、女性は彼の前に手書きのリストを置いた。

採血キット、止血鉗子、注射針廃棄袋、大型サイズのコンドームひと箱。

「エロいパーティーでもするのかい?」

「はい?」女性はダイを見つめた。軽い寄り目で、それはダサい眼鏡でも隠せていないが、それはさておいても、なかなか悪くはないと、ダイは認めざるを得なかった。

「ああ、その、ほら、映画にあるじゃない」自分の名札を指さす。「染《Dye》まるのは奴らだ、って」

「そのリストに載ってるものは全部ある?」

「ちょっと待ってて」

ダイが戻ってきたとき、女性はその場から動いていなかった。

「残念ながら、コンドームは普通サイズのしかないね。それじゃだめかな?」

「それ、よくのびる?」

ダイはにやりとした。「ぼくの経験だと、相当のびますよ」

彼女の片方の目がダイを見つめた。もう片方の目はダイの肩の向こうを見ているようで、ダイを少しまごつかせた。彼女は現金で支払いをした。

ダイは〈ホイットロック・アンド・ジョーンズ〉のレジ袋にレシートを入れた。「またいらしてくれますよね? ほら、映画にあったでしょ……ダイ《Dye》・アナザー・デイって」

「そんなこと誰も言わないよ、まぬけ」

イヴはリチャードについて画廊から出て、川沿いの歩道を渡り、浮き桟橋に下りていった。そこにはディンギーやその他の小さな舟がつながれている。干潮時で、ふたりの足の下で桟橋は静かに揺れていた。ヘドロと海藻のにおいがかすかに漂い、川面の上がり下がりにつれて繋留用の鎖がギチギチと音を立てている。かなり寒かったが、リチャードは気にしているふうはない。

「なかなかたいしたお嬢さんですね」

「だろう？　きみに気に入ってもらえてうれしいよ」

「とても気に入ったわ」弱い風がうっすらときらめく川面を震わせる。「モスクワの地下鉄構内で、プロの狙撃屋に殺されかけた。ＦＳＢがいてくれなかったら、死んでたでしょう」

「ランスから聞いたよ。きみはルビャンカに連行されたと言っていた」

「そのとおりです」

「気の毒に、とんでもなく恐ろしかっただろう」

「ええ。でも、そもそもモスクワに行くと言い張ったのはわたしなんだから、自業自得よね」

リチャードは目をそらした。「今はそれは重要じゃない。何があったか、正確に話してくれ」

イヴは話した。地下鉄、ルビャンカ、ティホミロフとの会話、すべて。

話が終わっても、リチャードは何も言わなかった。一分ほどのあいだ、桟橋の向こうの運河用平底船の縁を見ていた。「それじゃ、彼らはそのファルマニャンツという女を拘束したんだな」とうとう、彼は言った。

「ええ。ブティルカ収容所に。きっとやわな場所じゃないんでしょうね」

「ああ。血みどろの中世ってとこだな」

「その女はヴェネツィアでイェヴチュフを殺したふたりのうちのひとりよ、ほぼ確実に。ティホミロフもそう考えてる」

「今もかね？」

「リチャード、あなたはヴィクトル・ケドリンを殺した犯人を見つけるために、わたしを雇った。その犯人はオクサナ・ヴォロンツォヴァという若い女――ヴィラネルというコードネームの女――だと思う。元ペルミ大学の語学科の学生で、ピストル射撃の金メダリスト。二十三歳で三人を殺して起訴された。そしてコンスタンティン・オルロフ――元SVRのディレクトレイトSの長官――にリクルートされ、〈トゥエルヴ〉のための殺し屋になるべく訓練を受けた。オルロフは彼女を刑務所からすくいあげて死んだように偽装し、新しい身分をつくりあげ、それから殺された。おそらく、ヴィラネルの手で。完全な報告書はこれから四十八時間以内にファックスで送ります、もしそれまで生きていられれば」

「まさか本当にそんな――」

「ヴィラネルの視点から見てみて。彼女はわたしが彼女のことを見つけたせいでひどく危険なリスクを負ったうえ、彼女の恋人は主にわたしのせいでブティルカ収容所に入れられた。で、彼女が次に狙うのは誰だと思います？」

「きみを見張らせている者たちは最高の腕利きだ、イヴ。約束する。きみには見えなくても、ちゃんと彼らは近くにいるんだ」

「そう願うわ、リチャード。本当に、心からそう願ってる。だって彼女は殺人機械なんだから。わたしはほとんどの時間、落ち着いているように見せようとして、多少なりとも自制をきかせてる。でも、死ぬほど怖いのもたしかよ。そう、本当にくそおびえてる。あまりに怖いから、自分が陥ってる危険について考えることもできないし、必要な予防措置を取ることもできない。だって、面と向き合ったり、そのことを細かく考えはじめたりしたら、ばらばらになりそうで怖いのよ。どうしようもないの」

リチャードは感情を出さない静かな目でイヴを見ていた。

「グージ・ストリートのオフィスにはもう戻りません」イヴは言った。「もう二度と」

「ああ」

「辞職するわ、リチャード。本気よ」

「わかった。だが、ひとつ訊いていいかね？」

「お好きなだけどうぞ」

「十年後、きみはどこにいたいと思ってる？」

「ぜひとも生きていたいものだわ。もしもまだ結婚していられたらもうけものだと思う」

「イヴ、この人生に保証というものはありはしないが、きみはどういう意味でも、要塞の外にいるよりは内側にいるほうが安全だ。障害はわれわれに取り除かせてくれ。きみは生まれながらの諜報員だ。ずっと諜報の仕事に打ちこんできた。ぜひとも大きな報酬をもらうべきだ」

「それはできないわ、リチャード。続けるのは無理なの。そろそろおいとまするわ」

リチャードはうなずいた。「わかった」

「わかってもらえるとは思ってないわ、リチャード。でもどちらにせよ同じよ」イヴは手を差し出した。「今日のお誘い、ありがとう。アマンダにもよろしく」

リチャードは顔をしかめ、去ってゆくイヴを見送った。

〈ホイットロック・アンド・ジョーンズ〉で買った医療具をリュックサックに詰め、ヴィラネルは地下鉄フィンチリー・ロード駅の改札口でアントンと会った。アントンは緊張していらだっているようだった。ほとんど言葉を交わさないまま、アントンは背を向けて駅の外にある小さなイタリアン・カフェにヴィラネルを連れていった。

ふたり分のコーヒーを注文し、アントンは隅のテーブルにヴィラネルを連れていった。

「理想を言えば、今夜やってもらいたい」アントンは言った。「夫は最近家を出て友人のところに泊まっている。今日もまだそこにいるという確証を得たところだ。きみが要求した武器弾薬と書類はこのテーブルの下の袋に入っている。きみは自動車も要求していたが、それはおそらく死体を棄てるためだろうな？」

「うん」

「ポラストリの家のすぐ前にシトロエンの白い小型バンが停まっているはずだ。車のキーは銃といっしょにその袋に入っている。仕事が終わったら、いつもの方法で合図を送れ。パリで落ち合おう」

「わかった。問題なし《ニエット・プロブレム》」

アントンはいらだたしげにヴィラネルを見た。「英語で話せ。それから、そのバカげた眼鏡をかけてるのはなぜだ？　イカれてるみたいに見えるぞ」

「あたしはイカれてるからね。ヘアのサイコパシー・チェックリストって知ってる？　あたしは基準から大きくはずれてるんだよ」

「とにかくヘマはするな、いいな？」

「まあね」

「ヴィラネル、まじめに聞け。おまえにこの仕事をさせなきゃならないのは、ファルマニャンツがモスクワでしくじったからなんだ」

ヴィラネルは無表情のままだった。「何をしくじったの？」

「それは問題じゃない。問題なのはこの仕事がうまくいくかどうかだ」

キリング・イヴ 2
ノー・トゥモロー

8

地下鉄に乗って家に向かいながら、イヴはこっそりあたりを見まわした。ここにいる乗客たちのどれが見張り役なのだろう？　おそらくふたりいるはずだ、どちらも銃を携帯して。あのスタッフォードシャー・ブルテリアを連れたゴスのカップルだろうか？　あっちのサッカーチーム〈アーセナル〉のユニフォームを着たまじめそうな男たち？　それとも、いつまでもスマホにささやきつづけているあの若い女性たち？

隠れ家に行かせてと頼むこともできたが、それでは問題を先送りするだけだ。イヴもリチャードも知っていながら口に出さなかった真実がある——それは、殺し屋を隠れ場所から飛び出させる必要があるということだ。そのためには、イヴが自宅のアパートで暮らしつづけるのが最良と言える。建物と周囲の通りは護衛チームが姿を見せずに包囲しているはずだ。どこからであろうとヴィラネルが近づけば、チームが手荒く逮捕し、もし抵抗すれば即刻動けないほどのけがを負わせるか殺すかだろう。何にせよ、イヴはおそらく、リチャードのために働きはじめて以来もっとも安全でいられるということだ。

バッグから鍵束を取り出し、玄関ドアの鍵を開け、共用の小さな玄関ホールへ足を踏み入れる。自宅のドアを開け、しばしその場にたたずんで沈黙に耳を澄ます。耳のなかでプロセッコのシュワシュワいう音がかすかに響いた。それからグロックを抜き、心臓のやかましい響きを無視しながらドアを閉め、きびきびしたプロの動きで室内を確認してまわる。

何もなかった。ぐったりとソファに座りこみ、テレビをつける。ニコがヒストリー・チャンネルに合わせたままになっていた。冷戦のドキュメンタリー番組をやっていて、コメンテーターが一九五二年にモスクワで十三人の詩人が粛清された話をしていた。イヴはそれを見はじめたが、ほとんど目を開けていられず、ドキュメンタリー番組は、半分ほどしか理解できないロシア語と、粒子の粗いモノクロフィルムをぶつぶつ切り替えたモンタージュと化した。数分後——一時間ほどたっているような気がしたが——タイトルロールが流れはじめ、それと共にザアザアいう古い録音のソビエト連邦国歌が流れた。半分眠りながら、イヴはいっしょにハミングをした。

『自由な共和国の揺るぎない連邦は《ソユーズ・ニェルーシムィ・レスプブリク・スヴァボドニフ》』

『偉大なロシア人が永遠に結びつけた！《スプロティーラ・ナヴィエキ・ヴェリーカヤ・ルーシ》』

ひどい歌詞だ。たくさんの共和国の揺るぎない統合などたわごととしか言いようがないが、メロディーは感動的だ。

「万歳、人民の意思によって建設された《ダー・ズドラーフストヴイェット・サズダニィ・ヴォーレイ・ナロードフ》」

人民の意思。はいはい……あくびをしながら、リモコンに手をのばしてテレビを消す。

「団結した強力なソビエト連邦《エディニィ・モーグチィ・ソヴィエツキィ・ソユーズ》！」

あくびの途中で、イヴは凍りついた。これは何？　この声はあたしの頭のなかでしている？　それともこのアパートのなかでしている？

「栄光あれ、われらの自由なる祖国よ《スラーヴィシャ、アチェチェストヴァ・ナーシエ・スヴァボドノエ》……」

恐怖のあまり息が止まった。これは現実の声だ。ここでしている。彼女だ。

歌声は続いていた。明瞭に、冷静に。イヴは立ち上がろうとしたが、恐怖のあまり全身の関節が貼りついたようになってまったく言うことをきかず、ふたたびソファに腰が落ちた。どうにか、グロックを手に持つ。歌声がやんだ。

「イヴ、こっちに来られる？」

彼女はバスルームにいる。かすかな、だが間違いようのないエコーでわかる。突然好奇心に打ち負かされ、一瞬恐怖が和らいだ。銃を手に、リビングルームを突っ切ってアパートの奥に突進していき、バスルームのドアを開けると、いい香りのする温かい湯気がもうもうと立ちこめていた。ヴィラネルはバスタブに横たわっていた。素っ裸だが、ラテックスの手袋だけはめて、半ば目を閉じている。濡れた髪の毛はもつれ、熱い泡風呂につかった肌はピンク色に染まっている。ふたつのカランのあいだに、シグ・ザウエルの拳銃が置いてある。

「髪の毛を洗うのを手伝ってくれる？　この手袋をはめてるとうまくできなくてさ」

イヴはあんぐりと口を開けて、ヴィラネルを見つめた。膝ががくがくと震える。ネコめいた容貌と生気のないグレーの目、治りかけの顔の切り傷、唇の奇妙なかすかなひきつりを目に焼きつける。「ヴィラネル」かすれた声でささやく。

「イヴ」

「な……どうしてここに？」

「会いたかった。何週間かぶりだよね」

イヴは動かなかった。ただそこに立っていた。グロックが手にずしりと重い。

「ねえ」ヴィラネルはイヴのクチナシの香りのシャンプーに手をのばす。「落ち着いてよ。その銃をそこに置いて。あたしの銃のとこに」

「どうしてその手袋をはめてるの？」

「鑑識証拠を残さないように」

「それじゃ、わたしを殺しに来たのね？」

「殺してほしいの？」

「まさか、ヴィラネル。お願い……」

「まあ、いいや」ヴィラネルはイヴを見上げた。「今夜の予定はないよね？」

「ないわ、わた……夫が……」イヴは必死であたりを見まわした。湯気で曇った窓を、洗面台を、自分の手の銃を。この状況の主導権を握るべきだとわかってはいたが、生身のヴィラネルの存在感に麻痺したようになっていた。濡れた髪、あちこちの青黒いあざと切り傷、湯気をあげるお湯につかった青白い身体、ところどころはげたペディキュア。何もかもが、あまりに強烈だった。

「ニコの書き置きを読んだよ」ヴィラネルはやれやれというように首を振った。「あんたたち、ヤギを飼うなんてイカれてる」

「ほんのちっちゃい子たちなのよ。あ……あなたがここにいるなんて、信じられない。わたしのアパートにいるなんて」

「あたしが入ってきたとき、テレビの前で眠りこんでたよ。いびきまでかいてたよ、実を言うとね。あんたを起こしたくなかったんだけど」

「あの玄関ドアには超強力なセキュリティ・ロックがかかってるのよ」

「気づいたよ。なかなかいいやつじゃん。でもさ、この家、大好きだよ。まったく……あんたらしい。何もかも、あたしが想像してたとおり」

「あんたは押し入った。銃を持ってきた。だから推測するに、あんたは本当にわたしを殺しにきたのね」

「イヴ、お願い。何もかもを台無しにするのはやめて」ヴィラネルはからかうように、バスタブの縁に頭をあずけた。「あたしはあんたが想像してたとおりかな？」

イヴは顔を背けた。「あんたのことなんて想像したこともないわ。あんたがやったようなことをする人間のことなんて、想像もつかないもの」

「ホントに？」

「そもそも自分が何人殺したかわかってるの、オクサナ？」

ヴィラネルはけらけらと笑った。「やるじゃん、ポラストリ。ホントにちゃんと調査したんだね。たいしたものだね。でもあたしのことはいいんだよ。あんたのことを話そうよ」

「ひとつだけ、簡単な質問に答えて。あなたはここへ、わたしを殺しに来たの？」

「スウィーティー、ずっとこんなことを続けるつもり？　銃もずっと持ってるしさ」

「知りたいのよ」

「わかった。撃たないって約束したら、あたしの髪を洗ってくれる？」

「本気？」

「うん」

「あんた、イカれてる」

「よく言われる。それじゃ、取り引きは成立？」

イヴは顔をしかめた。それからうなずき、グロックを置くと袖をまくりあげ、腕時計をポケットに入れて、シャンプーに手をのばした。

ヴィラネルにふれるのは妙な心地だった。彼女の濡れたなめらかな髪を両手で梳《す》く。イヴは自分の髪を洗うように、ヴィラネルの髪を洗った。両手の指先で頭皮に円を描くようにして、ちょっとビスケットっぽいクチナシの香りを吸いこみながらマッサージする。それに、ヴィラネルは裸だという事実。小ぶりの青白い胸、やせた筋肉質の身体、翳《かげ》りを帯びた陰毛の茂み。

手の甲でお湯の温度をたしかめ、シャワーヘッドのお湯でヴィラネルの髪をすすぐ。操られているると自覚しているなら、それは操られていることにはならない、と自分に言い聞かせる。イヴの内部で、何かが変化していた。何かが彼女の世界を根底から変えようとしていた。

洗い終えると、イヴはヴィラネルの頭をタオルでくるんだ。タオルをねじってターバンのようにすると、再びグロックを取り上げた。「で、本当は何がしたいの？」ヴィラネルのうなじに銃口を突きつける。

「冷蔵庫にシャンパンを入れてある。開けてくれない？」ヴィラネルがあくびをして、歯が丸見えになる。「それはそうと、それ、弾丸は抜いておいたよ。そっちのシグもだけどさ」

イヴは両方の拳銃を調べた。そのとおりだった。

突然ヴィラネルが立ち上がってのびをし、剃っていない腋をさらけだした。それから洗面台の上のキャビネットに手をのばしてはさみを取り、手袋をはずして爪を切りはじめた。切った爪が灰色の風呂のお湯に落ちていく。

「鑑識証拠の心配をしてたんじゃなかったの？」

「それについてはうまくやるよ。鑑識証拠と言えば、ちゃんと洗ってあるきれいなパンツをはきたいんだけど」

「ボクサータイプでいい？」

「うん」

「自分のを持ってきてないの？」

「忘れちゃった。ごめん」

「なんなのよ」

イヴが戻ってきたときには、ヴィラネルはタオルにくるまって、鏡に映る自分を見つめていた。イヴはボクサーショーツを彼女に投げたが、自分の顔に見入っているヴィラネルはそれに気づかず、ショーツは濡れた髪の上に落ちた。ヴィラネルは顔をしかめてそれを取った。

「イヴ、これ、あんまりかわいくない」

「丈夫なのよ。わたしが持ってるのは全部それよ」

「一枚しか持ってないの？」

「違うわよ。たくさん持ってるけど、全部同じなの」

ヴィラネルはしばらくのあいだ、その発想と格闘しているようだったが、それからうなずいた。「そろそろシャンパンを開けてくれる？」

「ここに来た本当の理由を教えてくれればね」

真冬の視線がイヴを見据えた。「あんたにはあたしが必要だからだよ、イヴ。何もかもが変わっちゃったから」

ピンク色の〈テタンジェ〉シャンパンのグラスを手に持ち、リビングルームの壁に寄りかかっているヴィラネルは、落ち着いていて有能そうで、女性らしく見えた。濃い色合いの金髪はきっちりとオールバックになでつけられ、服装――黒いカシミヤのセーター、ジーンズ、トレーニングシューズ――はシックだが、見る人の印象に残らない。どう見ても頭の切れる若い有能な女性だ。だが、イヴには野獣のように危険な側面も見てとれた。洗練された外見の下で脈打っている、秘められた獰猛さ。今のところはほとんど感知できないほどだが、たしかに存在している。

「冷蔵庫に何かおいしいデザートはある?」ヴィラネルが訊く。「何か、このシャンパンに合うようなものが?」

「冷凍庫にアイスクリーム・ケーキがあるけど」

「持ってきてくれる?」

「あんたが行きなさいよ」

「イヴ、仔ネコ《コーチク》ちゃん、あたしは客よ」ヴィラネルはジーンズのウエストバンドからシグ・ザウエルを抜いた。「ちなみに今回は装填《そうてん》してあるから」

イヴは言葉もなく、言われたとおりにした。冷蔵庫から戻ってくると、ヴィラネルが銃を上げてイヴのほうを向くのが見えた。頭がからっぽになり、そのまま膝をついて目をぎゅっとつぶった。長い沈黙が耳のなかで鳴り響く。ゆっくりと目を開けると、ほんの数センチのところにヴィラネルの顔があった。彼女の肌のにおい、ワインくさい息のにおい、シャンプーの香りがした。震える手で、ヴィラネルにアイスクリーム・ケーキを渡す。

「イヴ、聞いて。あんたにはあたしを信頼してもらわなくちゃならない、いい?」

「あんたを信頼する?」ゆっくりと、イヴは立ち上がった。ヴィラネルは銃をダイニング・テーブルに置いていた。すぐに手の届くところに。あれに飛びつけば……その考えが形をとりもしないうちに、ヴィラネルが手の甲でイヴの頬を痛烈に張った。衝撃で息もつけず、イヴはよろよろとソファに座りこんだ。

「言ったよね。あんたには、あたしを信頼してもらわなきゃならないのよ」

「くそったれ」イヴはつぶやいた。頬がずきずきとひどく痛んだ。

「くそったれはそっちだよ、雌犬《スーカ》」

面と向き合ったまま、ヴィラネルは立っていた。それから、手をのばし、イヴの頬にふれた。「ごめん。あんたに痛い思いをさせるつもりはなかった」

舌先で歯のまわりを探り、血の味を感じながら、イヴは肩をすくめた。

ヴィラネルはシャンパンのボトルとグラスをふたつ、両手に持ち、イヴの横に腰を下ろした。「ねえ、話をしよう。まず手はじめに、あのブレスレット、どうだった？　気に入った？」

「すごくきれい」

「それなら……何て言う？」

イヴはヴィラネルを見た。そして彼女の座り方が自分とまったく同じだということに気づいた。頭と首の角度も、グラスの持ち方も、鏡映しのようだ。イヴがまばたきをすれば、ヴィラネルもまばたきをする。手を動かすか、自分の顔にふれるかすると、ヴィラネルも同じことをする。まるで彼女はイヴを学習しているかのようだった。イヴを占領し、わずかずつこっそりとイヴの意識に忍びこんでいるみたいだ――ヘビのように。

「あんたはサイモン・モーティマーを殺した」イヴは言った。「彼の頭をほとんど切断した」

「サイモン……それ、上海のあいつ？」

「覚えてないの？」

ヴィラネルは肩をすくめた。「何て言えばいいのかな？　あのときはそうするのがいい考えだと思えたんだよ」

「あんたはイカれてる」

「それはちがうよ、イヴ。あたしはあんたなんだよ、罪悪感をもたないあんたってだけ。ケーキは？」

それからしばらく、ふたりは無言で座ったまま、アイスクリームとチョコチップと凍ったチェリーをスプーンですくい、口に運んだ。

「ああ、天国の味だった」ヴィラネルはつぶやき、自分の皿を床に置いた。「今度はあたしの話をとても注意して聞いてもらわなきゃならない。おっと、忘れる前に」――ジーンズのポケットから九ミリ弾を十二個取り出し、イヴに渡した――「これはあんたの」

イヴはグロックに装填し、どうしていいかよくわからないままに、ジーンズの背中側に押しこんだ。さし心地はよくなかった。

「それはたぶんいい考えじゃないよ」ヴィラネルが言う。「でもまあ、好きにすれば」ポケットからスマホを出し、ひとつの画像を出してイヴに見せる。「この男、見たことある？」

イヴはそれを見た。三十歳前後でスリムで日焼けしている。カーキ色のTシャツを着て、特殊部隊の砂色のベレー帽をかぶっている。写真は振り向いたところを撮ったもので、目が当惑したように細められ、片手が顔を隠そうとするように上げられている。男の背後には、軍用車両のピントの合っていない輪郭が見てとれる。

「いいえ。誰なの？」

「あたしはアントンという名前で知ってる。以前はE部隊——MI6の汚れ仕事を請け負ってるとこだよね——の司令官をやってて、今はあたしのハンドラーをやってる。木曜日に、あんたを殺せってあたしに命じた」

「どうして？」

「そりゃ、あんたがあたしたちに——そして〈ドゥヴィナッツァーチ〉、つまり〈トゥエルヴ〉に——あまりに迫りすぎてるからだよ。アントンからその命令を受けたとき、あたしはオーストリアの私立病院に入院してた。彼はあたしの病室に面会に来た。そして病院を出て、この男といっしょに車で帰っていった。その画像の左側がアントンだよ」

その画像はななめに傾いていて枠取りの構図もなっていなかったが、じゅうぶんにはっきり撮れていた。建物の内側から、雪に埋もれた駐車場を上から見下ろす角度で撮っている。シルヴァーグレーのBMWの助手席側にふたりの男が立っている。左側の男は分厚くかさばる黒いジャケットを着て、カメラに背を向けている。それと向き合っている、オーバーコートを着てマフラーを巻いている男ははっきりと見てとれた。リチャード・エドワーズだった。

しばらくのあいだ、口もきけずに、イヴはその画像を見つめていた。内側で、これまでの自信や確信ががらがらと——氷山が内破して海に崩れ落ちていくように——崩れていくのを感じていた。この男——ほんの数時間前にピンクのリネンシャツを着てイヴにプロセッコを注いでくれ、〝生まれながらの諜報員〟とおだててくれた男——がイヴを殺すことに同意していた。ことによると要請すらしていたのだ。

そして、ティホミロフは感づいていた。イヴが、イェヴチュフの失踪についてこちらが立てている仮説をリチャードから聞いたかと尋ねた、あのときに。ほんの一瞬、あのＦＳＢ長官の目が丸くなった——不意に、長年疑問に思っていたことが腑に落ちたというように。そしてそれから、イヴにカナリアの話をしたのだ。イヴはその鳥を思い浮かべた。はるか遠い地下で、鳥かごのなかで歌っている鳥を。死をもたらす無臭のガスが炭層を通って忍びこんでくる。カナリアは黙りこみ、もの言わぬ小さな羽毛のこわばったかたまりとなり果てる。

「電話をしなきゃ」イヴはヴィラネルに言い、ごちゃごちゃしたバッグのなかを探ってクロエ・エドワーズからもらったカードを出し、その番号にかけた。電話は十秒ほど鳴り、それからクロエが出た。眠っていたような声だ。

「クロエ、イヴよ。今日の午後にした話のことでちょっと訊きたいことがあるの。極秘の話よ」

「ああ、イヴ。いいよ、何……」

「あなたが話をしたロシア人の男の人のことなんだけど」

「あ、ああ」

「その人の名前、もしかしたらコンスタンティンじゃなかった?」

「あ……そう! そうだったと思う。うわ、それ、どういう人?」

「旧い友人よ。いつかあなたに紹介するわ」

「うわ、カッコいい」

「ただ、わたしから電話があったことはお父さんに言わないでね、いい?」

「了解」

イヴは電話を切り、スマホを静かにテーブルに置いた。「うわ、うそ」つぶやく。「ああ、なんてこと」

「ご愁傷さま、イヴ」

イヴはヴィラネルを見つめる。「わたしはMI6のためにあんたを狩ってると思ってた。でも実際は、リチャードにハメられて〈トゥエルヴ〉の防御力テストに利用されてたのね。わたしがやつらの炭鉱のカナリアだったんだわ」

ヴィラネルは何も言わなかった。

「わたしが何か見つけてリチャードに報告するたびに、彼はそれを〈トゥエルヴ〉に知らせて、やつらはその弱点を修正してたんだわ。わたしがこの何週間も、何か月もかけてやってたのはすべて、やつらをより強力にすることだった。ああ、なんてことなの。あんたは知ってたの?」

「ううん。やつらはあたしにはそういうことは言わないからね。もちろん、あんたがエドワーズのために働いてることは知ってたけど、オーストリアで彼がアントンといっしょにいるのを見てはじめて、あんたがハメられてたことを知ったんだ」

イヴはうなずいた。ふつふつと冷たい怒りがわいていた。クラシックな偽旗作戦〔偽の白旗や自国以外の国旗を掲げて接近しだまし討ちする戦法〕にまんまとひっかかったのだ。あらゆるできのいい詐欺と同じようにイヴの慢心につけこんで構築された作戦に。イヴは自分が直感的飛躍と鋭い観察能力を備え、相当賢いと思っていた。だが実際は、巧妙に操られていたまぬけにすぎなかったのだ。どうしてここまで鈍感でいられたのだろう？　この節穴みたいな目の前で何が起きているか、どうしてわからなかったのだろう？

「でもあんたは気に入ってたんだよね？」ヴィラネルが言う。「グージ・ストリートの秘密のオフィスで、秘密の使命を受けて、秘密の諜報員ごっこをするのが。ま、実際は全然秘密じゃなかったけど」

「リチャードはわたしをおだてたの、それが効いたのよ。わたしはちゃんとしたプレイヤーになりたかったのよ、デスクで事務仕事をするだけじゃなくて」

「ちゃんとしたプレイヤーだよ、スウィーティー。あたしは退屈するたびに、ログインしてあんたのeメールを読んでた。あんたがあんなにたくさんの時間、あたしのことを考えて過ごしてくれてたなんて、すごくうれしかった」

まだ口をつけていないワインを見ながら、イヴはとんでもなく疲れを感じていた。「で、これからどうするの？　こんなことを言うのは変だと思うけど、あんたはどうしてアントンに言われたようにわたしを撃つとか何とかしなかったの？」

「理由はふたつある。あんたを殺せっていう命令を彼から受けたときに、その理由はあんたがあたしについてたくさんのことを知りすぎたからだってことはわかってた。それはつまり、次に消されるのはあたしだってこと」

「あんたの存在が明かされちゃったから？」

「そのとおり。〈トゥエルヴ〉は少しのリスクも許さないんだよ。そのことはコンスタンティンを見てわかったんだ。知ってるよね。彼はアントンの前にあたしを担当してたハンドラーだった。やつらはコンスタンティンがＳＶＲに吐いたと考えた、そんなのはでたらめだったんだけど、やつらは……コンスタンティンを殺させた」

「フォンタンカで」

「そう、フォンタンカで」ヴィラネルは考えこむような顔をしていた。「そして今、あたしの仲間がモスクワでつかまってる」

「ラリッサ・ファルマニャンツね。あなたの恋人の」

「そう、ララ。でもあの子はただ手を握りあったりキスしたりする感じの恋人じゃなかった。あたしたちの場合は、セックスと殺しだけだったんだ」

「まあ、そのララは今、ＦＳＢにつかまってるわ。今はブティルカ収容所にいる」

「くそ。それはまずい。あの子は絶対に尋問される、だからアントンから見れば、あたしは二重《ビュタン》にヤバくなった」

「それはどういう意味？」

「アントンはすぐにでもあたしを殺させるだろうってこと。あたしがあんたを殺すまで待ってから、あたしの処分にかかるだろうって読んでたんだけど」

「それはたしかなの？」

「うん、その理由はこれから話す。ララがつかまったのは知ってた。あの子があたしに緊急メッセージを送ってきたからね。でも今日、ここに来る前にアントンに会ったとき、アントンはララのことを口に出したけど、ララがつかまったとはひと言も言わなかった。それが何を意味するかあたしが理解するってことを、やつは知ってるから」

「わたしを殺さなかった理由がふたつあるって言ったよね。もうひとつは何？」

ヴィラネルはイヴを見た。「マジで？　まだわかんないの？」

イヴは首を振った。

「それはあんただからだよ、イヴ」

イヴはヴィラネルを見つめた。この状況の複雑さ、奇妙さ、純然たる凶悪さが不意に襲いかかってきた。「それじゃ、これからどうしよう？　その、わたしが言ってるのは……」

「あたしたちが何をするか？　あたしたちがどうやってこれを生きのびるか？」

「そうよ」

ヴィラネルは室内を歩きまわりはじめた。その身ごなしはネコのように油断がなく、ときおり、本や写真にさっと目を向ける。暖炉の上の鏡に映る自分を目にして、彼女の動きが止まった。

「あんたはふたつのことを理解しなくちゃならない。ひとつ目は、生きのびるための唯一の方法は、あんたとあたしが協力するしかないってこと。あんたの生命をあたしの手にゆだねて、あたしの言うとおりにしなくちゃならない。あたしの言うとおりにね。もしそれができなきゃ、〈トゥエルヴ〉があんたを殺して、あたしも殺すんだから。どこにも隠れることはできないし、あんたが信頼できるのはあたししかいないんだ。あんたはあたしの言葉をそのとおりに信じなくちゃならない」

「ふたつ目は？」

「ここでの暮らしは終わるってことを受け入れなくちゃならない。結婚生活も、このアパートも、仕事も、もうなくなるんだ。要するに、イヴ・ポラストリはもういなくなる」

「イヴ・ポラストリは死ぬ。そしてあんたはここにあるすべてを残して旅立つんだ。あたしがあんたを、あたしの世界に連れていく」

「そんな……」

イヴはヴィラネルを見つめた。まるで重さのない世界で、自由落下をはじめたような気分だった。

ヴィラネルはセーターの袖をまくりあげた。その手は力強く有能で、目は今や完全にビジネスモードになり、イヴの目を見据えていた。「あたしたちが最初にやらなきゃならないのは、あたしがあんたを殺したってアントンに思いこませることだ。あんたが死んだとアントンが思いこんだら、次にあたしに刺客を差し向けるまで、ほんのちょっとだけ、息をつくひまができる。ふたりでアントンと、誰であれやつが差し向ける刺客を誤った方向に向けさせなきゃならない。それから、あたしたちは消える」

イヴは目を閉じた。「ねえ」必死になって言う。「誰か警察の知り合いに連絡をとらせて。ゲイリー・ハースト主任警部がいるわ。ケドリンの捜査に関わってたんだけど、いい人よ。曲がったところはいっさいない。彼ならわたしたちに完璧な保護態勢を敷いてくれるわ。それにあなたはきっと何か司法取引みたいなものができるはずよ、免責と引き換えに〈トゥエルヴ〉に不利な証言をすることで。わたしはぜひとも、そっちの道を進みたい」

「イヴ、まだわかってないんだね。やつらの手先はどこにでもいるんだ。警察の留置場だろうが、刑務所だろうが、隠れ家だろうが、やつらの手の届かないところはないんだ。もし二十四時間以上長生きしたかったら、あたしたちは消えなきゃならないんだよ」

「どこに？」

「さっきも言ったように、別の世界にだよ。あたしの世界に」

「それはどういう意味なの？」

「あんたのまわりにもあるけど、その一部にならなきゃ見えない世界ってことだよ。ロシアじゃミール・ティエニって言ってる。影の世界ってこと」

「それって〈トゥエルヴ〉の領域なんじゃないの？」

「もうちがう。〈トゥエルヴ〉は今や企業みたいになってしまったんだ。暗殺部門が何て呼ばれてるか知ってる？　ハウスキーピングだよ」

イヴは立ち上がり、ぐるぐると小さな円を描いて歩きはじめた。まだあの、果てしなく続くエレベーターシャフトをどこまでもまっすぐ落ちていくような気分がしていた。汗ばんだお尻のくぼみにグロックの銃身がこすれるのが感じられた。ジーンズから銃を抜きとり、右手にゆるく持つ。ヴィラネルは動かない。

「ニコはわたしが死んだと思うかしら？」

「みんながそう思うだろうね」

「ほかに道はないのね？」

「あんたが生きていたいと思うなら、ない」

イヴはうなずいた。歩きつづける。それから、唐突に、ふたたび腰を下ろした。

「それをよこして」ヴィラネルは言い、そっとやさしくグロックを取った。

イヴは目をすがめた。「これ、どうしたの？」手をのばして、ヴィラネルの唇の傷痕にふれる。

「そのうち話す。何もかも話すよ。でも今じゃない」

イヴはうなずいた。時間がせわしなく過ぎていく音が聞こえるようだ。自分が知っている世界がある――仕事のある世界、目覚まし時計のある世界、eメールの、自動車保険の、スーパーマーケットのお得意様カードのある世界。そしてその一方で、ミール・ティエニ――影の世界があるのだ。ニコ――イヴを愛し、イヴがこれまで出会ったなかでもっとも親切で心の広い男がいて、その一方で、ヴィラネル——楽しんで人を殺す女がいる。

イヴはじっとこちらを見て待っているグレーの目を見つめる。

「わかった」そう言った。「何をすればいい?」

ヴィラネルはダイニング・テーブルに、〈ホイットロック・アンド・ジョーンズ〉で買った医療品を置き、バックパックからゴミ袋一枚と高級スーパー〈ウェイトローズ〉のドッグフードの缶、白い磁器製のカップ、プラスチック・バンド、型取り用ワックスの缶、スピリットガム〔つけ髭などに使うゴム糊の一種〕の小さなガラス製スポイト、万年筆、髪留め用のゴムのパック、フェイスパウダーのコンパクト、アイシャドウ・パレット、櫛、コンドームを出し、シグ・ザウエルのオートマティック拳銃とイヴのグロック拳銃の横に並べた。

「よし、まず必要なのは、あんたの髪の毛だ。引き抜くよ」ヴィラネルはそのとおりにした。イヴは顔をしかめ、ヴィラネルはにんまりした。「次に必要なのは濃い色のシーツだ。ここにあるなかでいちばん黒に近い色のやつ。急いで。そのあいだにこっちは全部準備しとくから」

イヴは寝室に行き、暗い紺色のシーツを持って戻ってきた。ヴィラネルはそれをほかの品々といっしょにテーブルに置いた。テレビをつけると、やかましい日本の刑事ドラマが流れてきた。「座って」イヴに言い、ソファを指さす。「袖をまくって」

少し不安げな顔で、イヴは言われたとおりにした。ヴィラネルはテーブルから、カニューレと中空の採血針を取り上げた。カニューレにはねじって調節できる穴《ポート》とポリ塩化ビニル《PVC》製の透明なチューブがついている。ヴィラネルはチューブの端をコンドームにつっこみ、ヘアゴムでしっかりと固定した。それからプラスチック・バンドをイヴの上腕に巻きつけ、こぶしを握らせて、前腕の血管を浮き上がらせた。それから驚くほどやさしく、カニューレを血管に刺し、ポートを開く。

「こぶしをゆるめて」ヴィラネルが言い、血液がＰＶＣチューブを通ってコンドームに入りはじめる。二、三分後、イヴの血液が四百ｃｃほどたまると、ヴィラネルはポートを閉じ、コンドームをはずして口を縛った。

シグ・ザウエルを取り上げ、部屋の中央に行き、たぷたぷにふくらんだコンドームをカーペットの上に置き、赤黒い血でふくれたそれを下向きの角度で一発撃つ。びしゃりと湿った音がして、血が外向きに飛び散った。カーペットの中央から窓のほうに向けて鮮血が扇形に飛び散り、床にも家具にも壁にも、無数の微小な血の玉がきらめいていた。

ヴィラネルは仕事のできばえをプロの目で検分し、それからイヴのところに戻った。型取り用ワックスをちょっと出してビー玉の大きさに丸め、ぺしゃんと平たくつぶすと、スピリットガムでイヴのひたいに貼りつける。万年筆のキャップを取り、穴になっているほうを薄く盛り上がったワックスに押しつけて肌まで通し、きれいな円形をくりぬいた。フェイスパウダーを使ってワックスをイヴのひたいになじませ、黒のアイシャドウで円形の穴のなかを塗り、周囲の盛り上がっている部分に紫色のシャドウを塗りこむ。

「ほら、こんなにきれいな射入孔ができたよ」イヴに言う。「でもこれからもうちょっと血が必要だ。あんたはちょっとおかしな気分になるかもしれないけど、いい?」

今度はさらにふたつのコンドームに血を満たした。たっぷり六百ccほどだ。

イヴの顔色がかなり蒼くなった。「気絶しそうな気がする」イヴはつぶやいた。

「あとはまかせて」ヴィラネルは言い、イヴの肩と膝の下にそれぞれ腕を入れて抱き上げると、カーペットの上に横向きに寝かせた。頭は飛び散った血の中心に置かれている。ヴィラネルは慎重にイヴの手足を広げ、右手にグロックを握らせた。「動かないでよ。血がかたまる前に手早くやらなきゃならないから」

イヴはそれに応えてまぶたをひくつかせた。今や意識がとぎれがちになっていた。部屋が薄暗く、ぐにゃりとして見え、ヴィラネルの声はくぐもって聞こえる。

ヴィラネルは〈ウェイトローズ〉のエコバッグに磁器製のカップを入れ、ダイニング・テーブルにたたきつけて砕いた。それから、ドッグフードの缶を開けて中身を全部イヴの髪の上と頭のうしろにぶちまけ、そのゼラチン状の海に、割れたカップの大きめの磁器片を六つほど、慎重に配置した。そのできばえに満足すると、最初のコンドームの血をその上に注ぎ、人差し指につけた血を、化粧でつくった射入孔に塗りこむ。ふたつ目のコンドームの中身は、イヴの頭のうしろに赤黒い池をつくった。

「よし。死んだふりして」

イヴには何の努力も必要なかった。

ヴィラネルはスマホを出してさまざまな角度と距離から写真を撮り、画像をチェックしては、満足するまで撮り直した。「終わり」ようやく宣言し、ちょっとした喜びの踊りをして見せる。「すばらしい出来だよ、ホントに。ドッグフードのゼリーはまさに完璧だね。今度はあんたをきれいにするよ。動かないで」

イヴの髪を櫛で梳き、すでにかたまりかけている血とくず肉を取り除く。それから〈ウェイトローズ〉のエコバッグをイヴの頭にかぶせてからイヴをソファにもたれさせ、キッチンにあったスプーンで磁器のかけらとドッグフードをカーペットからかき取って空き缶に入れ、その缶をゴミ袋に入れる。いっしょにカニューレとチューブ、コンドームの残骸と櫛、アイシャドウとフェイスパウダー、スピリットガムとワックス、バンド、万年筆とヘアゴムも入れる。

イヴの頭から引き抜いた髪の毛をかたまりかけた血の海にぱらぱらと散らし、その血を手で大きくこすってカーペットになすりつける。それからラテックスの手袋をはずし、ゴミ袋に投げこむと、新しい手袋をはめる。「次はあんたがお風呂に入る番だ」そう宣言して、イヴを両腕で抱き上げる。

夢うつつの状態で温かなお湯につかり、ヴィラネルに髪をすすいでもらいながら、イヴは大きな安堵を感じていた。まるで、今ひとつの人生を終え、生まれ変わろうとしているような気分だった。半時間後、身体をふいて清潔な服を身に着け、イヴはソファに座って甘いお茶を飲み、ちょっと古いチョコレートがけの全粒粉クッキーを食べていた。倒れそうなほど疲れていて、肌はじっとりと冷たく湿り、鼻孔には血のにおいが濃厚にしみついている。

「こんな変な気分、はじめて」とつぶやく。

「わかるよ。けっこうたくさん血を抜いたからね。でもほら、これをアントンに送るんだよ」

イヴはヴィラネルのスマホを受け取った。自分のチョークのように白い顔色や半ば閉じた目、開いた口を驚嘆の思いで見つめる。鼻のつけ根のすぐ上に、黒ずんだ九ミリ弾の穴を囲む青黒いクレーターがあった。頭のうしろには頭蓋骨のかけらが飛び散り、赤い血とぷるんとした粥のような脳みその海で骨片が白く輝いている。ぞっとするような光景だった。

「うわあ。わたし、本当に死んだよね？」

「頭を撃たれた死体は至近距離から結構見てるからね」ヴィラネルはあっさりと言った。

「これは本物と同じ」

「わかってる。あんたの友だちのララが地下鉄で老人の頭を吹っ飛ばしたのよ、わたしを狙って」

「ララがはずしたなんて、本当に驚きだよ。そのあとFSBにつかまってブティルカ収容所に入れられたんだね。まったく、とんでもない厄日だったね」

「ララのこと、ショックじゃないの？」

「どうして？」

「ちょっと疑問に思っただけ」

「何も考えちゃだめ。力を取り戻すんだよ。片づけて車に乗るから」

「車があるの?」

「バンだけどね。そのマグカップとクッキーの包み紙をよこして」

「何か持っていっていい?」

「ダメ。それが死ぬってことだ」

「でしょうね」

五分後、ヴィラネルはアパートを見渡した。全体としてはここにやってきたときのままだ——リビングルームの血まみれの惨状以外は。そしてそれは彼女が計画したとおりだ。特に、カーペットの上でかたまっている赤茶色のすじが気に入っていた。血を流している死体が両足を持ってひきずられていったことを示唆している。それにまつわるどんなストーリーが構築されるかは、彼女の気にするところではない。とにかく時間がほしいだけなのだ。四十八時間あればいい。

「よし」ヴィラネルは言った。「そろそろ出よう。あんたをこのシーツで巻いて、ラグで覆ってから、肩にかついで運び出すよ」

「人に見られるんじゃない?」

「見られるのは問題じゃない。誰かが大荷物を運んでると思われるだけだからね。あとになって通りがパトカーだらけになったときに、ちがう見方になるかもしれないけど、そのときにはもう……」ヴィラネルは肩をすくめた。

いざ実行の段になると、事はきわめて迅速に運ばれた。ヴィラネルがほとんど苦もなさそうに小型バンの床にイヴを下ろした。イヴはヴィラネルの力に驚嘆していた。ブルーシートでミイラのようにぐるぐる巻きにされ、頭の下にヴィラネルのリュックサックを押しこまれた状態で、バンの後部ドアが閉じてロックされる音を聞いた。

快適な旅とはとても言えなかった。最初の半時間ほどは道路の減速バンプが続いていたせいでひどくなる一方だったが、ついに道が平らになり、バンはスピードを上げた。イヴにとっては、まったく何も見えず、はっきり起きているでも寝ているでもないような状態でそのままころがっているだけでも、もうたくさんと思えた。一時間たったようにも二時間たったようにも思えたころ、バンが止まった。ドアが開き、イヴの顔からシートがはがされた。あたりは真っ暗で、街灯のかすかな光が射していた。ヴィラネルはリュックサックを肩にかけ、バンの後部からなかに身を乗り出して、イヴを巻いていたシートをはがしていく。外は寒く、雨のにおいがした。そこは高速道路のわきのパーキングで、周囲には大型貨物トラックの薄暗いシルエットがずらりと並んでいる。灯りのついた小さな建物に、『カフェ二十四時間営業』と出ていた。

ヴィラネルはイヴに手を貸してバンから出し、ふたりは水たまりだらけの地面を歩いた。カフェのなかは、裸電球の弱々しい光に照らされて、十人ほどの男がプラスチック板のテーブルを前に、無言で料理の皿と向き合っている。壁に取りつけられたひどく古いスピーカーから、エルヴィス・プレスリーの『今夜はひとりかい？』が流れている。カウンターの向こうでは、ロカビリー・バンダナを巻いた女性がホットプレートで玉ネギを焼いていた。

五分後、湯気のたつ紅茶のマグカップと、イヴがこれまでに見たなかで最大級に油がぎとぎとのハンバーガーが、ふたりの前に置かれた。

「食べて」ヴィラネルが命じる。「全部ね。ポテトも全部」

「心配はいらないわ。お腹がぺこぺこよ」

店を出るとき、多少胃がむかむかはするものの、イヴは生まれ変わったような気分になっていた。ヴィラネルについてパーキングエリアを突っ切り、それから、ちょっと戸惑いながら、暗い小道を通ってほとんど明かりのない住宅地に入っていった。背の高い建物の下で、ヴィラネルは表面がスチールのドアに鍵をさしこんだ。ふたりは照明のない階段を上がって三階に行き、そこでヴィラネルはまたスチールで強化されたドアを開けて、明かりをつけた。そこは暖房が入っていないワンルームマンションで、最低限の家具しかなかった。テーブルひとつ、椅子が一脚、軍用のキャンバス地の簡易ベッド、カーキの寝袋、服がいっぱい掛かっているレールを布で隠したワードローブ。ほかには金属製の保存箱がいくつか積んであるだけだ。遮光カーテンで、光はまったく漏れない。

「ここは何なの?」イヴは室内を見まわしながら、訊いた。

「あたしの部屋。女には自分だけの部屋が必要だよね、そう思わない?」

「でも、ここはどこなの?」

「質問はもうたくさん。バスルームはあそこ。必要なことをやって」

バスルームは、トイレと洗面台と水の蛇口がひとつあるだけの、小さなコンクリートの部屋だった。床に置いたプラスチック製の箱に、トイレ用品やタンポン、包帯、縫合キットと鎮痛剤がごちゃごちゃと入っていた。イヴが出てくると、簡易ベッドの上に寝袋が広げてあり、ヴィラネルはテーブルでシグ・ザウエルを分解掃除していた。「眠って」顔をあげずに言う。「あんたには体力を回復してもらわなきゃ」

「あんたは?」

「あたしは大丈夫。ベッドに入りなよ」

イヴが目を覚ますと、あたりは寒く、昼とも夜ともつかない薄闇に包まれていた。ヴィラネルはさっきと同じようにテーブルの前に座っていたが、服は替わっていた。ノートパソコンでゆっくりといろんな地図をスクロールしている。イヴはじっくりと、驚嘆の思いで、前日のできごとを思い出した。「今、何時?」訊いてみる。

「午後五時。あんたは十五時間寝てた」

「うわ、ホントに?」イヴは寝袋のジッパーを開けた。「お腹がぺこぺこ」

「いいね。用意しなよ、食べに出よう。あんたの新しい服を出しておいたから」

外に踏み出すと、うらぶれた薄明の景色が広がっていた。イヴはあたりを見まわした。これまで何度となく、車で通りかかってもろくに見もしないで通りすぎてきたような場所だ。今出てきた建物は治安のよくない貧困層向けの共同住宅だった。金属製シャッターに覆われたドアと窓、警備犬が巡回しているという警告看板、前庭のゴミが散乱した舗装を破って生えているカリフォルニア・ライラック。ミール・ティエニ——影の世界。

パーキングのカフェを出たときには、霧雨が降っていた。高速道路では車がとぎれることなく、灰色にかすむ水しぶきをあげてビュンビュン走りすぎてゆく。イヴはヴィラネルのあとについて、ひと晩を過ごした建物のわきを通り抜け、落書きだらけのガレージが並んでいるところに来た。いちばん端のガレージは、スチール製の巻き上げシャッター式の扉に頑丈な番号組み合わせ式の錠前がついていた。ヴィラネルはそれを解錠した。なかは湿気がなく清潔で、驚くほど広かった。一方の壁いっぱいに、油圧式のバイク修理台が置かれている。もうひとつの壁には組み立て式の棚が組まれ、ふたり分のヘルメットとバイク用の革ジャンとズボン、手袋とブーツが置いてあった。それらにはさまれて、ダークグレーのドゥカティ・ムルティストラーダ1260がスタンドに立っている。鍵つきのサドルバッグと荷物積載箱《トップボックス》が取りつけてあった。

「荷造りはすんでる」ヴィラネルが言った。「そろそろ着替える時間だよ」

五分後、ヴィラネルはドゥカティをガレージから出し、イヴがシャッター式扉を下ろして施錠するまで待った。雨はやんでいた。ふたりの女性はしばし、向き合って立っていた。

「心の準備はできた?」ヴィラネルが革ジャンのジッパーを上まで上げながら訊く。イヴはうなずいた。

ふたりはヘルメットをかぶり、ドゥカティにまたがった。テスタストレッタのエンジンが低い音でつぶやきはじめ、ヘッドライトの光線が闇を開く。ヴィラネルはすべりやすい道をゆっくりと発進し、イヴがうまくバランスをとってぴったりとしがみついてくるのを待った。道路を流れる車の隙間を見つけ、エンジンのつぶやきがうなり音に変わる。そしてふたりは闇に消えた。

（第二巻　完）

✦著者

ルーク・ジェニングス(Luke Jennings)

サミュエル・ジョンソン賞とウィリアム・ヒル賞の候補作に選ばれた回想録『Blood Knots』のほか、ブッカー賞にノミネートされた『Atlantic』などの小説を執筆。ジャーナリストとしては、「オブザーバー」、「ヴァニティ・フェア」、「ニューヨーカー」、「タイム」などの雑誌に寄稿。また、本作は、サンドラ・オーとジョディ・コマーが主演を務めたBBCの人気テレビシリーズ「Killing Eve」の原作となった。

✦訳者

細美遙子(ほそみ・ようこ)

一九六〇年、高知県高知市生まれ。高知大学文学部人文学科卒業、専攻は心理学。訳書にジャネット・イヴァノヴィッチのステファニー・プラムシリーズ(扶桑社、集英社)、ベッキー・チェンバーズ『銀河核へ』(東京創元社)、アンナ・カヴァン『われはラザロ』(文遊社)など。

キリング・イヴ2

ノー・トゥモロー

二〇二三年七月七日　初版第一刷発行

著者　ルーク・ジェニングス
訳者　細美遙子
編集　寺谷栄人
発行者　マイケル・ステイリー
発行所　株式会社U-NEXT
〒一四一-〇〇二一
東京都品川区上大崎三-一-一
目黒セントラルスクエア
電話　〇三-六七四一-四四二二［編集部］
〇五〇-三五三八-三二一二［受注専用］
装丁　木庭貴信+角倉織音(オクターヴ)
印刷所　シナノ印刷株式会社

Printed in Japan　ISBN 978-4-910207-94-0 C0097